FULL OF HOPE

SCHATTEN DER VERGANGENHEIT

LUCIA VAUGHAN

Coverfoto: (c) Shutterstock: 544738036
Covergestaltung: Coverdesign Rebecca Wild
Lektorat: Texteule Nina C. Hasse
Korrektorat: Korrekturservice Claudia Heinen

Herausgegeben von:
Lucia Vaughan
c/o Papyrus Autoren-Club
R.O.M. Logicware GmbH
Pettenkoferstr. 16-18
10247 Berlin

Kontakt über:
Lucia Vaughan
Postfach 63 01 05
22311 Hamburg
oder:
lucia.vaughan@web.de
ISBN-13: 978-197371385
ISBN-10: 1973871386

Liebe Leserin, lieber Leser,

ich wünsche viel Spaß mit Hope und Neil, gute Unterhaltung und ein kurzweiliges Lesevergnügen.

Deine Lucia

1

HOPE

Eigentlich bin ich ein friedliebender Mensch.

Joy und Faith würden zwar das Gegenteil behaupten, aber auch nur, weil sie mich kennen, bevor ich die ausgeglichene Hope wurde. Die Hope, die mit sich im Reinen ist. Die, die keine Stühle gegen die Wand wirft, weil sie ihre Wut nicht zügeln kann. Die, die nicht ausrastet, weil niemand sie haben will.

Aber Gordon Silver, CEO von *SilverStar Entertainment,* dem größten Fernsehsender San Franciscos, bringt mich gerade an einen Punkt, der meine Toleranzgrenze übersteigt. Mit dem kupferroten, dandyhaften Haarschnitt und den stechend grünen Augen inmitten eines scharf geschnittenen Gesichts ist er unbestreitbar attraktiv. Für manche Frauen ist er begehrenswert, weil er mit Ende dreißig etliche Millionen auf dem Konto hat, inklusive einer Luxusjacht vor der Küste Kaliforniens und mehr Einfluss als der Präsident der Vereinigten Staaten – in Medienkreisen zumindest. Mich reizt weder das eine noch das andere. Und ich lasse mich von seinem einstudierten

Zahnpastalächeln auch nicht um den kleinen Finger wickeln. Ich umklammere die Armlehnen des Designerstuhls, um die Hände nicht zu Fäusten zu ballen, und zähle im Geiste bis fünf. Wir befinden uns auf seinem Terrain und wir sind nicht allein. Zwei weitere Augenpaare beobachten uns und eines davon jagt mir eine Gänsehaut über den Rücken, seit ich das Büro im sechzehnten Stock des *McKesson Plaza Towers* betreten habe.

»Bei allem Respekt, Gordon, ich werde vor einer laufenden Fernsehkamera ganz sicher keinen Sex haben!«, empöre ich mich, wenn auch nicht ganz so vehement, wie ich gerne würde.

Gordon seufzt übertrieben. »Sie nehmen das zu persönlich, Hope.« Er sieht mich an, als wäre ich zwölf und nicht sechsundzwanzig.

»Mit jemandem zu schlafen *ist* persönlich.«

»Neil Wyler ist nicht irgendjemand!«

Nein, *irgendjemand* ist er bestimmt nicht. Verstohlen spähe ich nach rechts zur Fensterfront, wo Neil mit vor der Brust verschränkten Armen neben seinem Manager Scott Abbot steht und mich intensiv mustert. Seine große Statur scheint nur aus Muskeln zu bestehen. Sehnige Muskeln, die weder von der lässigen Bikerjacke noch von der abgewetzten Jeans verborgen werden können. Schwarzbraune Locken umrahmen seine gemeißelten Züge. Er ist schön wie ein Gott. Trotzdem funkelt eine Glut in seinen moosgrünen Augen, als wäre er der Teufel persönlich. Dass er noch kein Wort gesprochen hat, seit ich das Büro betreten habe, macht ihn nicht weniger einschüchternd.

»Das mag schon sein, aber ich werde es dennoch nicht tun.« Mit vorgetäuschter Ruhe schlage ich ein Bein über und lege meine verschränkten Hände auf dem Knie ab.

Gordon Silver lehnt sich in seinem ledernen Bürostuhl vor, stützt die Ellenbogen auf den ausladenden Mahagonischreibtisch und legt die gefalteten Hände an die gespitzten Lippen. »Sie mimen ein Liebespaar, Hope, und dazu gehören auch entsprechende Szenen, sonst kaufen die Zuschauer Ihnen die Nummer nicht ab. Die Show muss authentisch wirken, sonst können wir uns den Aufwand gleich sparen.«

Mit achtundzwanzig Jahren hat Neil Wyler mehr Frauen in seinem Bett gehabt als Casanova persönlich. Die Liste der Extreme setzt sich fort: Partyexzesse, Schlägereien und Alkohol am Steuer. Kein Wunder, dass Diesel den Modelvertrag mit ihm kündigte. Neil Wyler und Ärger gehören quasi zusammen und kein Modelabel will sich eine tickende Zeitbombe in Form eines Newcomers ans Bein binden, wenn Millionen auf dem Spiel stehen. Bis *SilverStar Entertainment* ihm die Hauptrolle einer neuen Dramaserie anbot, unter der Bedingung, eine Einhundertachtzig-Grad-Wendung zu vollziehen. Ein Imagewechsel. Und *SilverStar* ist der Meinung, eine Realityshow, gekoppelt an einen Liebesurlaub, könnte helfen. Offenbar bin ich durch meine rührselige Vergangenheit genau die Richtige, um Scharen von Zuschauern vor den Bildschirm zu locken und Neil glaubhaft zu zähmen. Dafür, dass ich nicht vom Fach bin und noch nie geschauspielert habe, ist das Angebot ungemein lukrativ. Trotzdem gibt es Grenzen und die werde ich nicht überschreiten.

»Moment!«, meldet sich Scott zu Wort. Er ist groß und schlank. Seine blassblauen Augen passen toll zu den aschblonden Haaren, dennoch kann sein gutes Aussehen Neil nicht das Wasser reichen. In grüblerischer Geste reibt er sein Kinn. »Wir wollen Neils Image aufbessern und das schaffen wir nicht, wenn wir Sexszenen zeigen. Außerdem erreichen wir deutlich mehr Zuschauer, wenn die Show jugendfrei wird, denn dann kann sie im Vorabendprogramm laufen.«

Das klingt ziemlich vernünftig in meinen Ohren. Überhaupt wirkt Scott ziemlich vernünftig. Sein Vorschlag würde die Situation so weit entspannen, dass ich damit leben kann. Immer im Hinterkopf, durch die Gage meine Schulden tilgen zu könnten.

»Scott hat recht.« Es ist das erste Mal, dass ich Neil sprechen höre. Seine Stimme klingt dunkel und rau und sie passt zu dem Mann, der nur so strotzt vor Sex-Appeal, unterschwelliger Energie und ja, auch vor Aggressivität, die irgendwo unter der muskulösen, gebräunten Oberfläche schwelt. »Ein Imagewechsel muss grundlegend sein, aber niemand kauft mir den gezähmten Wolf ab.« Ein prüfender Blick zu mir. »Sie ist anders. Sie passt nicht zu mir.«

Anders? Was soll das denn heißen? Und überhaupt klang das für mich ziemlich beleidigend.

»Anders ist in diesem Fall genau richtig«, hält Scott dagegen. Er schenkt mir ein entschuldigendes Lächeln, was mich ein wenig beruhigt.

Gordon tippt sich nachdenklich an die Unterlippe. »Wir brauchen zumindest anständige Kussszenen.«

»Ich werde auch niemanden küssen, den ich nicht kenne!« Scott hat seine Absichten mit keinem Wort erwähnt, als er mir das Angebot machte. Die Rede war von einem Liebesurlaub und zartem Annähern. Ich bin wirklich nicht prüde, aber mir vor laufender Kamera von einem Fremden – zugegeben, einem verdammt heißen

Fremden, die Zunge in den Hals stecken zu lassen – nein danke!

Neils Brust wird sogar noch ein Stück breiter, als er sich von der Fensterbank abstößt und aufrichtet. Seine eindrucksvollen Augen brennen sich in meine. »Diese Show wird kein Kindergeburtstag, Schätzchen. Wenn du den Job willst, hältst du dich an die Vorgaben, und wenn ich dich küsse, küsst du mich zurück und du legst so viel Leidenschaft in diesen Kuss, dass ihn dir jeder abkauft, verstanden? Falls du ein Problem damit hast ...« Sein ausgestreckter Zeigefinger deutet zur Tür, sein Blick ist herausfordernd.

Ich habe schon gehört, dass er knallhart ist, und ich verstehe es auch irgendwo, schließlich geht es um seine Zukunft. Aber ich mag es überhaupt nicht, von oben herab behandelt zu werden. Ich könnte aufstehen und gehen. Ich habe mich bislang zu nichts verpflichtet. Doch dann siegt die Vernunft in mir. Ich muss diese drei Wochen durchziehen und mein Bestes geben. Ich habe keine andere Wahl.

»Also gut«, gebe ich zähneknirschend nach. »Kussszenen sind okay, aber kein Fummeln!«

Gordon verdreht genervt die Augen, während Scott einfach nur seufzt. Neil allerdings stößt sich vom Fensterbrett ab und kommt auf mich zu. Er ist groß. Größer als Scott, der bestimmt schon eins fünfundachtzig misst. Ich habe nicht vermutet, dass sich ein Mann seiner Größe derart raubtierhaft bewegen kann. Neil Wyler kann. Meine Nackenhaare stellen sich auf, als er dicht vor mir stehen bleibt. Er riecht verdammt gut nach einem frischen Aftershave. Nachdem er mich ein paar Sekunden stumm gemustert hat, wendet er sich an Gordon, und zwar mit einem abfälligen Zug um die sinnlichen Lippen.

»Zu unverbraucht und zu unerfahren.«

Was?

»Und damit ist sie genau das, was wir suchen«, hält Scott dagegen, der sich jetzt ebenfalls in seiner dunkelblauen Chino-Hose und dem weißen Longsleeve in Bewegung setzt und mit etwas Abstand zu uns stehen bleibt. »Ein Imagewechsel, Neil! Das bedeutet, alte Muster aufbrechen.«

Neil runzelt nachdenklich die Stirn, als würde ihm jetzt erst klar, was sein Manager von ihm verlangt. Dann wendet er in Zeitlupe den Kopf und beugt sich so weit vor, bis ich die dunklen Sprenkel im Grün seiner Iris deutlich erkennen kann. Oh Mann ...

»Aufstehen«, befiehlt er und tritt dann ein Stück zurück, um mir Platz zu machen.

2

HOPE

Was bin ich? Sein Hündchen?

Ich wölbe eine Braue, ohne mich von der Stelle zu bewegen. Neils Mundwinkel zuckt belustigt. »Bitte.«

Ich erhebe mich seufzend.

»Drehen ... bitte.«

Seine Nähe bringt mich durcheinander, sie löst Hitze in mir aus, aber ich schaffe es, nicht zu stolpern, während ich mich brav um die eigene Achse bewege.

»Nein!« Neil schüttelt den Kopf. Aus dem Augenwinkel sehe ich Gordon die Brauen heben.

»Was nein?«

»Sie ist niedlich, aber niedlich passt nicht zu mir«, sagt er zu den Männern, als würde ich nicht direkt vor ihm stehen. Mir fehlen die Worte! Arroganter Kerl! Er geht zum Schreibtisch, greift nach einer dunklen Mappe und öffnet sie, was sein Glück ist, denn ich stand knapp davor, ihm einen Tritt gegen das Schienbein zu verpassen.

Ungläubig verfolge ich sein Tun. Was macht er da, verdammt? Blättert er Fotos durch?

Neil hält ein Polaroid hoch. Eine vollbusige Blondine grinst mit viel zu weißen Zähnen strahlend in die Kamera. Ich erkenne keine Details, aber ihre Pose ist eindeutig: fick mich.

Ich reiße die Augen auf. Empörung schießt durch mich hindurch wie ein Pfeil. Das sucht Neil also? Eine aufgepimpte Barbiequeen, die so viel Plastik im Vorbau hat, dass sie beim Gehen gestützt werden muss, um nicht vornüberzukippen? Nein! So bin ich nicht, so will ich nicht sein und so werde ich auch nie sein.

Scott zieht die Brauen zusammen und sieht dann zu Neil. »Das ist Sally Cooper.«

»Ich weiß, wer das ist«, brummt Neil.

Der *SilverStar*-Boss beugt sich über den Schreibtisch und nimmt ihm das Foto aus der Hand. »Heiß. Ein Pin-up-Girl.« Seine Zunge schießt vor und benetzt lüstern seine Unterlippe. Mir wird schlecht.

»Sie passt nicht ins Profil.« Scott klingt genervt. »Sally ist nicht nur Pin-up, sie dreht auch Pornos. Mit ihr kommen wir vom Regen in die Traufe.«

Wären meine Fingernägel nicht kurz geschnitten, hätte ich sie mir jetzt vor Nervosität abgeknabbert. Gordon sieht kurz zu mir, aber Neil schenkt mir nicht den Hauch von Beachtung, als er die Mappe anhebt. »Die Auswahl hier drin ist groß genug. Wir finden jemanden.«

Scott schüttelt den Kopf. »Das ist deine Auswahl, nicht meine. Ich bin hier der Marketingexperte und ich sage dir, wir brauchen Hope!«

Scott und Gordon sehen zu mir. Ich schlucke, während mich die drei Männer fixieren, wobei ich mich auf Scott konzentriere, weil er mir am sympathischsten erscheint. Das ist vermutlich mein Stichwort, um etwas zu sagen, aber ich bringe kein Wort über die Lippen.

»Ich will eine Probe!« Gordon lehnt sich zurück und verschränkt die schlaksigen Arme vor dem azurblauen Hemd, dessen obere Knöpfe offen stehen. Nicht ein Brusthaar ist zu erkennen. Dafür blassrosa Haut. »Hope soll beweisen, dass sie der Sache gewachsen ist. Eine romantische Szene mit Neil. Hier und jetzt.«

Scott stößt die Luft aus und fährt sich durchs aschblonde, kurze Haar. Mein Blick geht zu Neil, aber sein Ausdruck ist zu neutral, um deuten zu können, was er denkt. Ich frage mich allerdings, ob ich genauso geschockt aussehe, wie ich mich fühle.

»Das war keine Bitte«, knurrt Gordon in die Runde. »Ich will Action sehen!« Seine Glattlederschuhe erzeugen keinen Laut auf dem dicken Teppich, als er um den Schreibtisch herumkommt und sich mit einer Pobacke auf die Ecke setzt. Ein Bein lässt er locker baumeln, während er die Hände wieder demonstrativ vor der Brust kreuzt. Mein Pulsschlag beschleunigt sich, als Scott nickt.

»Also schön«, gibt er nach und blickt dann abschätzend zu mir. »Bekommst du das hin? Mit Neil eine Szene zu spielen?«

Ich benetze meine Unterlippe. »Ähm ... kommt darauf an, was ich machen soll. Ich bin keine Schauspielerin.«

»Da hast du's! Sie kann es nicht.« Neil reißt die Hände hoch. »Schickt sie endlich nach Hause!«

»Nein!«, rufe ich entsetzt und fahre hoch. »Schickt mich nicht weg. Ich brauche diesen Job.« Verflixt. Das ist mir so rausgerutscht. Niemand soll von meinen Geldsorgen erfahren. Das geht nur mich etwas an. »Ich ... ich sehe meine Zukunft nicht hinter dem Ladentisch eines Trödelladens«, schiebe ich deshalb schnell hinterher. »Das hier könnte mein Sprungbrett bedeuten.«

Gott, ich bin die schlechteste Lügnerin der Welt. Keiner der Männer wirkt überzeugt, also muss ich noch einen Schritt weitergehen. Ich atme tief durch und straffe die Schultern. »Also gut. Testet mich.«

3

NEIL

Mit einer Frau wie ihr war ich noch nie zusammen. Ich habe mich nicht mal mit ihr unterhalten, denn dort, wo ich mich herumtreibe, sind die Mädchen nicht niedlich, nett und unschuldig. Wobei ich nicht glaube, dass Hope Kendall diese drei Attribute tatsächlich vereint. Ihre Vorgeschichte hat mit Sicherheit Spuren hinterlassen und ich wäre ein Dummkopf, wenn ich annehmen würde, sie wäre mit dem devoten Blick aus rehbraunen Augen unter den kastanienbraunen Ponyfransen so unschuldig, wie sie wirkt. Aber die Zuschauer werden es glauben, wenn wir ihre Geschichte richtig ausbauen, da hat Scott schon recht. Er hat ein gutes Auge und weiß, was die Massen bewegt. Hätte ich ihn kennengelernt, bevor ich in den Drogen- und Partysumpf abrutschte, hätte aus mir vielleicht ein anständiger Schauspieler werden können. Talent habe ich, sonst würde *SilverStar* mich nicht verpflichten wollen. Die Konkurrenz ist groß im Business und im Gegensatz zu mir haben die Jungs blütenreine Westen. Sie wären die deutlich einfachere Wahl. Mit ihnen wäre es safe für *SilverStar*. Keine Ausraster hinter der Kamera, keine Negativschlagzeilen. Doch Gordon will mich. Den zwielichtigen, unberechenbaren Newcomer. Den Bad Boy mit einschlägigem Ruf.

Ich brauche einen Imagewechsel, wenn ich auf Dauer bestehen will. Dass es nicht einfach wird, ist mir klar, aber ich bin mehr als bereit dazu. Und ich verstehe auch, dass Hope ins Profil passt. Die Leute stehen auf rührselige Geschichten. Sie wollen Drama, sie wollen Leidenschaft und sie wollen Kämpfer. Was mir nicht passt, ist etwas anderes.

Hope ist aufgestanden und nestelt an dem Saum ihres dünnen Strickpullis herum. Als sie saß, konnte ich ihre Figur nur erahnen, aber jetzt bestätigt sich meine Annahme. Sie hat hübsche Kurven, aber ihr Kleidungsstil geht gar nicht. Ich habe ja nichts gegen einen Casual Look. Ich trage auch am liebsten Jeans, Shirts, Boots und Lederjacke, aber diese ausgeleierten Leggins – no way!

Außerdem ist sie viel zu schüchtern. Sie soll meine Freundin mimen? Oh Mann. Da liegt wirklich noch ein ganzes Stück Arbeit vor mir. Hope folgt mir mit dem Blick, als ich durchs Zimmer schlendere und vor ihr stehen bleibe. Sie ist ein ganzes Stück kleiner und ich muss auf sie runtersehen, was ich aber nicht abfällig tue, sondern ehrlich interessiert.

»Wie verhältst du dich, wenn du mit einem Mann zusammen bist? Haltet ihr Händchen, legt er dir den Arm um die Schulter?« Ich stocke. Vielleicht hat sie einen Freund und ist deshalb so spröde? Ist doch möglich, dass sie es verheimlicht, weil sie Angst hat, den Job sonst nicht zu bekommen. »Hast du einen Freund?«, frage ich deshalb direkt.

Sie senkt die Lider und schüttelt den Kopf. Zum Glück, denn sonst würde ich die Sache abblasen. Die Show und die Absprachen sind streng geheim. Nichts davon darf an die Öffentlichkeit dringen, sonst ist die Glaubwürdigkeit dahin. Ein fester Freund würde Komplikationen aufwerfen, die kein Mensch braucht. Gordon wartet auf Action, also nehme ich ihre Hand, die sich kalt anfühlt. »Wir tun einfach so, als hätten wir ein Date. Unser drittes zum Beispiel. Wir waren nett essen, haben uns unterhalten und stehen jetzt auf einer Sommerwiese, um den Sternenhimmel zu betrachten.«

Sommerwiese und Sternenhimmel! Was für ein scheiß Klischee, aber Mäuschen wie Hope fahren darauf ab.

»Stell es dir vor. Das musst du können. Wenn wir ein Liebespaar spielen, muss es authentisch wirken. Schließ die Augen.«

Sie nagt an ihrer Unterlippe, nickt dann aber. Sie hat unglaublich lange Wimpern. Als ihre Augen offen waren, ist mir das nicht aufgefallen. Dunkel und voll, ganz ohne Mascara.

»Sehr gut. Jetzt atme tief durch und stell dir vor, es ist Nacht. Du legst den Kopf in den Nacken und öffnest deine Sinne. Eine laue Böe kitzelt deine Haut. Das Gras unter deinen nackten Füßen fühlt sich weich an. Grillen zirpen in der Ferne. Es riecht nach Sommer, Blumen und nach mir.« Ich beuge mich vor und nehme ihren Duft auf – ein schwacher Hauch von Vanille. Zu süß, nicht mein Geschmack, aber er passt zu Hope – und ich flüstere in ihr Ohr: »Gefällt dir, wie ich rieche?«

»Ja«, haucht sie, ohne zu zögern. Sie ist mir so nah und ich spüre, wie sich ihre Nippel unter dem Wollstoff aufstellen. Trägt sie keinen BH? Fuck!

»Was jetzt?«, fragt sie leise. Ihre Stimme zittert. Sie ist süß. Viel süßer, als ich gedacht habe. Viel zu süß für mich. Ich atme tief durch. »Wenn du im Geiste die Augen öffnest, was siehst du?«

»Den Nachthimmel. Sterne.«

»Du musst dir sicher sein. Erst, wenn du ganz in der Situation bist, kannst du glaubwürdig wirken.« Ich studiere ihr Gesicht, in Erwartung einer Regung, die sie verrät, aber die bleibt aus. Sie ist, wie sie ist. Natürlich. Unverfälscht und auch ... faszinierend, auf ihre ganz eigene Art.

»Hmmm ...«, murmelt sie nur. Ihre Zunge schnellt vor, leckt über die Unterlippe und mein Instinkt übernimmt die Kontrolle. Ich bin Profi, für gewöhnlich habe ich mich unter Kontrolle, aber ich bin wahrlich kein Heiliger. Die viel zu süße Hope bringt mich hart an die Grenze meiner Selbstbeherrschung. Wären wir an einem anderen Ort, würde ich sie küssen und abwarten, was passiert. Aber wir sind hier und das Büro des *SilverStar*-Chefs ist wirklich kein geeigneter Ort, um ihre Grenzen auszutesten. Plötzlich hebt sie die Arme.

»Darf ich?«, fragt sie zögernd.

»Was immer du willst«, sage ich und meine jedes Wort ernst.

Ihre Fingerspitzen berühren meinen Kiefer und tasten sich dann blind die Wangenknochen hoch. Ein kleines Seufzen entweicht ihr und ich stelle mir vor, wie sie es ausstößt, wenn ich tief in ihr bin. Der Gedanke ist wenig hilfreich, um runterzukommen, aber ich komme auch nicht dagegen an. An meinem Haaransatz stoppt sie. Wieder öffnet sie den Mund leicht. Doch ihre Zunge schnellt nicht vor, nein, sie zieht die volle, feucht glänzende Unterlippe zwischen die Zähne. Gott! Alles in mir krampft sich zusammen. Ich würde Hope wirklich gerne küssen. Wie würde sie reagieren, wenn meine Zunge in ihren Mund eindringt? Ich sollte diese Gedanken nicht haben. Es ist nur ein Test und das soll es auch bleiben, also brauche ich Abstand. Ich will Hopes Hände von meinem Gesicht lösen, doch bevor ich die Gelegenheit bekomme, fahren ihre gespreizten Finger in mein Haar. Sie stellt sich auf die Zehenspitzen, beugt sich mit geschlossenen Augen vor und flüstert: »Das fühlt sich weich an. Ich mag es, wenn Haare sich weich anfühlen.«

Ich bin wie erstarrt. So etwas hat noch nie eine Frau zu mir gesagt. Obwohl ich Abstand halten will, schlinge ich meine Arme um ihre schmale Taille. Hope erstarrt nur kurz, dann entspannt sie sich wieder und ich drücke meine Nase in ihre Halsbeuge. Nur ihre Haut berühren, ganz kurz, das muss reichen.

»Sie ist talentiert.« Gordons Flüstern durchdringt den Nebel in meinem Kopf. »Hätte ich ihr gar nicht zugetraut. Aber stille Wasser sind ja bekanntlich tief. Vielleicht nehme ich sie wirklich unter Vertrag. Ist ja keine Seltenheit, dass das Starlet auf der Welle des Stars schwimmt.«

Ich lasse Hope los, als hätte ich mich an ihr verbrannt, und stoße sie von mir. Sie strauchelt rückwärts und prallt gegen einen Sessel, an dem sie sich festhält. Erschrocken reißt sie die Augen auf, gefolgt von einem Keuchen, als sie meine Wut blitzenden Augen erkennt. »Habe ich etwas falsch gemacht?«

Ich schüttle nur den Kopf. Dann sehe ich weg, um den

Schmerz in ihren Augen nicht zu sehen, und blicke zu Gordon. »Entweder sie oder ich!«, stelle ich unmissverständlich klar. »Für uns beide ist in der Show kein Platz. Entscheide dich.« Damit drehe ich mich um und stürme aus dem Büro.

4

HOPE

»Was war das denn?«, fragt Gordon niemand Bestimmtes, aber mit hochgezogenen Brauen.

Ich bin zu verblüfft, zu gekränkt, um zu antworten. Meine Hände zittern und ich habe das Gefühl, mich gleich übergeben zu müssen. So schlecht ging es mir schon lange nicht mehr. Neil hat mich von sich gestoßen, als wäre ich ein ekliges Insekt. Für einen Moment habe ich das Gefühl gehabt, es bestände eine Verbindung zwischen uns. Eine elektrisierende Verbindung. Ich habe mich geirrt ... mein Gott, und wie ich mich geirrt habe! Neils Reaktion war schließlich eindeutig.

Scott löst den Blick von der noch immer geöffneten Tür, durch die Neil wutentbrannt gestapft ist. Im Gegensatz zu Gordon wirkt er kein bisschen erstaunt. Er weiß wohl, warum Neil derart durchdreht. Damit ist er uns einen Schritt voraus.

Scott fährt sich durchs Haar und lächelt verkniffen. »Ich kümmere mich darum«, sagt er und sieht dann zu mir. »Unterschreib den Vertrag.«

»Ich weiß nicht«, werfe ich zweifelnd ein, noch immer geschockt von dem Erlebten. Zitternd stoße ich die Luft aus. »Wenn Neil mich nicht in seiner Nähe will, dann ... dann solltet ihr wirklich Ersatz suchen.«

Ich lasse mich in den Sessel plumpsen, weil mich meine Beine nicht mehr tragen, und starre auf meine Zehen, als ich meine Füße nebeneinander aufsetze. Es wäre eine Katastrophe, den Job zu verlieren. Mein Untergang. Ich würde alles hergeben müssen, was mir lieb und teuer ist. Dennoch ... ein Liebespaar zu spielen, große Gefühle vorzutäuschen und zu wissen, dass Neil mich verabscheut – das kann ich nicht. Wie er mich angesehen hat, mit so viel Missachtung! Ich schließe die Augen, als die Bilder erneut vor mir auftauchen. Dabei fühlte sich alles so echt an. Diese Szene – als wäre sie real. Unglaublich, wie leicht ich auf ihn reinfallen konnte. Für einen Augenblick dachte ich wirklich, er würde mich mögen. Ich habe unterschätzt, was er in mir auslösen würde. Ich habe unterschätzt, was ich in ihm auslösen würde. Abscheu. Ekel.

Und dabei kennt er nur die Spitze des Eisbergs.

»Hope?« Scott ist an mich herangetreten, doch in Gedanken habe ich ihn nicht bemerkt. »Unterschreib den Vertrag.«

Ich lege den Kopf in den Nacken, um ihn anzusehen. »Warum? Neil hasst mich.«

Er beugt sich zu mir runter, aber nicht so dicht, wie Neil es getan hatte. Dennoch rieche ich sein leichtes Aftershave. »Weil es richtig ist. Neil hat seine Momente. Er hasst dich nicht. Er fängt sich wieder.«

Er lächelt aufmunternd, aber es bringt die Kälte in mir nicht zum Schmelzen. Neil fängt sich wieder? Genau! Ich kann mir beim besten Willen nicht vorstellen, wie das mit uns beiden funktionieren soll. Ernüchtert reibe ich mir übers Gesicht und vergrabe die gespreizten Finger danach in meinem kurzen gestuften Haar. »Was, wenn es nicht funktioniert und Neil die Dreharbeiten meinetwegen abbricht? Bekomme ich trotzdem mein Geld?«

Gordon wedelt mit dem erhobenen Zeigefinger. »Ohne Show keine Gage«, kommentiert er hart.

Eigentlich habe ich nichts anderes erwartet, aber die Hoffnung stirbt ja bekanntlich zuletzt. Als Scott in meinen Laden spaziert kam und mir das Angebot unterbreitete, dachte ich, er macht einen Scherz. Als er dann von seiner verzweifelten Suche nach einer geeigneten Kandidatin erzählte und davon, letztendlich durch einen Wink des Schicksals – so nannte er es wirklich – auf mich stieß, blieb mir beinahe das Herz stehen. Ich entspannte mich wieder, als mir klar wurde, dass er nur an der Oberfläche meiner Geschichte gekratzt hatte. Ich gehöre ebenso wenig vor die Kamera wie Faith eine katholische Betschwester ist. Aber je mehr Scott erzählte, desto größer wurde meine Hoffnung. Hoffnung, die jetzt zerrinnt, und warum? Weil ein überheblicher, selbstverliebter Bad-Boy-Verschnitt mir keine Chance geben will.

Plötzlich verwandelt sich meine Verletztheit in Zorn. »Warum hat er das getan? Mich behandelt, als wäre ich Dreck?«

Scott presst die Lippen zusammen. »Er hat dich nicht behandelt, als wärst du ...«

»Und ob er das hat!«, halte ich dagegen.

Scott öffnet den Mund und schließt ihn wieder. Dann schüttelt er den Kopf und sieht mich mit einem Ausdruck an, der vieles bedeuten kann. »Neil ist, wie er ist«, sagt er.

»Manchmal legt sich bei ihm ein Schalter um und dann kommt niemand an ihn heran.«

»Du sagtest, Neil fängt sich wieder. Wie kannst du dir sicher sein, dass er mich akzeptiert? Das sah für mich eben ganz anders aus.«

»Ich will keinen Stress«, wirft Gordon ein. »Und Neil wird welchen machen, wenn wir ihm Hope vor die Nase setzen.« Er sitzt wieder hinter seinem Schreibtisch, die Mappe in der Hand und sieht uns über den Rand eines Fotos an. Sucht er schon nach Ersatz für mich?

»Ich kenne Neil und weiß, wie er tickt.«

Gordon lässt die Mappe sinken. »Wenn ich Hope unter Vertrag nehme und die Show platzt, weil Neil sich querstellt, mache ich *dich* für den Schaden verantwortlich, Scott! Deine Tage als Manager sind dann gezählt. Darauf kannst du Gift nehmen.« Den letzten Teil versieht er mit einem herablassenden Unterton. Ich kenne Gordon Silver nur aus den Medien, die ihn als Selfmade-Millionär und Mann von Welt anpreisen, allerdings auch als Charakter mit zwei Gesichtern. Bislang fand ich ihn einigermaßen erträglich, allerdings ändert sich das jetzt. Scott kneift sich in die Nasenwurzel und schließt kurz die Augen. Als er sie wieder öffnet, sehe ich Entschlossenheit darin. »Ich verbürge mich für Neil.«

Gordon und er wechseln Blicke, dann nickt Gordon. »Meinetwegen. Hope ist dabei.«

»Ich habe noch nicht zugestimmt«, erinnere ich ihn an die Tatsachen.

Scott vergräbt die Hände in den Hosentaschen und wippt auf den Fußballen, mich abschätzend musternd. »Ich dachte, du brauchst das Geld.«

Ertappt zucke ich zusammen.

»Hey, es ist keine Schande, sein Konto aufbessern zu wollen.«

Aufbessern wollen trifft es nicht mal ansatzweise. Mir steht das Wasser bis zum Hals.

»Und mal ganz ehrlich?« Er zwinkert mir zu. »Wer würde fünfundzwanzigtausend Dollar ablehnen für drei Wochen Spaß?«

Fast hätte ich laut geschnaubt. »Drei Wochen Spaß?« Drei Wochen Folter trifft es wohl eher.

Gordon lehnt sich über den Schreibtisch, bis sein Hemd fast die Bewerbungsmappe berührt. »Sie zögern jetzt nicht wirklich, oder? So dumm können Sie nicht sein. Davon mal abgesehen, haben Sie es doch ganz gut hinbekommen. Ich hab Ihnen die Leidenschaft direkt abgekauft.«

Davon mal abgesehen, dass ich nicht geschauspielert habe, sondern Neil wirklich diese Gefühle in mir hervorrief, sollte ich nicht länger überlegen und Nägel mit Köpfen machen. Bevor ich doch einen Rückzieher mache, den ich mir nicht leisten kann. Entschlossen drücke ich mich aus dem Sessel hoch und überspiele meine Nervosität mit einem Lächeln, während ich zu Gordon gehe, der mir mit zufriedenem Nicken den Vertrag reicht. »Lesen Sie ihn durch und setzen Sie Ihre Unterschrift neben das Kreuz. Ich zeichne dann gegen und wir schicken eine Kopie.«

Oh nein ...

Meine Hände verkrampfen sich und mein Puls rast, als ich die Seiten entgegennehme. Jetzt bloß keine falsche Bemerkung machen. Nichts, was mich verraten kann. »Kann ich mir das in Ruhe durchlesen?«, frage ich bemüht gelassen, obwohl ich innerlich zittere wie Espenlaub. »Allein?«

Gordon wirft mir einen merkwürdigen Blick zu, nickt dann aber zu der linken von zwei Türen. »Der Besprechungsraum ist leer. Ich gehe dann zum Lunch. Wenn Sie Hilfe brauchen, sprechen Sie mit der Rechtsabteilung. Ansonsten geben Sie den Vertrag später bei meiner Sekretärin ab.«

Als ich eine Berührung auf der Schulter spüre, wirble ich herum. Scott lächelt, ich starre seine Hand auf meiner Schulter an und er nimmt sie weg. »Du bist schreckhaft.«

»War nicht der entspannteste Vormittag für mich«, entgegne ich trocken.

»Vermutlich nicht.« Er lächelt verkniffen. »Kann ich dich auf einen Kaffee einladen, nachdem du mit dem Zeug ...«, er nickt in Richtung Papierstapel, den ich so fest umklammere, dass meine Finger schon fast taub sind, »fertig bist? Rein freundschaftlich. Als Wiedergutmachung für meinen kleinen Überfall eben?«

»Willst du nicht Neil beruhigen?«

»Der beruhigt sich schon selbst.«

»Was ihr macht, ist mir egal«, verkündet Gordon genervt, als er an uns vorbeistiefelt. »Ich gehe jetzt Mittagessen.« An der Tür hält er inne und zielt mit dem Zeigefinger auf Scott. »Ich verlass mich darauf, dass die Sache läuft.«

Scott tippt sich an die Stirn, doch seine Halssehne ist gespannt. Ich sehe Gordons geradem Rücken hinterher, bis er hinter einer Ecke verschwindet.

»Du hast mir noch nicht geantwortet.«

Ich blinzle Scott an und schüttle den Kopf. »Wie war die Frage noch mal?«

»Ob du einen Kaffee mit mir trinkst?«

Ach das. Flirtet er etwa mit mir? Ich will es nicht

herausfinden. Wenn ich mit Neil wirklich arbeiten würde und der mitbekommt, dass ich seinen Manager date – wenn auch nur auf einen unverfänglichen Kaffee –, wird er vielleicht wieder sauer. Und das will ich nicht.

»Tut mir leid«, sage ich. »Aber ich muss den Vertrag durchgehen.«

»Du kannst ihn einem Anwalt deiner Wahl zeigen, das weißt du, oder? Ich bin ehrlich, Gordon wäre davon nicht begeistert, aber es ist dein gutes Recht.«

Ja, das ist mir bewusst. Nur fehlt mir dafür das nötige Kleingeld. Davon mal abgesehen will ich Gordon nicht unnötig verärgern.

»Danke, aber ich schaffe das schon.«

»Ich kann dir dabei helfen«, bietet Scott an. Wieder dieses verschmitzte Zwinkern. »Mit zwei Bechern Kaffee.«

»Den würde ich nur verschütten, während ich die Seiten durchgehe. Ich bin der reinste Tollpatsch.« Ich lächele entschuldigend und hebe den Papierstapel an. »War schon immer ein Einzelkämpfer. Außerdem solltest du deine Energie besser für Neil aufwenden. Ich habe das Gefühl, da wird sie dringender benötigt.«

Scott wirkt ein wenig enttäuscht, grinst dann aber. »Das ist die netteste Abfuhr, die ich je bekommen habe.«

»Sorry.«

»Du musst dich nicht entschuldigen.« Er kramt eine Visitenkarte aus der Hosentasche und legt sie auf den Papierstapel. »Komm morgen gegen 19.00 Uhr dorthin.«

Ich betrachte die Adresse mit gerunzelter Stirn. »Wer wohnt da?«

»Überraschung.«

Ich verziehe den Mund. »Mit Überraschungen habe ich

es nicht so.« Zu viele davon haben mir schon Ärger eingebracht.

»Gib dir einen Ruck. Es lohnt sich.«

»Ich überleg's mir, okay?«

»Okay«, sagt er. »Wenn Fragen wegen des Vertrags auftauchen, melde dich bei mir. Nicht bei Gordon, ja? Meine Nummer hast du.« Seine blassblauen Augen fixieren mich ernst.

Also hat mich mein Instinkt nicht getrogen. Er traut Gordon ebenso wenig über den Weg wie ich. »Ist hier oben gespeichert.« Ich klemme mir die Papiere unter den Arm und tippe mir gegen die Stirn. Nie im Leben werde ich Scott anrufen, aber das muss er ja nicht wissen. Er verabschiedet sich. Ich warte, bis er gegangen ist, dann verschwinde ich im Nebenraum und lasse den Vertrag auf den gläsernen Konferenztisch fallen. Dreißig Seiten Kleingedrucktes – ein Albtraum.

5

HOPE

»Cool! Hope wird berühmt!« Joy sieht mir über die Schulter und funkelt Faith auf dem Laptopbildschirm grimmig an. Joy, Hope und Faith – Freude, Hoffnung, Vertrauen –, oft haben wir über den Zufall der Namensgebung geschmunzelt, aber sie passen zu uns und zu unseren Geschichten wie die Faust aufs Auge. Der Tod unserer Pflegeeltern – Jack starb vor zwei Jahren an Krebs, Marly folgte ihm nur wenige Monate später – war ein herber Schlag für uns drei, denn die Daltons sind das einzige Zuhause, das wir kennen. Seitdem versucht jede, ihre Nische zu finden, was nicht immer ganz einfach ist, wenn man ein Päckchen zu tragen hat. Alter Ballast ist oft hinderlich für Neuanfänge, ich bin das beste Beispiel. Aber es ist auch kein Zuckerschlecken, von seiner Mutter als Säugling in einen Müllcontainer geworfen zu werden und danach von Waisenhaus zu Waisenhaus zu wandern, weil man nicht angepasst genug ist, um an einem Ort bleiben zu dürfen.

Faith ist mit siebenundzwanzig Jahren die Älteste und

auch die Flippigste von uns dreien. Als letztes Jahr das Jobangebot aus Portland kam, fackelte sie nicht lange und zog um. Joy ist mir geblieben, aber sie steckt ihre Nase lieber in die Bücher der Stadtbibliothek, wo sie arbeitet, statt mir im Trödelladen zu helfen, den ich von Jack und Marly erbte.

»Das ist kein Grund zur Freude! Also hör auf zu grinsen wie ein bekloppter Breitmaulfrosch«, schimpft meine jüngere Ziehschwester und schiebt ihre schwarz gerahmte Brille auf der kleinen Nase zurecht. »Hopes Ruf ist ruiniert, wenn sie vorgibt, mit diesem ... diesem ...«

»Rumhurenden, saufenden Playboy?«, hilft Faith ihr feixend auf die Sprünge.

»Genau! Wenn sie vorgibt, mit dem zusammen zu sein.«

»Scht ...«, zische ich. »Wenn du noch lauter schreist, weiß es gleich die ganze Nachbarschaft.« Ich hüpfe von meinem Bett, auf dem wir es uns in Jogginghosen und Wohlfühlshirts mit einem Glas Chardonnay gemütlich gemacht haben, schließe das offene Fenster und sperre damit die milde Spätsommerbrise aus. Meine Wohnung liegt zwar im dritten Stock und nach Einbruch der Dunkelheit verirrt sich nur selten ein Fußgänger in die kleine Seitenstraße, aber man weiß ja nie. Ich habe heute Nachmittag einen Vertrag unterschrieben, der topsecret ist. Sollte davon etwas nach außen dringen, bin ich geliefert.

Ich setze mich wieder und schnappe mir den Laptop, um ihn auf meine verschränkten Knie zu legen. Joy, die wieder neben mir sitzt, späht über meine Schulter auf den Bildschirm. Faith winkt ab und nimmt einen Schluck aus ihrer Corona-Flasche. »Neil Wyler ist absolut heiß. Wenn ich die Gelegenheit hätte, mit dem Typen zu vögeln, würde ich keine Sekunde zögern.«

Ich huste Chardonnay, kann aber noch rechtzeitig den Kopf zur Seite reißen, bevor ich den Laptop besudle. »Faith!«, empöre ich mich kichernd und wische mir mit dem Ärmel Wein vom Kinn.

Joy findet das gar nicht lustig. »Den Stempel wird Hope nie wieder los!«, schimpft sie.

»Ich werde nicht mit ihm schlafen«, beruhige ich sie.

Faith spitzt die pink geschminkten Lippen. »Würde ich mir an deiner Stelle noch mal überlegen. Hast du mal seinen Oberkörper gesehen? Die ganzen Muskeln? Junge, Junge ... Da bekomme ich nur vom Hinsehen einen Höhepunkt.«

Joy verdreht die Augen und murmelt etwas von einem hoffnungslosen Fall. »Wenn schon mit jemandem schlafen, dann jedenfalls nicht mit so einem Macho! Notfalls buchst du dir einen Callboy, der tanzt zumindest nach deiner Pfeife und behandelt dich nicht wie Dreck.«

Ich starre Joy mit offenem Mund an. »Ist das dein Ernst?«

»Was?« Sie trinkt einen Schluck und sieht mich dabei über den Rand des Glases halb fragend, halb irritiert an.

»Das ganze Zeug, was du da gerade von dir gegeben hast.«

Ihre Wangen färben sich rot, als sie das Glas abstellt, aber sie nickt. »Ist es.«

»Wow!«

Meine kleine Ziehschwester ist das Paradebeispiel einer Bibliothekarin. Kinnlange, honigblonde Haare, Cardigan und Bleistiftrock zu klassischen Pumps. Ihre faszinierenden eisblauen Augen versteckt sie hinter einer getönten Brille, die so groß ist, dass sie ihr ovales Gesicht halb verdeckt. Natürlich trägt sie kein Make-up. Das mache ich zwar auch nicht, aber mein Teint ist von Natur aus dunkel mit einem bronzefarbenen Schimmer. Joys Gesichtsfarbe ähnelt eher einem frisch geborenen Ferkel.

Faith grient. »Sieh mal einer an: Unsere kleine Büchermaus goes wild.«

Joy reißt ihr Weinglas wieder von meinem Nachttisch und nimmt einen großen Schluck. »Ihr unterschätzt mich eben.«

Ich drücke ihr einen Kuss auf die Wange. Der Wein in ihrem Glas schwankt. »Ich nicht. Du bist ein Wolf im Schafspelz.«

Faith macht ein knurrendes Geräusch.

Joy verzieht beleidigt den Mund. »Ihr nehmt mich nicht ernst.«

»Grrrr«, macht Faith erneut. Grinsend setzt sie ihre Bierflasche an die vollen Lippen. Joy wirft ihr einen bösen Blick zu.

»Du brauchst mal wieder einen Mann, der dich ...«

Ruckartig reißt Faith die Flasche runter. »Was?«, fragt sie gereizt. »Der mich anständig vermöbelt?«

Ich halte die Luft an. Joy öffnet den Mund und schließt ihn wieder wie ein Fisch auf dem Trockenen, dann schüttelt sie betreten den Kopf. Ungewollt hat sie einen wunden Punkt bei Faith getroffen. »Ich wollte sagen, der dich auf andere Gedanken bringt.«

Verstohlen schiele ich zu Joy, die ihre Unterlippe eingezogen hat und den Blick auf den Bildschirm meidet, und sehe wieder zu Faith. »Können wir vielleicht das Thema wechseln?«

Faith ist mir wichtig, aber ich habe weiß Gott gerade

genug eigene Probleme und kann nicht auch noch die von Faith gebrauchen. Wie gesagt, wir haben alle unsere Päckchen zu tragen und jede muss damit auf ihre eigene Art umgehen.

Faith leert ihre Bierflasche und stellt sie danach geräuschvoll auf dem Bistrotisch ab, an dem sie steht. Im Hintergrund sind Köpfe zu erkennen und Stimmen sind zu hören. Wie so oft skypt sie von einer Bar aus. Ich habe nie verstanden, warum sie das tut. Dieses Gewusel würde mich verrückt machen. »Jetzt lass uns mal Klartext reden und nicht daran denken, wie du fünfundzwanzigtausend Dollar an Land ziehen wirst.«

»Würde mich schon interessieren«, kommentiert die Bedienung, als sie ein neues Corona neben Faith abstellt und die leere Flasche abräumt. »Für nähere Infos: Ich bin an der Bar und ganz Ohr.« Sie zwinkert Faith zu. Dann ist sie wieder verschwunden.

»Wenn du schon so eine Massenveranstaltung deinen eigenen vier Wänden vorziehst, dann sprich gefälligst leiser«, fahre ich sie an. »Ich habe eine Geheimhaltungsklausel unterschrieben!« Faith macht ein zerknirschtes Gesicht, bevor sie die Nase so dicht vor den Laptop schiebt, dass sie beinahe den Bildschirm berührt. »Seid ihr den Vertrag durchgegangen? Nicht, dass ihr einen Punkt übersehen oder falsch interpretiert habt.«

»Wir?«, fragt Joy entsetzt. »Ich dachte, sie ist den Vertrag mit *dir* durchgegangen.«

»Mit mir?«, quiekt Faith auf. »Nein!«

Ups!

»Hope?« Faith sieht mich an, als wollte sie mir bei lebendigem Leib das Fell über die Ohren ziehen.

Ich schneide eine Grimasse. »Ich hab ihn blind unterschrieben.«

»Du hast was?«, kreischen beide im Chor. Ich kneife die Augen zusammen, in Erwartung des Donnerwetters. Verdient habe ich es schließlich.

Analphabetismus ist weit verbreitet. Funktionaler Analphabetismus oder Illettrismus, wie in meinem Fall, liegt vor, wenn Menschen durchaus in der Lage sind, Buchstaben zu entziffern sowie einzelne, geläufige Wörter, jedoch verschwimmt der Sinn von längeren Texten bis hin zu völliger Ratlosigkeit. Auslöser können viele Ursachen sein: Krankheit, Behinderung oder traumatische Erlebnisse sind nur einige Beispiele dafür. Ich habe gelernt, meinen Defekt zu verbergen. Joy hilft mir mit Abrechnung und Buchführung und entlastet mich damit sehr. Meine Pflegemutter unterrichtete mich zu Hause, um dem Spießrutenlauf in der Schule zu entgehen. Es ist nicht so, dass ich lesen und schreiben nicht lernen *will*. Mein Gehirn verweigerte in dieser Hinsicht einfach den Dienst, seit ich im Alter von neun Jahren Dinge ansehen musste, die kein Kind zu sehen bekommen sollte. Seitdem passt kein Buchstabe zum anderen.

»Bist du von allen guten Geistern verlassen?«, knurrt Faith leise, nachdem sie sich vom ersten Schock wieder erholt hat. Ich öffne ein Auge und schiele vorsichtig nach links. Joy schüttelt neben mir nur fassungslos den Kopf. Ich habe geahnt, dass die beiden so reagieren, wenn sie es erfahren. Deswegen wollte ich es auch verheimlichen.

»Es war blöd von mir«, gebe ich kleinlaut zu.

»Warum hast du nicht angerufen? Ich hatte das Handy neben mir liegen!«

Ich presse die Lippen zusammen. »Aber ich hatte meins vergessen.«

»Mensch, Hope!« Faith schüttelt fassungslos den Kopf. »Das hätte nicht passieren dürfen.«

Hätte es nicht. Ist es aber. Das Handy ist ein wichtiger Teil meines Sicherheitsnetzes, um die Schwäche zu verbergen. Joy und Faith sind meine Verbündeten. Nicht nur telefonisch. Wenn ich ausgehe, dann meist mit einer der beiden. Neue Freundschaften schließe ich nur oberflächlich, denn je weiter ich Fremde an mich heranlasse, desto größer wird die Gefahr, entlarvt zu werden. Mitunter ist so ein Leben recht einsam, aber besser, als erklären zu müssen, was mir passiert ist.

»Ich war heute Nachmittag so durcheinander, dass ich gehandelt habe, ohne nachzudenken.«

Gordon wirkte ohnehin schon verärgert und dann dieser misstrauische Blick zum Schluss – ich hatte Angst, er könnte doch alles abblasen, wenn ich ihn bitte, mit dem blanken Vertrag gehen zu können, um ihn am folgenden Tag wiederzubringen. Weder die Rechtsabteilung noch Scott wären eine Option gewesen. Sie hätten sofort gemerkt, dass ich nicht lesen kann, was da abgedruckt steht.

Joy seufzt übertrieben. »Du hast den Karren tief in den Dreck gefahren, aber ich helfe dir, ihn wieder rauszuziehen.« Sie gießt Chardonnay nach und reicht mir mein Glas.

»Ich auch. Sofern ich das von Portland aus bewerkstelligen kann.« Faith nickt, ihr hoher Pferdeschwanz wippt und ihre cognacbraunen Augen leuchten entschlossen.

»Ich brauche jemanden, der den Laden für mich führt, während ich die Show drehe.«

»Dein Part, Büchermaus«, bestimmt Faith sofort. »Ich kann aus dem Klub nicht weg.«

»Ich kann mir Urlaub nehmen, aber ich bin keine Verkäuferin«, erklärt Joy und sieht mich dann zweifelnd an. »Deine Umsätze werden bestimmt einbrechen.«

Ich zucke die Schultern. »Die sind eh bescheiden. Ein paar Dollar mehr oder weniger retten den Laden auch nicht. Ich brauche die Gage von *SilverStar*. Ohne sie geht alles den Bach runter.«

»Steht es wirklich so schlimm?«, fragt Faith und wedelt mit ihrer Bierflasche herum.

»Leider.« Und eigentlich noch viel schlimmer. »Ich bin mit sechs Raten im Rückstand und dann wird zusätzlich ein größerer Teilbetrag des Kredits fällig. Wenn der Vertrag bei *SilverStar* platzt, bin ich den Laden los.« Mein Herz krampft sich zusammen, wenn ich nur daran denke.

»Ich kratze meine Ersparnisse zusammen«, bietet Joy großzügig an. »Es ist nicht viel, aber es wäre ein Anfang.«

Faith schneidet eine Grimasse. »Mit Ersparnissen kann ich nicht aufwarten, aber ich kann um einen Vorschuss bitten.«

Ich schüttle den Kopf. »Das ist lieb von euch, aber es würde nicht reichen. Jack und Marly haben den Laden hoch verschuldet.« Nach der Chemotherapie brauchte Jack Pflege und Marly musste den Trödelladen bis unters Dach belasten, um die teuren Medikamente bezahlen zu können. Der Laden hat nie viel abgeworfen, aber mein kleines Gehalt reichte mir. Es war immer ein Ort, an dem ich mich sicher fühlte. Er ist mein Ein und Alles. Ich darf ihn nicht verlieren.

»Dann sorg eben dafür, dass der Vertrag bei *SilverStar* nicht platzt!« Für Faith scheint immer alles so leicht zu sein. Sie trifft eine Entscheidung und zieht sie durch. Ohne Wenn und Aber. Leider auch ohne Rücksicht auf Verluste.

»Einfacher gesagt als getan«, brumme ich.

»Neil Wyler ist das Zünglein an der Waage«, überlegt Joy laut.

»Dann schlaf mit ihm, verdammt!« Faiths flache Hand saust auf den Tisch. »Vögle ihm sprichwörtlich das Hirn aus dem hübschen Kopf und wickele ihn um den kleinen Finger. Ich weiß, darin hast du wenig Erfahrung, aber dann ist jetzt eben der Zeitpunkt, um über sich herauszuwachsen.«

Mir wäre fast das Glas aus der Hand gerutscht. »Spinnst du? Der Typ hat eine Liste von Verflossenen, die länger ist als das Telefonbuch von San Francisco!«

»Eben«, bestätigt Joy neben mir. »Sex zieht bei dem sicher.«

Ich blinzele sie argwöhnisch an. »Seit wann bist du so locker drauf? Eben hast du noch Zeter und Mordio geschrien und wolltest mir den Vertrag ausreden.«

»Hab meine Meinung eben geändert.« Sie grinst verschmitzt, bevor sie schnell einen Schluck trinkt.

»Wenn unsere Büchermaus schon den Vorschlag macht, solltest du dich nicht so anstellen«, kommt es von Faith.

Ich starre die goldgelbe Flüssigkeit in meinem Glas an. Kleine Kreise entstehen, als ich es am langen Stiel schwenke. »Es muss eine Alternative geben. Sex ist keine Lösung.«

»Kein Sex ist auch keine Lösung«, kichert Faith. Als ich aufsehe, wackelt sie mit den ausdrucksstarken Brauen.

»Ich werde mich nicht prostituieren!«

»Diese Formulierung solltest du vielleicht nicht in Neil

Wylers Gegenwart benutzen«, gibt sie altklug zurück. »Würde die Situation zwischen euch nicht unbedingt verbessern.«

Ich seufze meinen Chardonnay an. »Was für ein verquirlter Mist.«

»Und wenn du noch mal mit der Bank sprichst?« Joy stellt ihr leeres Glas ab und rutscht auf dem Bett so weit zurück, bis sie sich mit dem Rücken ans Kopfteil lehnen kann. Ich wende halb den Oberkörper, um sie ansehen zu können. »Drück ordentlich auf die Tränendrüse, appelliere an ihr Mitleid. Hab gehört, da gibt es so Existenzgründerprogramme mit Zuschüssen. Vielleicht hast du Glück und passt in die Schublade.« Sie sieht mich durch ihre große Brille abwartend aus eisblauen Augen an. Von diesem Programm habe ich auch schon gehört. Große Hoffnungen habe ich zwar nicht, aber ein Versuch kann nicht schaden.

6

HOPE

»*Verehrte Miss Kendall*«, liest Joy die E-Mail vor, die mich vor wenigen Minuten erreichte. »*Ihr Geschäft wurde aus einem bereits bestehenden Betrieb übernommen. Sie sind zwar Neueigentümerin, dennoch müssen wir Ihnen leider mitteilen, dass Ihr Business nicht ins Profil unseres Start-up-Programms passt und Ihre Raten in voller Höhe zum bekannten Zeitpunkt fällig werden. Auch Ihrer Bitte um Aufschub können wir nicht entsprechen. Sollten Sie nicht fristgerecht zahlen, fällt das Gebäude an unsere Bank und wird zum nächstmöglichen Termin an den Meistbietenden versteigert. Freundliche Grüße, Jason Montgomery (Financial Holding Chicago).*«

Joy, die am Schreibtisch neben mir sitzt, ist sehr still geworden. Tränen der Wut und Enttäuschung steigen in mir auf. Nachdem meine Anfrage keine zwei Stunden alt ist, habe ich mit der Antwort nicht so schnell gerechnet. Nun gut, jetzt habe ich zumindest Gewissheit.

Ich lasse meinen Kopf kreisen, um die üblen Nackenverspannungen in den Griff zu bekommen. Seit Wochen kann ich kaum schlafen, wälze mich nachts nur von rechts nach links, in der Hoffnung, eine Lösung für meine Probleme zu finden. *SilverStar ist* eine Lösung, aber ich werde womöglich gegen meine Prinzipien verstoßen müssen und ich weiß nicht, ob ich bereit dazu bin. Davon mal abgesehen, kann Neil mich nicht leiden, was es für mich nicht einfacher macht.

»Tut mir sehr leid«, flüstert Joy. Sie drückt meine Hand und lächelt mich mitfühlend an.

»Noch gebe ich mich nicht geschlagen.« Der Kloß in meinem Hals macht mir das Sprechen schwer. Ich bringe mich auf meinem Schreibtischstuhl in eine bequemere Position und klicke die nächste E-Mail an. Joy klemmt sich eine lose Haarsträhne hinters Ohr und beginnt zu lesen.

»*Hochgeschätzte Miss Kendall.*« Joy stockt. »Hochgeschätzte? Wir sind doch nicht mehr im Mittelalter!«

Ich seufze laut und schüttle nur den Kopf. »Lies weiter.«

»*Sie befinden sich in einem finanziellen Engpass. Meine vorherigen Anfragen wurden von Ihnen abgelehnt, aber ich habe einen zahlungskräftigen Kunden, dem viel an dem Kauf Ihres Grundstücks liegt. In dessen Namen darf ich Ihnen 120.000 Dollar für den Komplex anbieten, zahlbar sofort nach Vertragsabschluss. Ich erwarte Ihre baldige Antwort. Hochachtungsvolle Grüße, Eduardo Louis Rodriguez (Makler).*«

»Der Kerl hat ja Nerven!«, schnaubt Joy empört.

Dem kann ich nur zustimmen. Jack und Marly waren kaum unter der Erde, da kam schon die erste Mail. Ich hatte nie vor, zu verkaufen, Joy aber gebeten, einen höflichen Ton anzuschlagen, indem sie eine diplomatische Antwort formuliert. Vielleicht wird es Zeit, das zu ändern.

»Ich begreife einfach nicht, warum es gerade dieser Häuserkomplex sein muss. Die Nachbargeschäfte wurden auch angeschrieben und die stehen bei der Bank nicht so tief in der Kreide wie ich. Außer Cleve vielleicht, aber der verscherbelt seinen Elektrokram auch zu Dumpingpreisen.«

»Vielleicht der Neubau eines Einkaufszentrums? Die schießen ja gerade wie Pilze aus dem Boden.«

»Das könnte sein.«

Ich spitze die Lippen und trommle mit den Fingern auf dem Tisch, während ich einen Punkt auf dem Bildschirm fixiere, ohne die Buchstaben miteinander in Verbindung bringen zu können. »Es wäre nur logisch. Susan – ihr gehört der Zeitschriftenladen an der Ecke – hat erzählt, im Hafenviertel sei etwas Ähnliches passiert. Allerdings sind ein paar Sachen hinter dem Rücken der Ladenbesitzer abgelaufen, die nicht ganz koscher waren.«

»Sprichst du von Betrug?«

Joy knallt den Laptop zu. Ich blinzle erschrocken. »Weiß nicht. Vielleicht. Susan wollte nicht recht mit der Sprache rausrücken.«

»Das ist übel.«

»Allerdings.« Und ein Problem, das ich, neben meinen Geldsorgen, weiß Gott nicht auch noch gebrauchen kann. Zumal ich Joy die Verantwortung für die kommenden drei Wochen übertragen werde und Joy ist nicht unbedingt der Typ, der hart durchgreift, wenn es brenzlig wird. Hadernd reibe ich mir übers Gesicht, bevor ich die Hände auf die Tischplatte lege und zu Fäusten balle. Ich will Joy nicht allein lassen, aber ich muss, wenn ich den Laden retten will.

»Anscheinend möchte der Käufer nicht nur anonym bleiben, sondern auch sichergehen, das Grundstück kaufen zu können. Ansonsten hätte er wohl bis zur Versteigerung gewartet«, mutmaßt Joy.

Ziemlich merkwürdig das alles. Wirklich.

»120.000 Dollar ist eine Menge Geld. Eigentlich viel zu viel für das marode Gebäude.«

»Stimmt.« Joy kräuselt die Nase. »Trotzdem wirst du nicht freiwillig verkaufen, oder? Versprich es mir!« Joys Unsicherheit rührt an mein Herz. Obwohl Faith die Stärkere ist, die, die mit ihrer einnehmenden Art jeden in ihren Bann zieht, sind Joy und ich uns näher.

Ich drücke ihre Hand, die jetzt auf meinem Oberschenkel liegt. »Nie im Leben!« An dem Laden hängen mein Herz und so viele Erinnerungen. Gute Erinnerungen. »Ich werde kämpfen.« Das ist mein fester Entschluss.

7

HOPE

Joy haucht mir einen Luftkuss durch die Windschutzscheibe zu und legt den Rückwärtsgang ihres Toyotas ein, während ich auf dem Parkplatz stehe und zum Abschied winke. Ich warte, bis sie verschwunden ist, dann drehe ich mich um, schirme meine Augen mit dem Handrücken gegen die tief stehende Sonne ab und betrachte das zweistöckige Lagerhaus vor mir. Der rote Backstein wirkt marode, aber die grau gerahmten, großen Fenster sehen neu aus. Es liegt inmitten sanierter Fabrikhallen, die zu Museen, Kunstgalerien und Wohnhäusern umfunktioniert wurden. South Market war früher ein Hafen- und Industriegebiet. In den Siebzigerjahren wurde es renoviert und mutierte schnell zum Szeneviertel mit hochpreisigen Wohnungen und Lofts. Hier lebt Neil also, wenn ich Joys Recherche glauben kann. Hat was – wirklich. Warum hat Scott verschwiegen, dass es sich auf der Visitenkarte um Neils Adresse handelt? Dachte er, ich würde nicht kommen? Nun gut, nach dem vorangegangenen Gespräch und der Nummer, die Neil abgezogen hat, lag die Vermutung schon nahe.

Über Neils Vergangenheit konnte Joy im Netz kaum etwas finden, nur, dass er aus Alabama stammt und eine große Familie hat. Sobald in Interviews nach seinem Background gefragt wird, blockt er ab. Schätze, das ist in dem Business normal, um diejenigen zu schützen, die einem wichtig sind. Joy fand wenige Berichte über Neils Modelkarriere und ein paar Serien, in denen er am Rande mitgewirkt hat. Dafür hinreichend Klatsch über Drogen- und Alkoholexzesse, Liebschaften und spezielle sexuelle Vorlieben, die nicht immer schmeichelhaft waren. Ich bin kein Experte, aber ich würde behaupten, die Presse hat ihn in eine schmuddelige Schublade gesteckt, die für regelmäßige Schlagzeilen und somit klingelnde Kassen im Zeitungsverkauf sorgt. Gut nachvollziehbar, dass Neil diesem Image entfliehen will.

Ich lege den Kopf in den Nacken und spähe zum Flachdach hinauf, das von einer Brüstung umrandet wird. Ein Sonnenschirm ragt dahinter auf sowie zwei Liegestühle. Ich lasse das Kinn sinken und mein Blick fällt auf drei längliche Fenster im zweiten Stock. Die Rollläden sind zum Schutz vor der Sonne halb geschlossen. Meine schweißfeuchten Hände öffnen und schließen sich wie von selbst. Was wird mich drinnen erwarten? Bin ich allein mit Neil, oder ist Scott auch da? Ich hoffe nur, niemand verlangt eine weitere Kostprobe meines schauspielerischen Könnens. Neils Nähe hat gestern so einiges in mir ausgelöst, bevor er mich bloßgestellt hat. Eine Wiederholung davon brauche ich nicht so schnell.

Die Nervosität blubbert in mir wie Kohlensäure in einem Champagnerglas, als ich das zweiflüglige Metalltor betrachte. Daneben befindet sich eine glänzende Tür aus ähnlichem Material, nur viel moderner. Ich fahre mir durch die kurzen Haare, stoppe aber, bevor ich mein Styling in eine Vollkatastrophe verwandeln kann, und lasse die Arme wieder sinken, als ich die vielen Knöpfe auf dem Keypad des elektronischen Schlosses anstarre und überlege, welcher davon die Klingel darstellt. Sie sehen alle gleich aus. Schwarz und rund mit weißen Zahlen versehen, wobei keine abgenutzter aussieht als die andere. Unruhig trete ich auf der Stelle. Für gewöhnlich bevorzuge ich flache Schuhe, aber ich möchte Eindruck schinden und habe mich deshalb für halbhohe Peeptoes entschieden. Dazu knackige Shorts und ein enges Top mit Spitzenrand. Ich bilde mir ein, durch die Absätze kommen meine Beine besser zur Geltung, wobei es daran eigentlich nichts auszusetzen gibt. Ebenso wenig wie am Rest meiner Figur. Ich bin weder zu dünn noch zu dick und habe Kurven, die sich perfekt an Unterwäsche von der Stange anpasst.

»Hope!« Ich erstarre. Das ist Scotts Stimme, die etwas verzerrt aus einem Lautsprecher kommt. Ich blicke nach oben zu der kleinen Kamera auf einem Vorsprung. »Ich mache dir auf. Wenn du den Summer hörst, drück gegen die Tür.«

Ich nicke mechanisch. Woher weiß er, dass ich genau in diesem Moment hier stehe? Hat er mich beobachtet? Die Champagnerbläschen gluckern in meinem Magen und steigen meine Speiseröhre hoch.

Schön cool, bleiben, Hope. Alles wird gut.

Als ich einen hellen Ton höre, trete ich ein, bleibe dann aber wie angewurzelt stehen und meine Sorge, schon eine Weile beobachtet zu werden, verfliegt. Meine Herren!

Damit habe ich nicht gerechnet. Das Schloss klickt hinter mir, als die Tür einrastet. Ich sehe mich um.

So unscheinbar das Gebäude von außen auch wirkt, umso mehr Stil hat es im Inneren. Helle und dunkle Grautöne dominieren den einzigen Raum, weiche Cremetöne runden sie ab. Bodentiefe Fenster zu gebeiztem Beton. Klare Linie, kein Schnickschnack. Dominant, stylish, männlich. Ich bin spontan schockverliebt. Was für eine Hütte! Und was sagt sie über den Mann aus, der hier lebt? Ziemlich viel. Zeig mir, wie du wohnst, und ich sage dir, wer du bist. Heißt es nicht so?

Vielleicht ist Neil Wyler doch nicht so übel, wie ich annehme.

Der Gedanke schleicht sich allerdings nur so lange in meinen Kopf, bis ich laute Stimmen höre. Zwei Männer streiten, und zwar Scott und Neil. Ich durchquere den Wohnbereich, der mit einer offenen Küche aus Edelstahl den Großteil der Fläche einnimmt, und schleiche die großrahmige Wendeltreppe hoch.

Die Stimmen werden lauter und ich gehe weiter über die matt schimmernde Betondecke. Um keinen Lärm zu verursachen, ziehe ich die Peeptoes aus und trage sie in der Hand, was eigentlich Blödsinn ist. Schließlich wissen die beiden, dass ich hier bin. Streiten sie womöglich meinetwegen? Hat Scott Neil erst jetzt über mein Kommen in Kenntnis gesetzt? Werde ich vielleicht gleich wieder vor die Tür gesetzt?

Mir bleibt keine Zeit, den Gedanken weiterzuspinnen, denn ich höre meinen Namen. Schnell flitze ich das obere Stockwerk entlang und drücke mein Ohr gegen die geschlossene Tür, hinter der sich die Männer befinden. Sollten sie mich beim Lauschen bemerken – Pech gehabt.

Ich werde keinesfalls weghören, wenn über mich gesprochen wird.

»Warum hast du sie herbestellt? Ich hatte mich klar ausgedrückt, als ich sagte, sie sei nicht die Richtige!« Das kommt von Neil. Mein Instinkt hat mich also nicht getrogen. Ich schlucke. Ist jetzt alles vorbei, bevor ich mich erklären kann? Ich will ja kooperieren – bis zu einem gewissen Punkt. Ich muss nur die Chance bekommen, die Fronten zwischen Neil und mir zu klären.

»Was ist plötzlich los mit dir? Du warst einverstanden, es mit Hope zu versuchen! Sie ist perfekt. Genau das, was du brauchst. Die Zuschauer werden ihrem natürlichen Charme zu Füßen liegen. Und dir gleich mit.«

Neil schnaubt. »Perfekt? Die graue Maus? Ich werde zum Gespött der Leute, wenn ich mich mit ihr sehen lasse. Gesetzt den Fall, sie kaufen uns die Scharade überhaupt ab.«

Graue Maus? So sieht er mich also?

»Seit wann bist du Marketingexperte?«, knurrt Scott. Jemand schlägt mit der Faust auf Holz. Schätze, das war Neil, denn seine Stimme klingt gepresst. »Seit wann entscheidest du über meinen Kopf hinweg? Ich will sie nicht und damit basta!«

Meine Brust zieht sich schmerzhaft zusammen.

»Du bist manchmal so ein Arschloch, Neil! Ich dachte, wir sind Freunde.«

»Freunde? Ich habe keine Freunde mehr, seit ich in der Öffentlichkeit stehe.« Neil klingt außer sich vor Zorn. »Jeder will nur mein Bestes und dann steht er an meiner Seite, wenn die Kameras klicken und plaudert aus dem Nähkästchen, wenn die Reporter mit ein paar Dollar und schnellem Ruhm winken.«

Scott schnappt hörbar nach Luft. »Behauptest du ernsthaft, ich wäre ein Schmarotzer?«

Stille.

»Antworte mir, Neil! Glaubst du, ich bin nur mit dir befreundet, um dich auszunutzen?«

Ich kann kaum atmen vor Spannung. Ich kenne Scott kaum, aber er wirkt ehrlich auf mich. Ihm scheint Neils Wohl wirklich am Herzen zu liegen.

Nach einer Weile stößt Neil so laut die Luft aus, dass ich es sogar durch die Tür hören kann. »Das hätte ich nicht sagen dürfen. Du bist der beste und ehrlichste Freund, den ich je hatte. Ich weiß auch nicht, was momentan mit mir los ist.«

»Ich schon. *Er* hat gestern angerufen, nicht wahr? Bevor wir hoch zu *SilverStar* sind, hat dein Handy geklingelt. Du hast das Display gecheckt. Als ich deine verkniffene Miene gesehen habe und du zurückgeblieben bist, um alleine telefonieren zu können, war alles klar.« Scott macht eine Pause. »Geht der ganze Scheiß jetzt schon wieder los?«

Er? Wer ist *er*? Jemand aus seiner Vergangenheit? Ein aufdringlicher Fan? Offensichtlich aber jemand, der Neil Ärger macht.

»Ich will jetzt nicht darüber sprechen. Das ist eine Sache, da muss ich alleine durch«, bestimmt Neil, aber Scott bleibt hartnäckig.

»Es zermürbt dich. Sonst wärst du eben nicht so ausgerastet.«

»Was mich wirklich zermürbt, ist, dass ich mit dieser untalentierten grauen Maus ein Liebespaar mimen soll. Das ist pure Zeitverschwendung. Die Kleine ist steif wie ein Brett, wenn ich auch nur in ihre Nähe komme.«

Was? Das ist gelogen! Vielleicht war ich zu Beginn der Szene etwas verkrampft, aber nur, weil ich unsicher war. Ich habe nie zuvor geschauspielert. Das weiß Neil auch. Ich bin quasi ins kalte Wasser geschmissen worden, als Gordon verlangte, eine Probeszene zu mimen.

»Dann solltest du ihr selbst sagen, dass du sie nicht willst.« Schritte sind zu hören, die schnell näher kommen. Ich kann gerade noch zurückspringen, da wird die Tür schon aufgerissen.

»Du bist schon hier oben.« Scotts Überraschung wirkt echt. Ich habe mich gegen die gegenüberliegende Wand gedrückt, stoße mich jetzt aber ab und straffe die Schultern. Falls er ahnt, dass ich gelauscht habe, zeigt er es zumindest nicht. Und selbst wenn er mich unter Verdacht hat ... Über den Punkt, vor Scham im Erdboden zu versinken, bin ich weit hinaus.

Neil steht nicht weit hinter Scott. Ich sollte ihm die Meinung sagen, verdient hat er es schließlich, doch ich habe nicht mit seinem Anblick gerechnet. Außer einem Handtuch um die schmalen Hüften trägt er nichts. Der Mann scheint nur aus Muskeln zu bestehen, die gerade ziemlich feucht glänzen, weil er vermutlich aus der Dusche gestiegen ist. Das irritiert mich. Sehr. Und es fasziniert mich mehr, als es sollte. Sofort muss ich an jene Miniserie denken, die ich mir kürzlich angesehen habe. Neil spielte einen Poolboy, der die gelangweilte Gattin eines Ölmultis beglückte. Die Serie war so speziell wie ihre Szenen explizit, daher weiß ich, wie anmutig Neils Rückenmuskeln arbeiten, wenn er von hinten in eine Frau stößt. Wie verlockend sich sein Bizeps spannt und wölbt, wenn er ihre Hüften packt und ...

»Hope?« Jemand schnipst vor meinem Gesicht. »Hallo? Jemand zu Hause?«

Ich blinzle meine Verwirrung weg und sehe Scott an. Er grinst verhalten. Er hat mich erwischt, und weil ich bin, wie ich bin, laufe ich natürlich rot an. Was auch Neil nicht entgeht. Super. Dabei wollte ich doch sauer sein und ihm sagen, dass er mich mal kreuzweise kann. Das kann ich jetzt wohl vergessen. Damit würde ich mich nur lächerlich machen, nachdem ich ihn so offensichtlich angegafft habe.

8

NEIL

Ihr Ausdruck spricht Bände. Sie sieht mich an, wie alle Frauen mich ansehen, die scharf auf mich sind. Nein, halt! Nicht auf mich. Auf meinen Körper und auf den Mann, der ich vorgaukle zu sein. Ich betrüge sie alle – nicht mal Scott weiß, wer ich wirklich bin, und das ist auch gut so. Würde ich ihm mehr von mir erzählen, wären die Tage unserer Freundschaft gezählt.

»Willst du da stehen bleiben und mich weiter anglotzen oder kommst du rein?«, frage ich schroff. Hope zuckt zusammen, als hätte ich sie geschlagen. Ich verdränge mein schlechtes Gewissen. Wenn sie merkt, was für ein Arsch ich bin, geht sie vielleicht von selbst und ich muss sie nicht rauswerfen. Sie hat den Vertrag auf Scotts Drängen hin unterschrieben. Er hat ihr Hoffnung gemacht, aber das war nicht richtig. Deshalb werde ich ihr jetzt noch mal in Ruhe erklären, warum das mit uns nicht läuft. Wenn sie allerdings anfängt zu betteln, fliegt sie hochkant raus. Ohne Umschweife. Wenn ich etwas überhaupt nicht leiden kann, sind es Frauen, die sich als naives Dummchen verkaufen, um einem Mann zu gefallen. Gestern, als wir die Szene spielten, hätte sie mich fast gehabt. Ihre Natürlichkeit wirkte vollkommen echt. So echt, dass etwas passierte, was mir schon lange nicht mehr in der Nähe einer Frau passiert ist: Ich habe mich wohlgefühlt. Fast hätte ich die Welt um mich herum vergessen und sie geküsst. Dann ließ Gordon diesen Kommentar fallen und der Wohlfühlfaktor löste sich in Luft auf. Sie ist wie alle anderen auch oder wird spätestens nach der Show sein wie sie. Mit den gleichen Wünschen, den gleichen Zielen. Eine Trittbrettfahrerin. Nicht echt. Nicht real. So ist mein Leben – ein Fluch, eine Strafe. Doch ich habe es nicht anders verdient. Bitter, aber wahr.

Ich komme nicht umhin, Hope eingehend zu mustern, als sie erhobenen Hauptes ins Zimmer rauscht und in der Mitte verharrt. Es handelt sich um mein Schlafzimmer und das wird ihr auch sofort klar, als ihr Blick an meinem Bett hängen bleibt und kurz über die zerwühlten schwarzen Seidenlaken huscht. Eine geöffnete Kondompackung liegt auf dem Nachttisch, daneben drei aufgerissene Plastikpäckchen. Hope reißt die Augen auf, dann fängt sie sich wieder und wendet sich mir zu. Scott schließt die Tür und lehnt sich mit locker verschränkten Armen dagegen. Er ist neugierig, wie ich mich aus der Affäre ziehe, denn er schmunzelt leicht und abwartend.

»Hier bin ich«, sagt Hope spröde. »Aber du hättest mir auch da draußen schon sagen können, was du von mir hältst. Ich muss nicht mit Samthandschuhen angefasst werden.«

Womit klar ist, was ich ohnehin schon vermutet habe: Sie hat gelauscht. Dafür könnte ich sie in Grund und Boden rammen, aber ich finde einfach nicht die passenden

Worte für einen Anschiss. Was vielleicht auch daran liegt, dass sie ganz anders wirkt als gestern. Ihr Outfit ist knackig und kurz, die Pumps trägt sie in der Hand. Sollte ihr die Begutachtung unangenehm sein, dann zeigt sie es jedenfalls nicht. Sie hat wirklich eine hübsche Figur. Kurven an den richtigen Stellen und definitiv alles echt. Täusche ich mich oder haben sich ihre schokoladenbraunen Iriden verdunkelt, als meine Augen länger als notwendig auf ihrem Dekolleté verweilten? Ob sie das auch tun, wenn sie von einem Mann genommen wird und die Lust über sie schwappt?

Moment mal ... warum denke ich das überhaupt?

Weil du sie attraktiv findest. Weil sie dich fasziniert. Und weil Scott recht hat: Sie ist die perfekte Kandidatin, um dein Image aufzubessern. Deshalb.

Trotzdem ändert es nichts an meinem Entschluss.

Ihr Blick fällt auf den Punkt, an dem sich meine Hand befindet, als ich das Handtuch fester stecke. Ihre Zunge schnellt vor, und als sie über ihre Lippe leckt, hätte ich fast aufgestöhnt.

»Ich habe nicht vor, dich anzufahren«, sage ich bemüht gleichgültig.

»Ach nein?«, fragt sie provokant und hebt eine Braue. »Das klang eben aber ganz anders.«

»Du hast gelauscht«, stelle ich fest.

Sie zuckt nur die Schultern. Die Pumps in ihrer Hand schwingen hin und her. »Ihr seid nicht gerade leise gewesen. Ich hätte euch selbst dann gehört, wenn ich unten gewartet hätte. Oder auf dem Parkplatz. Vielleicht solltest du mal anfangen, die Schuld bei dir selbst zu suchen und nicht gleich auf andere abzuwälzen.«

Schlagfertig ist sie. Das muss ich ihr lassen.

»Das mit uns kann nicht funktionieren. Wir passen nicht zusammen. Niemand kauft uns ein Liebespaar ab.«

»Wirklich?« Sie legt den Kopf schräg und senkt ihre unglaublich langen Wimpern. »Das Gefühl hatte ich gestern aber nicht. Du warst erregt, als wir die Szene spielten. Brauchst es gar nicht zu leugnen. Ich erkenne körperliche Anziehung, wenn ich sie sehe.«

Ich bin selten sprachlos, aber damit hat sie mich kalt erwischt.

Scott lacht leise im Hintergrund und ich räuspere mich. Natürlich bin ich erregt gewesen. *Sie* hat das ausgelöst und ich bin ebenso machtlos gegen die Reaktion gewesen, wie ich es jetzt bin. Verfluchtes Kopfkino. »Das spielt keine Rolle.«

»Was stört dich an mir?«

Zumindest nicht das, was du annimmst.

»Wir sind zu verschieden. Es würde nicht funktionieren.«

Es poltert, als sie ihre Pumps auf den Boden fallen lässt. »Es sind doch nur drei Wochen. Du bist Schauspieler und ein ganz guter noch dazu. Du hast schon Liebesszenen gespielt und kannst mich anleiten, damit es authentisch wirkt. Wo liegt das Problem?«

Woher weiß sie ...? Verflixt! Die Miniserie mit dieser peinlichen Poolboy-Aktion. Ich schließe die Augen und atme tief durch. Die Gewissheit, dass sie mich in Aktion gesehen hat, ist fast zu viel. Mein Kopfkino läuft auf Hochtouren und ich drehe mich weg, damit sie meinen anschwellenden Schaft nicht bemerkt. Das Bild, wie Hope ihre schlanken Finger zwischen die Schenkel führt und sich selbst berührt, stöhnt und keucht, während sie mich beobachtet, macht mich unglaublich an. Die Option, sie könnte abgestoßen gewesen sein, verdränge ich einfach, wie ich so vieles verdränge, was mich runterzieht.

Hilfe suchend sehe ich zu Scott, dann wieder zu ihr. Sie sieht mir direkt in die Augen und das tut sie nicht freundlich. Kurz bückt sie sich, um die Pumps aufzuheben, und ich nutze die Gelegenheit und gehe zum Fenster. Für gewöhnlich liebe ich den Ausblick über die Flachdächer der Lagerhäuser und restaurierten Fabriken. Er ist nicht schön, aber er passt zu mir. Der Anblick beruhigt mich. Er bringt mich zum Lächeln, wenn ich am Boden bin, wenn mir einmal mehr bewusst wird, was alles schiefgelaufen ist in meinem Leben. Doch heute kann ich ihm nichts abgewinnen.

»Ohne den Job verliere ich alles, was mir etwas bedeutet.«

Ich sehe über die Schulter zu Hope, die ihre nackten Füße anstarrt. Auf dem dunklen Parkett wirkt die helle Haut wie Milch auf Schokolade.

»Wie meinst du das?«

Sie schluckt und hebt den Blick. »Der Trödelladen ist hoch verschuldet. Die Raten werden in acht Wochen fällig. Wenn ich das Geld bis dahin nicht aufgetrieben habe, geht alles an die Bank.«

Ich starre sie an – überrumpelt und perplex. Dann räuspere ich mich. »Ist das die Wahrheit?« Ich kann nicht anders, ich muss fragen. Ich bin einfach schon zu oft belogen worden.

»Ich zeige dir Unterlagen, wenn du mir nicht glaubst.«

Bemüht, einen klaren Gedanken zu fassen, fahre ich mir durchs Haar. Mit dieser Wendung habe ich nicht gerechnet. Sie bringt meine Prinzipien ins Schwanken.

»Was ist mit deinen Pflegeschwestern? Können die dir nicht helfen?«

Hope dreht sich zu Scott um, der nicht weniger geschockt wirkt. Scott ist für die Recherche zuständig. Nur hatte er eben keinen Einblick in Hopes Finanzen.

»Die kommen selber gerade so über die Runden«, erklärt Hope leise.

»Irgendjemand, der helfen kann?«

»Dann würde ich kaum hier stehen«, sagt sie. Ihr Kiefer mahlt. »Da ist niemand mehr, außer Faith und Joy.«

»Hope«, versucht Scott, sie zu beruhigen. »Neil wollte dir nicht unterstellen ...«

»Wollte er nicht?«, fragt sie verschnupft und sieht mich dann herausfordernd an.

Ich kann nicht anders. Ich lasse meine Maske fallen. »Du verwirrst mich, Hope«, gebe ich offen zu.

»Inwiefern?«

»Du wirkst so verträumt, so weltfremd, so ...«

»So unpassend für einen frauenverschlingenden Bad Boy wie dich?«

Ich nicke.

Ihr Augenlid zuckt. »Und das siehst du jetzt anders?«

»Nein, daran hat sich nichts geändert.« Sie öffnet den Mund, um etwas zu sagen, aber ich reiße die Hand hoch und sie schließt die Lippen wieder. »Für gewöhnlich verfüge ich über eine gute Menschenkenntnis. Ich sehe eine Person und kann sie einschätzen. Ich gebe es ungern zu, aber bei dir lag ich falsch. Oder besser gesagt, ich lag nicht hundertprozentig richtig.«

»Könntest du bitte deutlicher werden?« Sie steht unter Strom, das ist nicht zu übersehen. »Was genau bedeutet deine Fehleinschätzung jetzt für mich?«

»Du hast den Job.« Scott lächelt Hope breit an, als Hope zu ihm herumfährt.

»Kein Scherz?«, fragt sie baff.

»Kein Scherz«, erkläre ich ernst. »Keine Ahnung, ob ich jetzt den Fehler meines Lebens mache, aber ich bin bereit, mich auf dich einzulassen. Vor der Kamera«, füge ich schnell hinzu, um keine Missverständnisse zu schüren. Ich habe gesehen, wie sie mich ansieht. Ein Fingerschnipp und Hope Kendall würde in mein Bett hüpfen. Ohne mit der Wimper zu zucken. Doch sie überrascht mich schon wieder, als sie stolz das Kinn hebt.

»Glaub nicht, ich könnte dir nicht widerstehen, Neil. Ich bin keines deiner Groupies, deren Höschen schon feucht wird, wenn sie deinen Namen nur hören.«

Okay. Vielleicht habe ich mich geirrt und Hope ist doch nicht so leicht zu beeindrucken, wie ich dachte. Hope Kendall. Die Frau mit den vielen Facetten.

Wieder lacht Scott leise. »Ich denke, wir haben jetzt alle einen Drink verdient. Hope? Was trinkst du?« Er schlendert zu meinem Minikühlschrank neben dem Zugang zum Bad.

»Einen Wodka auf Eis.«

Scott bleibt wie angewurzelt stehen. Seine Augen weiten sich. »Kein Mädchengetränk.«

Zum ersten Mal, seit sie hier ist, grinst sie frech. »Schätze, nicht nur Neil hat mich unterschätzt.«

Ich bin froh, dass sie mir den Rücken zudreht und mich nicht sehen kann. Unfähig, mich ihrem Charme zu widersetzen, grinse ich mit.

Hope ist verdammt reizvoll, keine Frage. Und sie könnte mir verdammt gefährlich werden. Nur werde ich es nicht so weit kommen lassen.

9

HOPE

Noch wenige Tage, bevor die Dreharbeiten beginnen. Eine kurze Galgenfrist, danach wird sich mein Leben grundlegend ändern. Ich bekomme einen Stempel aufgedrückt, den ich nie wieder loswerde. Mein Magen zieht sich schmerzhaft zusammen, wenn ich nur daran denke, aber was soll ich sonst tun, um binnen weniger Wochen meine Schulden zu begleichen? Mir fällt keine Alternative ein.

Joy hat Urlaub in der Bibliothek bekommen, um für mich einzuspringen. Im Gegensatz zu mir ist sie ziemlich ordentlich. In ihrer Wohnung kann man sprichwörtlich vom Boden essen, also stehe ich jetzt im Laden und wedele mit so einem Federdings durch die Regale, damit Joy sich später nicht beschwert. Sie opfert freiwillig ihren Urlaub für mich. Da ist es das Mindeste, eine Atmosphäre zu schaffen, in der sie sich wohlfühlt.

»Und ich sag nur: vögele ihn. Dann haben die Leute zumindest einen Grund zum Reden. Außerdem: Wann hast du je wieder die Möglichkeit, einen angehenden

Hollywoodbeau zwischen den Beinen zu haben?« Faith kichert.

Ich verdrehe schmunzelnd die Augen und klemme mir das Handy zwischen Kinn und Schulter, um beide Hände frei zu haben. Tatsächlich werde ich ähnliche Bilder einfach nicht los. Neil und ich, eng umschlungen. Verschwitzte Körper unter seidigen schwarzen Laken. Seine großen, kräftigen Hände auf meinen nackten Brüsten, während ich stöhnend den Kopf in den Nacken lege und auf ihm reite. Puh! Ganz schön heiß hier drinnen. Vielleicht sollte ich die Klimaanlage höher stellen. Oder aufhören, erotischen Fantasien nachzuhängen. Sie sind nicht hilfreich. Es sind Tagträume. Erotische Tagträume und sie werden nie real werden. Niemals.

Vorsichtig hebe ich eine Gaslaterne an und wedele über das rot schimmernde Glas. Es handelt sich bloß um eine Kopie des Originals aus dem achtzehnten Jahrhundert, aber sie ist dennoch recht hübsch. Besonders die Verzierungen auf dem goldenen Gestänge haben etwas Spezielles. »Selbst wenn er wollte, würde ich es nicht tun. Arbeit und Vergnügen vermischt man nicht.«

»Also findest du ihn doch scharf ... äh ... stopp mal. Sagtest du gerade, *selbst wenn er wollte*? Heißt das, der Typ steht nicht auf dich? Ich dachte, der vögelt alles, was bei drei nicht schnell genug auf den Bäumen ist?«

Danke für die aufbauenden Worte.

»Offensichtlich macht er doch Abstriche. Er kann mich nicht leiden.« Ich stelle die Laterne wieder ins Regal und nehme mir eine Vase im Biedermeierstil vor, die ich achtsam auf Haarrisse untersuche. So etwas passiert bei alten Gegenständen schnell, und wenn man nicht aufpasst und die Risse nicht rechtzeitig versiegelt, entsteht ein irreparabler Schaden. Auch hier handelt es sich um eine Kopie – ich führe keine Originale im Laden –, aber um eine sehr gute und ich achte penibel auf ihre Instandhaltung.

»Und dennoch dreht er die Show mit dir?« Faith stößt einen leisen Pfiff aus. »Woher der Sinneswandel?«

Ich seufze die Vase an. »Er hatte Mitleid mit mir.«

»Hä?«

»Er wollte den Vertrag platzen lassen. Ich wusste keinen Ausweg mehr und habe ihm von den Schulden erzählt.«

»Oh.«

Ich stelle die Vase zurück, lege den Staubwedel auf ein Tischchen neben diverse Putzmittel und nehme das Handy wieder in die Hand, weil ich sonst einen Krampf im Nacken riskiert hätte. »Ich weiß, ich wollte das für mich behalten, aber dann ist es einfach passiert.«

»Wenn du dadurch den Laden retten kannst, war es richtig.« Sie macht eine Pause. »Hat sich dieser Makler noch mal gemeldet?«

»Nachdem Joy eine saftig formulierte Absage verfasst hat, nicht mehr. Aber ich traue dem Frieden nicht. Der Typ ist mit allen Wassern gewaschen.« Ich kann meine Bitterkeit nicht unterdrücken. Sobald ich an das zwielichtige Angebot denke, werde ich wütend. Keine Ahnung, wie er an die Information über meine Finanzlage gekommen ist, aber dass er es schaffte, zeugt schon von krimineller Energie.

»Was ist mit einem Vorschuss von *SilverStar*? Dann könntest du zumindest einen Teil der Schulden tilgen, bevor dein Gesicht über sämtliche Mattscheiben flimmert.«

»Da ist nichts zu machen«, sage ich ehrlich.

»Wieso? Schließlich hast du den Vertrag schon unterschrieben und das Teil ist wasserdicht. Du kannst gar nicht kneifen, es sei denn, *SilverStar* feuert dich. Die Vertragsstrafe würden noch deine Enkel abbezahlen.«

Sie klingt vorwurfsvoll und ich kann es ihr nicht verdenken. Ich hätte den Vertrag nicht blind unterschreiben dürfen. Sollte ich kneifen oder mich ganz offensichtlich zum Nachteil der Show verhalten, werde ich zur Kasse gebeten und das nicht zu knapp. Als Joy den Punkt las, ist sie fast ausgerastet. Sie bestand darauf, gemeinsam mit mir zu Gordon zu gehen und den Punkt rausnehmen zu lassen, aber das wollte ich nicht. Laut Verschwiegenheitsklausel dürfte Joy den Vertrag gar nicht kennen. Gordon ist nicht so erfolgreich, weil er blöd ist. Er würde stutzig werden, wenn ich nachträglich mit Änderungswünschen dort aufkreuze. Schließlich habe ich mit meiner Unterschrift bestätigt, den Vertrag eingehend gelesen zu haben.

Ich seufze. »Der Typ ist hart wie Granitstein. Ohne Leistung keine Bezahlung.«

Ich halte inne, als es scheppert. Das Geräusch kommt von draußen, weshalb es etwas gedämpft klingt, gefolgt von eingehendem weiblichem Fluchen. Neugierig geworden, bewege ich mich zum Schaufenster und sehe hinaus. Eine Blondine mit wallenden Haaren bis zur Hüfte rutscht auf Knien über den Gehweg und sammelt ... Klamotten ein?

»Hope, bist du noch da?«

»Hmm«, murmele ich, ohne meine Beobachtung zu unterbrechen. Ein Auto prescht auf der schmalen Straße vorbei. Durch den Luftzug gerät die Frau ins Wanken. Ihre bunte Tunika, die sie über einer knallroten Jeans trägt, weht nur deshalb nicht hoch, weil sie von einem ledernen Gürtel um ihre schmale Taille gehalten wird. Wankend stützt sie sich ab, während sie mit der anderen Hand wahllos Kleidungsstücke an sich reißt, damit sie durch aufwirbelnde Dreckklumpen nicht beschmutzt werden. Das Gros drapiert sich allerdings um sie herum. Klamotten, so weit das Auge reicht. Sie dreht mir den Rücken zu, deshalb sehe ich ihr Gesicht nicht, aber ich höre sie erneut fluchen und das nicht zu knapp.

Wenn ihr niemand hilft, bevor das nächste Fahrzeug kommt, kann sie die Sachen postwendend zur Reinigung bringen.

»Faith? Ich muss Schluss machen. Ich melde mich später noch mal, okay?«

Ich höre noch ihr »Wieso, was ist denn?«, aber dann habe ich schon aufgelegt. Schnell verstaue ich mein Handy und hechte zur Tür raus.

»Kann ich helfen?«, frage ich über die Blondine gebeugt.

Verstört sieht sie zu mir hoch, während sie den Berg bunter Stofflagen an sich drückt. Dann lächelt sie und deutet auf das Chaos um sich herum. »Ich muss die Sachen retten, bevor wieder so ein verkappter Nicki-Lauda-Verschnitt meint, seine Profilneurose in einer mickrigen Nebenstraße auszuleben.«

Lachend gehe ich in die Knie. »*Verkappter Nicki-Lauda-Verschnitt*?« Ich greife nach einer Shorts mit silbernen Nieten an den Seitentaschen, um sie mir über den Arm zu legen.

»Dieser Rennfahrer mit dem schlimmen Unfall, du

weißt schon. Ziemlich cooler Typ eigentlich, hat nur Pech gehabt und sah dann hinterher ziemlich gegrillt aus.«

Ich huste leicht, um mein Lachen zu verbergen. Ganz schön bissig, die Dame. Ich weiß, wer Nicki Lauda ist, nur will ich das Thema jetzt auch nicht vertiefen. »Was machst du mit dem ganzen Zeug?« Ich hebe einen Netzstrumpf mit zwei Fingern an und lege ihn über die Shorts auf meinem Arm.

»Hab einen Termin.«

»Bist du Vertreterin?«

»Stylistin und Make-up-Artist.«

»Ach so?« Ich ziehe die Brauen hoch, während ich einen weiteren Netzstrumpf aus den Verschluss-Ösen eines pinken Bikini-Oberteils befreie.

»Hm«, brummt sie, ohne ihre Arbeit zu unterbrechen. »Ich bin für ein Fitting hier, aber leider ist *SilverStar* zu geizig, um mir eine Assistentin an die Seite zu stellen, und ich muss das ganze Zeug selber schleppen. Was dabei rauskommt, siehst du ja.«

Mit schwant Fürchterliches, als ich eins und eins zusammenzähle. Ich lasse den zweiten Netzstrumpf sinken und richte den Oberkörper auf. »Du willst nicht zufällig zu Hope Kendall?«

Die Blondine sieht überrascht hoch. Sie legt den Kopf schräg und die Enden des bunten Kopftuchs, das sie zu einem Band geschlungen wie einen Haarreifen trägt, streift ihre Schulter. »Woher weißt du das? Kennst du sie?«

»Du hast sie gerade gefunden. Allerdings hatte ich keine Ahnung, dass du kommst.«

Sie überhört meinen letzten Satz und grinst breit. »Hi, ich bin Evelyn. Ich würde dir jetzt die Hand geben, aber die sind beide voll, wie du siehst.«

»Hi Evelyn.«

Sie nickt, dann erlischt ihr Lachen. »Hab ich das richtig verstanden? Er hat dich nicht angerufen?« Übertrieben pustet sie eine Locke aus dem Gesicht, die ihr störend vor den Augen hängt.

»Er?«, frage ich verwirrt.

»Scott. Er wollte dir Bescheid geben, dass ich vorbeikomme. Wenn er das verschlampt hat, verpasse ich ihm später einen Satz heiße Ohren.«

Oh oh. Ich will nicht, dass Scott meinetwegen Ärger bekommt. Das fällt bestimmt irgendwann auf mich zurück und Ärger kann ich mir derzeit überhaupt nicht leisten. Scott mag mich, zumindest gibt er mir das Gefühl. Nur kann sich das ganz schnell ändern, sollte ihm meinetwegen der Kopf gewaschen werden.

»Ich glaube, er hat vorhin angerufen«, beeile ich mich zu sagen. Das glaube ich wirklich. Mein Handy hat heute Morgen geklingelt, aber bevor ich nachschauen konnte, war das Klingeln verstummt. Ich war spät dran, und später im Laden habe ich dann vergessen, die Mailbox zu checken. Irgendwie habe ich derzeit ein Sieb im Kopf.

»Du glaubst?«, fragt sie.

»Da war ein Anruf, als ich aus der Dusche gesprungen bin, aber ich bin nicht rangegangen und die Mailbox habe ich aus Zeitmangel nicht abgehört.«

»Na gut. Damit ist Scott vom Haken.« Sie grinst verschmitzt.

Ich bin erleichtert. Da dieses Problem aus der Welt ist, kann ich auch fragen, was mir schon die ganze Zeit auf der Zunge liegt. »Was genau ist ein Fitting?«

Evelyn sieht mich groß an. »Eine Kleiderprobe natürlich. Neil und deine Outfits müssen aufeinander abgestimmt werden.«

Äh ... tatsächlich?

Sie beäugt erst meine zerzausten Ponyfransen, die mir immer dann ins Gesicht fallen, wenn ich keine Zeit hatte, meine Haare zu föhnen, und wandert dann weiter über mein weißes Tanktop zu der türkisblauen Pluderhose und den bequemen Zehentrennern hinunter. Ihr Blick ist eher abschätzend als abfällig.

»Du bist eher der alternative Typ, hm?«, sagt sie, als sie wieder in meinem ungeschminkten Gesicht ankommt. »Das passt nicht unbedingt zu Neil. Gut, dass ich alles dabeihabe.«

Ich schiele zum pinken Bikinioberteil und den Netzstrümpfen. Nein. Bitte nicht!

Leicht schwankend drückt sie sich aus der Hocke hoch. Ich halte sie am Ellenbogen fest, bevor sie fallen kann.

»Du meinst, die ganze Kleidung ist für mich?«

»Ein Teil davon.«

Und der andere Teil?

Bevor ich nachfragen kann, habe ich schon einen Klamottenberg im Arm, während Evelyn einen Haufen Bügel mit Kleidung trägt. Ich taumele unter dem Gewicht, folge ihr dann aber zum Laden, den sie zielstrebig ansteuert. Vor dem Eingang bleibt sie stehen und sieht über die Schulter. »Erwarten mich böse Überraschungen, wenn ich da jetzt einfach so reinspaziere?«

Ich sehe sie nur an, unsicher, was sie meint.

»Alarmanlage oder ein Wachhund, der mich anspringen könnte, wenn ich vorgehe?«

»Ein Wachhund? Nein. Und auch keine Alarmanlage.« So etwas wäre auch unnötig. Meine Ware hat keinen großen Wert. Und selbst wenn, hätte ich mir weder das eine noch das andere leisten können.

»Dachte ich mir schon. Ich wollte nur mal sehen, wie du reagierst.« Sie grinst schon wieder so frech, wie sie es getan hatte, als sie sagte, Scott vom Haken zu lassen. Gefällt mir. Ich mag humorvolle Menschen und gegen einen Hauch Sarkasmus habe ich auch nichts einzuwenden.

»Na, Ladys? Braucht ihr vielleicht Hilfe?«

Wir sehen beide nach rechts, wo Aron Mitchel mit verschränkten Armen an der Hauswand lehnt. Aron ist ein Skatertyp mit etwas längeren Haaren und diesem schlackrigen Gang, der in der Szene vermutlich als cool gilt, wenn man ein Skateboard unter dem Arm trägt. Er arbeitet im Eisenwarenladen die Straße runter und nervt mich fast jede Mittagspause, endlich mit ihm auszugehen. Bislang war ich höflich und habe ihn vertröstet, aber ewig geht das so nicht weiter. Ich muss ihm klipp und klar sagen, dass ich kein Interesse habe.

Ich schüttle den Kopf, aber nur leicht, damit mir die bis zum Kinn reichenden Sachen nicht wieder herunterfallen. »Geht schon, danke.«

»Sieht für mich nicht so aus.« Aron lässt eine Kaugummiblase platzen, während er uns in seiner abgeschnittenen Jogginghose und dem quietschgelben T-Shirt, auf dem *Skater forever* steht, breit grinsend mustert. »Wenn ihr nett *bitte* sagt, könnte ich die Klinke für euch drücken, und wenn ihr das *Bitte* wiederholt, halte ich euch die Tür sogar auf.«

Was für ein Armleuchter! Ich verkneife mir, genervt mit den Augen zu rollen.

»Wir schaffen das schon«, sagt Evelyn und bleckt die

perlweißen Zähne. Aron geht ihr auf die Nerven, das ist nicht zu übersehen.

»Dann lass mal sehen, Süße, wie du das fertigbringst. Wenn die Sachen in deinem Arm wieder den Fußboden knutschen, lach ich mich schlapp.«

Also hat er uns schon länger beobachtet, ohne seine Hilfe anzubieten. Das macht mich jetzt echt sauer. Evelyn sieht das offenbar ähnlich, denn ihr gestelltes Lächeln fällt in sich zusammen. »Zieh Leine, Kleiner.«

Aron reißt die Brauen hoch. »Hast du mich gerade *Kleiner* genannt?« Er schnalzt mit der Zunge und schüttelt ungehalten den Kopf. »Sehr unhöflich.« Das *sehr* zieht er besonders in die Länge. »Entschuldige dich!«

»Wenn sich hier jemand entschuldigt, dann du, Arschloch!«

Evelyn und ich reißen die Köpfe zu Neil herum. Er wirkt mehr als verärgert, wie er da auf dem Gehweg schräg hinter Aron mit gespreizten Beinen und verschränkten Armen steht. Sein Aufzug verstärkt den Eindruck, wobei er mit der dunklen Baseballkappe, der verspiegelten Pilotenbrille und den schwarzen Klamotten echt heiß aussieht. Aber eben auch gefährlich. Sehr gefährlich. Die Fußgänger wechseln bereits die Straßenseite. Evelyn grinst dennoch bis über beide Ohren. Ich starre Neil einfach nur an. Was zur Hölle macht er hier?

»Ich habe dich erst viel später erwartet«, flötet Evelyn fröhlich.

Sie hat ihn erwartet?

»Mach hier mal nicht einen auf dicke Hose!«, motzt Aron. Er hat sich vom ersten Schock erholt und so gedreht, dass er den Kopf zwischen uns hin- und herpendeln lassen kann. Sein Rücken ist durchgedrückt, sein Kinn erhoben.

Die dünnen Arme sind vor der Hühnerbrust verschränkt. Er sieht lächerlich aus, insbesondere neben einem muskelbepackten Hünen wie Neil, aber ich verkneife mir das Lachen. Wer weiß, wozu Aron fähig ist, wenn er ausrastet?

Neil macht einen Schritt auf ihn zu. »Ich gebe dir genau sechzig Sekunden für eine Entschuldigung. Danach verschwindest du, sonst erlebst du, wie es ist, wenn ich richtig wütend werde. Und glaub mir, das willst du nicht erleben.«

Aron leckt sich über die spröden Lippen. »Ich entschuldige mich nicht. Die blonde Tussi hat mich beleidigt.«

»Zwanzig Sekunden«, knurrt Neil und tritt noch näher an ihn heran.

Aron zieht den Kopf ein. Er blinzelt unsicher. Seine Augen schießen von Evelyn zu mir und dann wieder zu Neil. »Na schön. Entschuldigung.«

»Nicht zu mir. Zu ihnen!« Neil nickt in unsere Richtung.

Aron beißt die Zähne zusammen, gehorcht aber. Als Neil danach zur Seite tritt und Aron mit einem Fluch auf den Lippen verschwindet, atme ich auf. Das wird er nicht auf sich sitzen lassen. Ich werde ihn wiedersehen, da bin ich mir sicher. Allerdings werde ich mir darüber Gedanken machen, wenn es so weit ist. Jetzt beschäftigt mich etwas anderes.

»Was machst du hier?«, frage ich Neil. Meine Arme schmerzen von dem Gewicht, aber das ignoriere ich und sehe ihn abwartend an.

»Er ist zum Fitting hier«, antwortet Evelyn freudig. »Hi Süßer. Ist ja 'ne halbe Ewigkeit her.«

Süßer? Meine Verwirrung wächst immer mehr.

»Viel zu lange.« Ein umwerfendes Lächeln erscheint

auf Neils sinnlichen Lippen, als er um mich herumgeht, Evelyn auf die Wange küsst und dann die Tür für sie öffnet. Ich spüre ein Ziehen in der Brust, das völlig fehl am Platz ist. Neil kann küssen und anlächeln, wen er will. Ich habe kein Recht, eifersüchtig zu sein. Und doch bin ich es. Vermutlich hatten sie eine Affäre oder er schläft noch immer mit ihr. Ich kann es ihm nicht mal verdenken. Wäre ich ein Mann, würde ich mir auch eine Frau wie Evelyn ins Bett holen. Sie ist nicht nur schön und sexy mit weiblichen Rundungen, sie passt auch zu Neil. Mit ihrem Humor, dem flippigen Kleidungsstil und ihrer lockeren Art wickelt sie bestimmt reihenweise Typen um den Finger.

Während Neil die Tür offen hält, schiebt Evelyn die Putzmittel zur Seite und legt ihre Ladung auf dem Tisch ab. Dann dreht sie sich um und sieht mich abwartend an, weil ich noch immer auf dem Gehweg stehe.

»Du darfst dann auch eintreten«, scherzt sie.

Ich spüre Neils Blick auf mir, als ich der Aufforderung folge. Er hat mich nicht mal begrüßt. Und ich dachte, ich wäre auf seiner Beliebtheitsskala eine Stufe höher geklettert. Hab mich wohl getäuscht.

»Gib mal her«, bestimmt er. Bevor ich weiß, wie mir geschieht, sind die Sachen aus meinen Armen verschwunden und Neil packt sie auf den Haufen, der eher schlecht als recht auf der kleinen Platte liegen bleibt.

Ich schließe die Tür, während Neil die Pilotenbrille abnimmt, und den Blick kreisen lässt. Nach einer Weile sieht er mich an. »Nett.«

Ich verziehe den Mund. Nett ist die kleine Schwester von Scheiße. »Du bist bestimmt Besseres gewöhnt, aber ich bin hier glücklich.«

Er hakt die Brille am Bügel in den Hemdkragen ein. »Mir gefällt's wirklich. Hat was. Und es passt zu dir.«

War das jetzt ein Kompliment?

Meine Wangen werden warm. »Ich habe ein wenig renoviert, nachdem meine Pflegeeltern gestorben waren. Der Laden gehörte vorher ihnen, aber das weißt du ja bereits.«

Er nickt. »Scott hat davon erzählt.« Er sieht mich mit diesem Ausdruck an, der mir direkt zwischen die Beine fährt. Bestimmt macht er das nicht bewusst, aber es ändert nichts an der Wirkung auf mich.

Evelyn klatscht hinter uns in die Hände. »Kinder, lasst uns starten! Ihr wisst ja, Zeit ist Geld und beides sollte nicht verschwendet werden.«

Bilde ich mir das ein oder will Neil unseren Blickkontakt ebenso wenig unterbrechen wie ich? Doch dann räuspert er sich und sieht zu Evelyn. »Wie lange hast du vor, mich zu quälen?«

»Nur achtzehn Outfits lang.«

Ich starre sie entgeistert an, während Neil aufstöhnt. »Entschuldige, ich glaube, ich habe mich verhört«, kichere ich etwas verstört. »Sagtest du gerade achtzehn?«

Evelyn sieht von einem Notizbuch auf, das sie aufgeschlagen in der Hand hält, und nickt. »Ihr seid einundzwanzig Tage unterwegs, habt achtzehn Drehtage und somit achtzehn Outfits. Wobei ich nur einen Teil der Badesachen dabei habe und keine Dessous.«

Dessous? Mehrzahl?

»Du suchst die Unterwäsche für mich aus?«

Heiliger Bimbam ...

»Neil hat sie ausgesucht. Und das hat er ziemlich gut gemacht, finde ich. Gedeckte Farben, ein bisschen Spitze, aber nicht zu viel, dass es unbequem ist. Und«, sie wackelt mit den Augenbrauen, »sehr heiße Strings.«

Beinahe pralle ich gegen die Glasvitrine mit Modeschmuck, als ich zurücktaumle. »Ich trage keine Strings!« Schlimm genug, dass Neil meine Unterwäsche auswählt, aber Strings gehen wirklich gar nicht.

Evelyn legt das Notizbuch weg und kichert. »Dann lass sie halt weg und lauf ohne Höschen rum. Neil hätte bestimmt nichts dagegen, oder?« Geschockt verfolge ich, wie sie durch den Laden hüpft und das Schild an der Tür umdreht, sodass von außen jetzt *Geschlossen* zu lesen ist. Darauf stehen nur die beiden Wörter *Geschlossen* und *Offen,* was die Handhabung selbst für mich einfach macht.

Neil grinst nicht mich an, sondern Evelyn. »So vertreibst du sie noch, bevor der Dreh überhaupt begonnen hat.«

»Wäre dir doch eh viel lieber«, brumme ich in einem Anflug von Trotz. Ich mag es nicht, wenn über meinen Kopf hinweg Dinge beschlossen werden, die mich betreffen.

Evelyn bleibt mitten im Raum stehen und sieht mich mit großen Augen an. Neils Lächeln ist erloschen. Ich habe das Gefühl, die Temperatur im Raum ist plötzlich um ein paar Grad gesunken.

»Wer hat dir denn so einen Blödsinn erzählt?«, fragt Evelyn entsetzt, während sie ihr Kopftuch zurechtrückt.

Ich sehe nur zu Neil, dessen Kiefer mahlt.

»Er?«

Neil atmet tief durch. »Ich hatte gewisse Anfangsschwierigkeiten mit ihr.«

»Oh!« Sie nickt, als würde sie verstehen. »Die hattest

du mit mir auch und trotzdem sind wir Freunde geworden.«

Nur Freunde?

Neil fährt sich durchs Haar. »Mit uns ist das etwas anderes.«

Weil sie miteinander schlafen. Weil Evelyn ihm gefällt. Anders als ich.

Evelyn baut sich mit verschränkten Armen vor Neil auf. »Wieso ist das etwas anderes? Wir arbeiten zusammen, ihr arbeitet zusammen. Wo ist das Problem?«

»Da gibt es kein Problem. Nicht mehr«, brummt Neil.

Das sehe ich zwar anders, aber ich würde ihn jetzt ganz sicher nicht daran erinnern, dass ich den Job nur behalten darf, weil er Mitleid mit mir hat.

»Wie dem auch sei. Ihr zwei geht demnächst für drei Wochen auf Tuchfühlung, und wenn die Stimmung so eisig ist wie jetzt, kauft euch niemand ein Liebespaar ab!« Sie marschiert wieder zu ihrem Notizbuch und schlägt es auf. »Und jetzt Schluss mit dem Lamentieren, ich hab nämlich in zwei Stunden den nächsten Termin. Nola Sterling, diese Country-Queen, will eine Stilberatung für einen Talkshowauftritt. Wenn ich mich da verspäte, zieht sie in der Branche über mich her und schlechte Publicity kann ich mir nicht leisten. Dafür ist das Business zu hart.« Sie wedelt mit der freien Hand vor dem Gesicht. »Husch husch. Worauf wartet ihr noch? Zieht euch aus!«

10

NEIL

Hopes Augen weiten sich und ihre Gesichtsfarbe wird fahl. Will sie kneifen? Doch dann nickt sie und greift zum Saum ihres Tops, das etwas zu locker sitzt für meinen Geschmack. »Warte! Schau dir den zuerst an, bevor du dich nackig machst.« Evelyn wedelt mit einem Zettel in der Luft. »Hier steht die Reihenfolge der Outfits drauf. Sind alle durchnummeriert und achte bitte auf die Anmerkungen am Rand.«

Hope hält die Luft an. Sie erstarrt sichtlich.

»Was ist?«, hakt Evelyn nach. »Keine Angst, der Zettel beißt nicht.«

Zögernd durchquert Hope den Raum und nimmt die Notizen entgegen. Dann senkt sie den Blick. Sie kneift die Augen zusammen, als könnte sie kaum erkennen, was dort geschrieben steht.

»Sorry, meine Schrift ist die reinste Sauklaue«, entschuldigt sich Evelyn.

Hope stößt die Luft aus. »Schon okay.« Sie lässt die Hand sinken. Der Zettel vibriert, ihre Hand zittert, aber nur so kurz, dass ich mir die Reaktion auch eingebildet haben könnte. »Kann ich kurz telefonieren, bevor wir loslegen?« Sie sieht Evelyn an. Evelyn, nicht mich. Sie meidet meinen Blick bewusst. Das gefällt mir nicht.

Ich kneife die Augen zusammen und stelle sie zur Rede. »Warum willst du gerade jetzt telefonieren?« Vielleicht ist mein Misstrauen übertrieben, aber die Show unterliegt strenger Geheimhaltung und Hopes plötzliches Anliegen kommt mir merkwürdig vor. Überhaupt benimmt sie sich plötzlich eigenartig und ich habe das ungute Gefühl, das liegt nicht daran, dass sie gleich in Unterwäsche vor mir steht. Was führt sie im Schilde?

»Ich muss dringend mit meiner Schwester sprechen.«

»Jetzt?«, fahre ich sie an. »Mitten im Fitting?«

»Kann das nicht warten?«, wirft Evelyn ein. »Bin echt spät dran.« Sie hält ihren Arm hoch und dreht ihn so, dass Hope das Zifferblatt ihrer Armbanduhr sieht.

Wieder schluckt Hope. »Es muss jetzt sein. Tut mir leid. Ich beeile mich, versprochen.« Schon wirbelt sie durch den Raum und zu ihrer Handtasche, die in einer Nische neben dem Verkaufstresen steht, um darin etwas zu suchen. Schließlich findet sie ihr Handy, blickt aufs Display und lässt es zurück in die Tasche fallen.

»Mist!«, flucht sie laut. Sie presst die Lippen zusammen und starrt ihre Tasche an, als wollte sie das Ding hypnotisieren.

»Jetzt sag schon, was los ist«, will Evelyn wissen, womit sie ausspricht, was ich denke.

»Mein Akku ist leer und ich habe kein Ladekabel dabei.«

Sie klingt regelrecht verzweifelt. Evelyn sieht mich

hilflos an, aber ich zucke nur die Schultern. Wo liegt das Problem?

»Nimm mein Telefon.«

»Was?« Hope blinzelt mich verstört an, die Handtaschenriemen umklammert, als hinge ihr Leben davon ab.

»Mein Handy. Ich leihe es dir.« Ich fische es aus der Hosentasche. Hope starrt darauf, als wäre es ein Alien.

»Es ist wirklich okay«, wiederhole ich, weil ich das Gefühl habe, sie zögert, weil es ihr unangenehm ist. »Ich habe eine Flatrate.«

»Das bringt nichts.« Sie schüttelt den Kopf. »Joys Nummer ist als Kurzwahl in meinem Handy abgespeichert.«

Evelyn verdreht die Augen. »Dann tippst du sie halt per Hand ein.«

Hope sieht zu Boden. Ihre Wangen glühen. Als sie spricht, klingt ihre Stimme brüchig. »Ich weiß die Nummer nicht. Sie ist neu. Joy hat sie mir eingespeichert und ich habe es versäumt, sie auswendig zu lernen.«

Aus den Augenwinkeln sehe ich Evelyn die Luft anhalten. Sie fragt sich vermutlich wie ich, warum Hope aus diesem Anruf eine so große Sache macht. Allerdings wirkt sie überhaupt nicht mehr aufgekratzt oder hektisch. Sie wirkt verloren, fast hilflos, als wäre sie den Tränen nahe. Ich wirke zwar wie ein harter Kerl, aber ich kann keine Frau weinen sehen.

In Zeitlupe lasse ich den Arm sinken. Dann gebe ich dem Impuls nach, gehe zu ihr und lege ihr die Hand auf die Schulter. Hope versteift sich. »Was ist wirklich los?«, frage ich so sanft wie möglich.

Ihre Arme baumeln kraftlos an den Seiten, als sie nur den Kopf schüttelt.

»Willst du nicht darüber sprechen oder kannst du nicht?«

Hope antwortet nicht, dafür mischt Evelyn sich ein. Sie nickt zu einer offenen Tür, hinter der eine Küchenzeile zu sehen ist. »Wollt ihr vielleicht kurz im Nebenraum verschwinden, damit ihr quatschen könnt? Ich stelle in der Zeit die Outfits zusammen und hänge sie der Reihenfolge nach auf Bügel. Das geht dann ganz fix, wenn ihr zurückkommt.«

Hope führt mich in die Teeküche. Jedenfalls sieht es aus, als würde es sich bei dem fensterlosen Raum um die Teeküche handeln. Neben einem Herd mit zwei Platten und einer Spüle, über der ein Schrank schief an der Wand hängt, stehen zwei Stühle und ein Tisch im Raum. Mehr Platz wäre auch nicht gewesen auf den wenigen Quadratmetern. Der Raum ist so klein, dass wir zu zweit kaum Platz darin haben. Ich stehe so nah vor ihr, dass ich ihren Vanilleduft wahrnehmen kann. Ihre Nähe berauscht mich. Es wäre ein Leichtes, die wenigen Zentimeter zwischen uns zu überbrücken, aber ich halte mich zurück.

»Rede mit mir«, bitte ich sie.

Sie sieht nicht mich an, sondern fixiert einen Punkt auf dem abgetretenen Korkboden. »Es gibt nichts zu sagen.«

»Wir wissen beide, dass das nicht stimmt. Wenn wir zusammenarbeiten wollen, müssen wir ehrlich sein.«

Zitternd stößt sie die Luft aus. »Aber du willst doch eigentlich gar nicht. Du hattest Mitleid mit mir, deshalb hast du zugestimmt.«

Wieder senkt sie den Blick, aber ich habe die Tränen in

ihren Augen gesehen. Sie berührt mich an einer Stelle meiner Seele, die ich für tot gehalten habe. Aus gutem Grund. Ich bin nicht umsonst zum abgestumpften Arschloch mutiert.

»Du irrst dich.« Ihre Nähe, ihr süßer Duft ist einfach zu viel. Ich trete zurück. Nur sieht sie just in dem Moment auf, in dem ich mir durchs Haar fahre und für eine Sekunde die Augen schließe. Natürlich weiß sie, die Geste zu deuten.

»Du lügst, aber das ist okay.« Sie lächelt, doch es erreicht ihre Augen nicht. »Durch die Show bekommen wir beide, was wir wollen, und nur das zählt.«

Ich starre sie an, als hätte sie mich geschlagen und das mache ich nicht subtil, sondern ganz direkt, aber das ist mir egal. Sie soll ruhig sehen, was ihre Worte in mir auslösen. Für kurze Zeit habe ich geglaubt, sie wäre anders. Anders als die ganzen Frauen, die mich zu ihrem eigenen Vorteil benutzen. Aber sie ist kein bisschen anders. Sie ist wie die anderen. Berechnend.

Ich will mich umdrehen und gehen. Weg von ihr. Weg von den verwirrenden Gefühlen, die sie in mir auslöst. Zurück zu Evelyn, um das verdammte Fitting zu beginnen.

»Ich habe dich verärgert«, flüstert Hope und ich bleibe, wo ich bin. »Schon wieder.«

Ich sollte die Traurigkeit in ihrer Stimme überhören. Ich sollte mich umdrehen und gehen. Aber ich kann mich keinen Schritt bewegen. Ich stehe seitlich zu ihr und drehe jetzt den Kopf, um sie anzusehen. Sie ist so verdammt schön. Und so verdammt verboten.

»Das ist nicht wichtig.«

»Natürlich ist es das! Wir spielen ein Liebespaar. Du

hast selber gesagt, wir müssen ehrlich zueinander sein, damit es zwischen uns funktioniert. Dann fang damit an. Ich möchte nicht drei Wochen auf der Hut sein und in ständiger Angst leben, dich mit irgendetwas zu verärgern und nicht zu wissen, was es ist.«

Ich reibe über meine Brust, um den Schmerz darin zu mildern.

Sie hat den Spieß umgedreht. Ihretwegen sind wir in dieser Teeküche. Ich habe keine Antworten bekommen, aber jetzt sprechen wir über mich. Geschickt eingefädelt. »Vergiss, was ich gesagt habe. Vor der Kamera sind wir Liebende. Dahinter bist du einfach du und ich bin ich.«

Damit drehe ich mich um und verlasse den Raum.

11

HOPE

Ich habe das Fitting bewältigt, allerdings mehr schlecht als recht, was den Umständen geschuldet ist. Dass Evelyn die Outfits zusammenstellte, war ein Segen. Wie hätte ich mich herausreden sollen? Es hätte lächerlich geklungen, wenn ich behauptet hätte, ihre Schrift nicht lesen zu können. Lächerlich und unglaubwürdig. Neil wäre noch misstrauischer geworden. Oh Mann! Was soll ich nur von ihm halten? In seiner Gegenwart bin ich ständig auf der Hut. Er verwirrt mich und zieht mich an gleichermaßen.

Neil hat ein natürliches Verhältnis zu seinem Körper und kein Problem damit, vor anderen blankzuziehen. Okay, ganz blank hat er nicht gezogen – die nachtschwarzen Pants hat er anbehalten, aber die schmiegten sich perfekt an sein knackiges Hinterteil. Ich konnte jeden Muskel erkennen, wenn Neil sich bewegte. Leider hat er mir ständig den Rücken zugedreht – zugegeben ein verdammt schöner Rücken, der seinem knackigen Hintern in nichts nachsteht. Unter anderen Umständen hätte ich den Anblick genossen, aber die Tatsache, dass Neil mich nicht leiden kann und ich noch immer den Grund nicht kenne, zumindest keinen, der plausibel ist, brennt wie Säure in meinen Eingeweiden. Im Gegensatz zu mir hat er mich keines Blickes gewürdigt. So geht das nicht weiter! Während ich in ein Outfit nach dem anderen schlüpfte, überlegte ich, Neil zur Rede zu stellen, verwarf den Gedanken dann aber wieder. Um ein Haar wäre alles aufgeflogen. Und wenn Neil erkannt hätte, dass ich gelogen habe und kein Wort lesen und schreiben kann ... Nicht dran zu denken, was dann passiert wäre. Mein Blut rast noch immer durch meine Venen.

Davon mal abgesehen wollte ich die Diskussion, um *Mögen, Nichtmögen* und das große *Warum*, nicht vor Evelyn führen. Sie und Neil sind sehr vertraut miteinander. Immer wieder lachte Evelyn laut, nachdem sie geflüstert haben. Evelyn würde für Neil Partei ergreifen, wenn es zum Streit käme, da bin ich mir sicher und ich möchte es mir mit ihr nicht verderben. Ich mag sie. Sie ist locker und lustig, in ihrer Gegenwart ist Neil wie ausgewechselt. Das möchte ich auch. Aber nur, weil ich es will, bedeutet es nicht, dass ich es auch bekomme. So war es schon immer. Früher habe ich mir gewünscht, keine Waise zu sein. Ich habe mir gewünscht, nicht gesehen zu haben, was ich sehen musste. Ich habe mir gewünscht, normal zu sein, ohne diese Blockade, die mich zu einer Aussätzigen macht.

Als Evelyn und Neil schließlich gehen, ist meine Mittagspause um. Also schlinge ich schnell ein Sandwich vom Vortag herunter und harre aus, bis ich den Laden um

19.00 Uhr schließen kann. Zum Glück war viel los – eine Gruppe Touristen aus Nevada City brachte meine Kasse zum Klingeln. Was leider viel zu selten vorkommt, aber ich werde mich jetzt nicht darüber beschweren, das Doppelte von dem eingenommen zu haben, was ich für gewöhnlich an einem Tag verdiene. Das Geld ist ein Tropfen auf dem heißen Stein, aber auch darüber will ich jetzt nicht nachdenken. Ebenso wenig wie darüber, in nicht mal acht Wochen auf der Straße zu sitzen, wenn Neil Wyler mich nicht endlich akzeptiert. Unter diesen Umständen werden wir kein glaubwürdiges Liebespaar mimen können, denn dafür bedarf es ein Minimum an Vertrauen. Und Vertrauen ist mir sehr wichtig. Als Kind konnte ich nicht vertrauen. Lange wusste ich nicht, was es bedeutet, ein Zuhause zu haben. Ich wurde von Kinderheim zu Kinderheim gereicht, weil niemand mich wollte. *Schwer erziehbar* stand in meiner Akte und niemand nimmt gerne einen Querschläger auf. Erst als ich zu den Daltons kam, wurde es besser. Obwohl ich während meiner Kindheit mehr Erzieher gesehen habe, als andere Menschen ihren Zahnarzt besuchen, und keiner zu mir durchdringen konnte, legten Jack und Marly Dalton einen Schalter in mir um. Das veränderte mich. Das stärkte mich. Ihre Liebe, ihre Güte und Zuversicht machten mich zu der Frau, die ich heute bin. Der Laden ist alles, was mir von ihnen geblieben ist. Es bedeutet nicht nur, eine Arbeit zu haben, bei der ich nicht für blöd abgestempelt werde, er bedeutet auch Erinnerungen. Ich will ihn nicht aufgeben, ich will kämpfen. Deshalb muss ich diese Sache zwischen Neil und mir bereinigen, bevor alles den Bach runtergeht. Ich muss herausfinden, ob ich ihm vertrauen kann.

Ich stehe vor meiner Haustür und versuche, den Schlüssel ins Schloss zu stecken, was sich jedoch mit vollen Einkaufstüten in den Händen schwierig gestaltet, und blicke über die Schulter, als hinter mir eine Wagentür zugeschmissen wird.

»Himmel! Erwartest du Gäste?«, fragt Joy.

Ich grinse schief. »Wenn du schon Urlaub nimmst, um für mich einzuspringen, und deine schnuckelige Dachwohnung gegen meine marode Behausung tauschst, kann ich zumindest dafür sorgen, dass du nicht verhungerst.« Joy wohnt nur zwanzig Autominuten entfernt vom Laden. Sie müsste nicht den Housesitter spielen, aber Joy ist keine Frühaufsteherin und da es von meinem gemieteten Reihenhaus nur ein Katzensprung ist, war die Entscheidung klar.

Joy kommt so schnell zu mir, wie es ihre halbhohen Pumps und der enge Bleistiftrock zulassen. Irgendwie sieht sie verändert aus – frischer, selbstbewusster –, aber ich kann nicht sagen, woran das liegt. Vielleicht an der eng geschnittenen weißen Bluse, deren obere Knöpfe offen stehen, wodurch man den Rand eines – Moment mal, ist das ein Spitzen-BH? Joy trägt Spitze? Das ist neu!

Meine Gedanken verflüchtigen sich, als sie mir die Taschen aus der Hand reißt. »Hör auf, dein Geld für mich auszugeben!«, schimpft sie liebevoll und küsst mich dann zur Begrüßung auf die Wange.

»Ich will aber!«

Sie pustet eine kinnlange, honigblonde Strähne weg, die sich über das linke Brillenglas gelegt hat. »Ich habe mehrmals angerufen. Warum bist du nicht rangegangen?«

»Weil mein Akku leer ist und ich mein Ladekabel auf der Kommode im Schlafzimmer vergessen habe. Und ja, ich weiß, wie fahrlässig das war, und ich gelobe Besserung!«

»Hm«, brummt sie, was ich als Zustimmung auffasse.

Es klickt, als sich das Schloss öffnet, gefolgt von eingehendem Knarzen. »Einen Vorteil hat das rostige Ding ja. Du hörst sofort, wenn Einbrecher kommen.« Joy verzieht spöttisch den Mund, als sie sich an mir vorbei in den schmalen Hausflur schiebt und ich die Tür mit dem gleichen Knarzen schließe.

»Hier gibt es nichts zu holen. Das riechen Diebe schon zehn Meilen gegen den Wind.«

Joy kichert und marschiert schnurstracks in die Küche, noch bevor ich den Lichtschalter betätigt habe. Ich folge ihr. Sie knallt die Einkäufe auf den Küchentresen und lehnt sich mit der Hüfte gegen die Kochinsel, die den kleinen Raum dominiert. Ich mag das Zimmer trotz seiner Enge, was nicht nur an den hellen Farben liegt, die sich an Wänden und Küchenmöbeln zeigen, sondern auch an dem großen Fenster und dem fantastischen Blick in den verwilderten Garten.

»Du hast Bücher gekauft?«, gluckst Joy verdutzt, als sie in die Tüte späht.

Ich zucke die Schultern. Schlendernd schließe ich zu ihr auf. »Na ja, mit Lesen hab ich es ja nicht so. Aber du verschlingst quasi alles, was dir zwischen die Finger kommt ...«

»Da dachtest du, du besorgt mir Vorrat«, ergänzt sie den Satz.

»Dachte ich, ja. Hab sie nach Covern ausgesucht. Farben, Gesichter und so ... Du weißt schon.«

Ich drehe mich weg, damit Joy meine roten Wangen nicht sieht, und krame stattdessen in der zweiten Tüte nach Lebensmitteln. Ich habe nicht vor, sie auszupacken, ich will mich nur beschäftigen, um Joy nicht in die Augen sehen zu müssen. Joy liebt mich, wie ich bin, das weiß ich. Alles von mir. Ausnahmslos. Dennoch schäme ich mich für meinen Makel. Ich komme einfach nicht dagegen an.

»Tu das nicht, Hope. Mach dich nicht kleiner, als du bist.« Plötzlich steht Joy neben mir, ihre warmen, schlanken Finger auf meinem Unterarm, um ihn sanft zu drücken. Ich bekomme eine Gänsehaut. Sie kennt mich einfach zu gut. Trotzdem will ich mir die Blöße nicht geben und ziehe die Sache deswegen ins Lächerliche.

»Wer ist hier klein? Im Gegensatz zu dir, die es kaum schafft, über eine Mülltonne zu gucken, kann ich sogar auf den Deckel spucken.«

Joy lacht nicht. Ihre Hand rutscht von meinem Unterarm auf meine Schulter, bevor sie mich in die Arme zieht. Ich versteife mich nur kurz, dann gebe ich nach. Für ihre kleine Größe ist sie ziemlich stark. »Du bist eine der beeindruckendsten Frauen, die ich kenne.«

Ich blinzele meine Tränen weg und räuspere mich. »Wer sind die anderen?«

»Da gibt es nur noch eine. Faith.«

Faith ist wirklich mächtig beeindruckend. Die Anführerin von uns dreien. Nicht nur klug, sondern auch schön und sie lässt sich nicht die Butter vom Brot nehmen. Nie. Faith könnte mit ihrer Figur und einem Gesicht, das Männer sprachlos zurücklässt, gut als Model arbeiten. Aber sie tanzt lieber in Portland an der Stange und lässt sich Dollarscheine ins Höschen stecken. Nichts gegen Dollarscheine im Höschen, nur ist Faith meiner Meinung nach zu Höherem geboren.

»Hast du noch mal über meinen Vorschlag nachgedacht?«, flüstert Joy dicht an meinem Ohr.

Nachgedacht? Er hat mir schlaflose Nächte bereitet.

Ich schließe die Augen. »Ich kann keine Therapie beginnen. Nicht schon wieder.«

Jedes Mal, wenn ich gescheitert bin, hat mich das ein weiteres Stück runtergezogen und nicht nur meine Pflegeeltern, sondern auch Joy und Faith an den Rand des Wahnsinns gebracht, weil ich dann in alte Verhaltensmuster zurückfiel und zum verschlossenen Kampfwiesel mutierte. Das kann ich mir jetzt nicht mehr leisten. Ich kann mich nicht wochenlang verkriechen und meine Wunden lecken, bis es mir besser geht.

Joy drückt mich ein Stück von sich, um mir in die Augen zu sehen. »Aber so geht es nicht weiter. Du leidest.«

»Ich kenne es nicht anders. Ich komme schon klar.«

Joys Lippen bilden einen blutleeren Strich, als sie zu den Büchern auf der Ablage greift und eines davon hochhält. »Das hier ist nicht der Feind.«

»Ich weiß«, sage ich und meine es absolut ehrlich. Es sind ihre gepeinigten Schreie, es ist ihr hilfloses Wimmern, ihre schreckgeweiteten Augen und sein dreckiges Lachen, was mich in meinen Träumen verfolgt und mich nicht loslässt, egal, was ich dagegen unternehme. »Ich stehe mir selbst im Weg.«

Joy lässt das Buch sinken. »Nicht du, sondern das, was du gesehen hast.«

Joy kennt nur die halbe Wahrheit. Den Rest verschweige ich schon seit Jahren und das aus gutem Grund.

Zitternd stoße ich die Luft aus. »Das Ergebnis bleibt gleich.«

»Und wenn du ...«

Ich reiße die Hand hoch. »Bitte, Joy. Nicht jetzt. Wir hatten dieses Thema schon oft und ich bin gerade nicht in der Stimmung für eine Grundsatzdiskussion, die zu nichts führt.«

Stirnrunzelnd mustert sie mich. »Ist heute irgendwas im Laden passiert?«

Ich seufze tief. »Ist das so offensichtlich?«

»Na ja.« Joy wiegt den Kopf von rechts nach links. »Es steht dir quasi auf die Stirn tätowiert.«

Ich beginne, die Lebensmittel im Kühlschrank zu verstauen. »Du meinst, ich wirke griffiger als sonst?«

Joy hebt eine Braue, bis sie über den Rand ihrer Brille reicht. »Griffig?«

»Na ja, genervt eben. Angefressen, streitsüchtig.«

»Nichts von alledem. Du bist nur komisch. Wie wäre es, wenn wir darüber sprechen?«

Die Lebensmittel sind verstaut und ich knalle die Kühlschranktür zu. »Wie wäre es, wenn wir das Thema wechseln?«

Natürlich lässt Joy nicht locker. »Kommende Woche verändert sich dein ganzes Leben. Ich will sofort wissen, was los ist, sonst lasse ich dich nicht gehen!«

Ich zucke die Schulter, als wäre es keine große Sache, und falte die Plastiktüten zusammen, um sie in einer Schublade zu verstauen. »Eine Stylistin war heute im Laden, um mit mir die Outfits für die Show durchzugehen. Ziemlich ... ähm ... außergewöhnliche Outfits. Dann hat sie mich geschminkt. Hinterher sah ich aus wie ein Modepüppchen aus einem Hochglanzmagazin.« Ich schneide eine Grimasse. Nichts gegen Make-up, aber alles in Maßen.

»Oh.«

»Und Neil Wyler war auch dabei.«

»Oh oh!« Joys Augen werden noch größer. »Er hat dir dabei zugesehen?«

Wenn's nur das gewesen wäre. »Er war am Fitting beteiligt und die Visagistin hat dann Fotos gemacht.«

»Von euch beiden?«

Ich nicke. »Einzeln und als Paar, um zu sehen, wie alles sitzt und wie wir zusammenpassen. Ich musste die Tonnen Make-up später förmlich von der Haut kratzen. Übel.«

Joy spitzt die Lippen. »Ans professionelle Schminken solltest du dich besser gewöhnen, denn die Prozedur steht dir demnächst täglich bevor. Aber da ist noch mehr, oder?«

Mein Puls schnellt hoch, als ich an die Unterredung mit Neil in der Teeküche denke.

»Davon mal abgesehen, dass ich fast aufgeflogen wäre, kann Neil Wyler mich nicht leiden und ich habe keine Ahnung, warum.«

Joy überhört den Tenor meiner Aussage – bewusst oder unbewusst – und schlägt die Hand so heftig vor den Mund, dass es klatscht. »Du hast dich verplappert?«

»Konnte mich gerade noch retten.«

Joys Schultern sacken erleichtert nach unten. »Erzähl.«

Ich habe mir ein Glas aus dem Schrank geholt, um es mit Wasser aus der Leitung zu füllen, als ich innehalte. »Themawechsel«, erinnere ich sie mit schmalen Augen.

»Du hast damit angefangen.«

Stimmt. Ich drehe den Hahn auf und lausche dem plätschernden Geräusch, als das Wasser in mein Glas läuft.

Dann nehme ich einen großen Schluck. Joy lässt mich die ganze Zeit nicht aus den Augen. »Ich muss ihn zur Rede stellen.«

»Wen?«

»Neil.«

»Hm ...«, macht Joy. »Könnte auch nach hinten losgehen. Was man so über diesen Wyler liest, ist er nicht der Typ Mann, der auf Standpauken steht.«

»Ich habe nicht vor, ihm eine Standpauke zu halten.« Ich drehe mich um, schütte den Rest Wasser in den Ausguss und stelle mein Glas dann in die Spüle neben mein benutztes Frühstücksgeschirr. Später werde ich alles zusammen abzuwaschen. »Aber ich muss wissen, was los ist. Er ist total sprunghaft, richtig launisch. Unter anderen Umständen wäre es mir egal, aber wir arbeiten drei Wochen eng zusammen und ich weiß nicht, ob ich das unter diesen Umständen durchhalte.«

Joy knabbert an ihrem Fingernagel. »Nicht.« Ich gebe ihr einen Klaps auf die Hand. Nur spielerisch, aber ich weiß, dass sie die Unart hasst.

Joys verhangener Blick auf einen alten Rotweinfleck am Boden klärt sich. Sie lässt die Hand sinken und sieht mich an. »Du hast einen Vertrag unterschrieben und kannst keinen Rückzieher machen. Das würde dich finanziell ruinieren.«

»Hast du nicht zugehört? Ich habe nicht vor, einen Rückzieher zu machen.«

»Neil Wyler kann zum echten Problem für dich werden«, erklärt sie nachdrücklich.

Werden? Witzig! Er *ist* ein Problem. In vielerlei Hinsicht.

»Eine Konfrontation halte ich nicht für klug, Hope.

Wirklich nicht.« Sie schüttelt den Kopf. Kinnlange Strähnen fliegen gegen ihre runden Wangen, die in ein spitzes Kinn enden. »Lass die Sache einfach laufen. *Kommt Zeit, kommt Rat,* hat Marly immer gesagt. Wenn Neil dich besser kennt, wird er dich mögen. Jemanden wie dich muss man einfach mögen. Da kommt auch kein Neil Wyler dran vorbei.«

12

HOPE

Ich fühlte mich wie bestellt und nicht abgeholt. Obwohl der Union Square, wo Scott mich hinbestellt hat, von Menschen nur so wimmelt, ist es ein einsames Gefühl. Sie sitzen in den niedlichen Straßencafés, die ihre Tische draußen aufgestellt haben und die, neben Geschäften hochpreisiger Marken, den halbrunden Platz säumen. Meine Reisetasche, die ich mit beiden Händen und gestreckten Armen vor mir festhalte, schlägt mir immer dann gegen die Schienbeine, wenn ich auf den Zehenspitzen wippe und mich verstohlen umblicke. Alle starren mich an. Vielleicht bilde ich mir das auch nur ein, weil ich Klamotten trage, die ich absolut unpassend finde, um damit vormittags unter Menschen zu gehen. Zugegeben, das hellgraue, ärmellose Seidentop und die passende Hose sitzen nicht schlecht. Durch das weiche und locker fallende Material kann ich mich gut bewegen. Ein schmaler Gürtel mit Strasssteinen betont meine Taille. Evelyns Können in allen Ehren, trotzdem fühle ich mich total overdressed für den ersten Reisetag.

Scott hat mir auf die Mailbox gesprochen und zum Treffpunkt bestellt, von dem er mich abholen würde. Die Infos waren spärlich. Eigentlich habe ich nur noch erfahren, dass wir den legendären Highway Number One entlangfahren werden. Keine Ahnung, wo wir heute anhalten, und das stört mich schon. Ich mag keine Fahrten ins Ungewisse. Jemand hätte mich zumindest über die Basics informieren können, wie die Reiseroute zum Beispiel und die abzudrehenden Szenen. Etliche Anrufe später, in denen ich nur Scotts Mailbox erreichte, ergab ich mich in mein Schicksal und ließ mich von Joy zum Treffpunkt fahren. Was blieb mir auch anderes übrig?

Ein dunkler Van kommt angerauscht und hält am Straßenrand. Der Fahrer sieht aus wie ein Rocker. Zumindest das, was ich von ihm erkenne. Dunkle Haare, die hinter den Ohren klemmen, dunkles Shirt, Dreitagebart. Die hinteren Scheiben sind stark getönt, ich kann nicht mal Schemen erahnen. Der Fahrer steigt aus und kommt um den Wagen herum. Er bleibt vor der Motorhaube stehen und nimmt seine dunkle Sonnenbrille ab. »Bist du Hope?«, ruft er mir zu. Der silberne Ring in seinem Ohrläppchen funkelt, als die Sonne darauf fällt.

Ich höre auf, auf den Fußspitzen zu wippen, und kräusele die Nase. »Und wenn ich es wäre, warum willst du das wissen?«

Er schmunzelt und greift sich in den Nacken. »Ich soll dich abholen.«

Genau.

Der Typ hat sich nicht mal vorgestellt. Ich werde ganz sicher nicht in seinen dunklen Van steigen, nur weil er es verlangt.

»Sagt wer?«, hake ich nach, während ich die Tasche etwas fester packe.

»Scott.« Der Typ setzt die Sonnenbrille wieder über seine hellen Augen, die in krassem Kontrast zu seiner dunklen Hautfarbe stehen. Ich tippe auf Italiener, was den leichten Akzent bestätigen würde. Im Wagen hat er jünger gewirkt. Jetzt erkenne ich deutliche Falten in seinem derben, wenn auch attraktiven Gesicht.

Ich zögere. »Woher weiß ich, dass du die Wahrheit sagst?«

Die Frage scheint ihn zu überraschen. Er zieht die buschigen Brauen hoch. Dann lacht er und fischt ein Handy aus der hinteren Hosentasche. »Wenn du mir nicht glaubst, rufe ich Scott an und du überzeugst dich selbst.«

Ich nicke. »Okay.«

Er wählt, während er auf mich zugeht, und als er bei mir ankommt, hält er mir das Handy hin.

»Matteo?«, kommt es durch den Lautsprecher. Das ist Scotts Stimme – eindeutig. Und der Name Matteo kommt meines Wissens aus dem Italienischen, was zu der Person, die vor mir steht, passen würde.

Ich entspanne mich etwas, als ich die Tasche abstelle und das Handy ans Ohr halte. »Hier ist Hope.«

»Hi! Stimmt was nicht?«

»Wollte nur sichergehen, dass ich nicht von einem Serienkiller verschleppt werde«, sage ich trocken. »Du hast nichts von einem Matteo erwähnt.« Oder vielleicht hatte er es doch, allerdings in dem undeutlichen Teil seiner Nachricht auf meiner Mailbox. Das Knacken und Knistern hat den Großteil seiner Worte überdeckt.

Scott lacht und auch mein Gegenüber, den ich nicht aus den Augen lasse, verzieht belustigt die Mundwinkel.

Scott räuspert sich. »Matteo ist okay. Und Vic auch.«

»Vic?«

»Eigentlich Ludovica, aber nenn sie bloß nicht so! Sie hasst ihren Geburtsnamen und eine heißblütige Italienerin sollte man nicht unnötig reizen.«

Wie auf Kommando öffnet sich die hintere Tür des Vans und eine burschikose Dunkelhaarige, mit fast schwarz wirkenden Augen und hohem Pferdeschwanz, springt heraus. Sie fixiert uns nur kurz, dann marschiert sie los, als wäre sie auf einer Mission.

»Wenn man vom Teufel spricht«, murmelt Matteo, aber es klingt eher spaßig als alarmiert oder genervt.

»Hi, ich bin Vic«, sagt sie, als sie vor mir stoppt. Ich klappe die Kinnlade hoch und gebe Matteo das Handy zurück, um ihre Hand zu schütteln, die sie mir reicht.

»Hope.«

»Dachte ich mir schon.« Ihr Lächeln verblasst, als sie Matteo fixiert. »Warum dauert das hier so lange? Wir müssen die Ausrüstung aufbauen.«

Ausrüstung? Habe ich schon wieder etwas verpasst? Matteo verabschiedet sich von Scott und verspricht, sich später zu melden, bevor er das Handy wieder in die Hosentasche steckt. Vic hört auf, die Gegend zu scannen, und blickt zu Matteo. »Wann kommen denn Seine Majestät?«, fragt sie spöttisch. »Wenn wir die Sonne nutzen wollen, sollte sein Astralkörper bald mal hier aufschlagen.«

Ich versteife mich. »Wessen Astralkörper?« Ich habe da so eine Ahnung, aber ich brauche Gewissheit.

Ein sattes Dröhnen erklingt, das schnell an Lautstärke gewinnt.

»Seiner«, meint Matteo mit breitem Grinsen und deutet

mit dem Daumen auf die schwarze Kawasaki, die just in dem Moment um die Ecke fegt. Ich mache einen Schritt rückwärts und pralle mit den Hacken gegen meine Tasche. Vic streckt den Arm nach mir aus und verhindert so meinen Fall. Ich schenke ihr ein dankbares Lächeln. Dann hält die Maschine hinter dem Van. Der Fahrer schwingt ein Bein athletisch über den Sitz, stellt das Motorrad ab und nimmt den Helm vom Kopf.

Neil.

Natürlich ist er es – wer auch sonst? –, dennoch schlägt mir das Herz bis zum Hals. Vic, die mich beobachtet, wirft mir einen merkwürdigen Blick zu. »Alles in Ordnung?«

Ich zwinge mich zu einem Lächeln. »Absolut. Ich hatte nur keine Ahnung, dass Neil schon vor dem Dreh auftaucht.«

Vic runzelt die Stirn und hakt die Daumen in die Gürtelschlaufen ihrer Baggy Jeans. Sie will etwas erwidern, aber Matteo kommt ihr zuvor. »Vic!«

Sie sieht ihn groß an und er nickt zum Van. Was immer die Geste bedeutet, Vic versteht sie und spurtet los. Ratlos blicke ich ihr hinterher. Werde ich noch erfahren, was hier gespielt wird?

Einzelne Strähnen haben sich aus Neils Zopf gelöst, bevor er sie lässig hinters Ohr schiebt. Seufz ...

»Hope?«, flüstert Matteo aus dem Mundwinkel. Nur widerwillig reiße ich meinen Blick von Neil los und sehe ihn fragend an. »Du weißt, was du zu tun hast.«

»Neil begrüßen?«, mutmaße ich.

Er nickt. »Zum Beispiel. Lass deiner Fantasie freien Lauf, aber weich nicht zu sehr von der Vorgabe ab.«

Welche Vorgabe, verdammt? Spricht denn heute jeder in Rätseln? Vic stöhnt. Ich spähe in ihre Richtung. Sie hievt etwas aus dem Laderaum des Vans. Etwas Großes, Schwarzes. Mehr kann ich nicht erkennen, denn sie dreht mir den Rücken zu und verdeckt den Gegenstand damit. Ich suche die Umgebung nach Matteo ab, aber der ist verschwunden. Ebenso wie Neil.

Spinne ich jetzt? Wo sind denn plötzlich alle hin? Ich wollte Neil begrüßen. Bedeutet sein Verschwinden, dass er noch sauer ist? Hoffentlich nicht! Andernfalls ist der Tag gelaufen. Abgefahren ist er jedenfalls nicht, denn seine Maschine steht unverändert dort, wo er sie abgestellt hat.

Es klappert hinter dem Van. Mein Kopf fährt erneut herum, als ich Vic laut fluchen höre. Unsicher, was ich jetzt tun soll, drehe ich mich einmal im Kreis, und suche die Umgebung mit den Augen ab. Nur einige Passanten, keine bekannten Gesichter.

Dann ruft jemand »Action!« und Neil kommt aus einer Gasse geschlendert, direkt auf mich zu. Das verunsichert mich. Nicht nur, dass er plötzlich wie aus dem Nichts auftaucht, sondern, dass er mich anlächelt. Es verunsichert mich so sehr, dass ich nur mit Mühe dem Drang widerstehe, zu flüchten. Ich blinzle und starre weiter zu Neil. Vorhin habe ich mich auf sein Gesicht konzentriert, um zu ergründen, wie er gelaunt ist. Jetzt sehe ich alles von ihm. Und ich genieße den Anblick. Sehr. Er sieht unglaublich lässig und heiß aus in schwarzem Leder. Die Hose muss Maßarbeit sein, denn sie spannt über seinen Oberschenkelmuskeln wie eine zweite Haut. Seine Schultern wirken in dem schwarzen Hemd sogar noch breiter. Die Ärmel sind bis zu den Ellenbogen hochgekrempelt und was seine sehnigen Unterarme bei mir auslösen, brauche ich nicht extra erwähnen, oder? Mein Herz schlägt plötzlich viel zu schnell, mein Puls rast. Ich bekomme feuchte Handflächen und wische sie mir aber schnell an der Hose ab. Ich sollte ihm entgegengehen, genau das sollte ich tun! Aber ich kann nicht. Meine Füße sind wie festgefroren. Eine Gruppe Mädchen kreuzt unseren Weg. Sie erkennen Neil, setzen zu einem Kreischkonzert an und rennen auf ihn zu, aber Neil hat nur Augen für mich. Wow! Wurde ich je so von einem Mann angesehen? Er verschlingt mich förmlich mit seinen wunderschönen Augen, als er den Mädchen ausweicht, ohne ihnen auch nur den Hauch von Beachtung zu schenken, und mich weiter zielstrebig ansteuert. Dann ist er bei mir. Ich lege den Kopf in den Nacken, um den Blickkontakt zu halten. Ein gehauchtes »Hi Darling« ist die einzige Vorwarnung, bevor er seine Hände in meinen Haaren vergräbt und mich küsst.

13

HOPE

Ich weiß nicht, was ich tun soll. Ich habe mit dem Kuss nicht gerechnet. Warum küsst Neil mich überhaupt? Die Situation überfordert mich total. Meine Hände hängen kraftlos an den Seiten, während Neil meine Mundwinkel küsst und mit seinen Lippen dann eine heiße Spur bis zu meinem Ohrläppchen zieht. »Entspann dich, Babe, und genieß es einfach«, flüstert er dunkel. Sein warmer Atem kitzelt meine Haut, während seine Hände über meinen Rücken abwärts gleiten und meinen Hintern umschließen. Ich bekomme eine Gänsehaut. Neils Zunge schießt vor, teilt meine Lippen und das ist der Moment, in dem ich nachgebe. Die Umgebung, die Leute, die uns beobachten – alles tritt in den Hintergrund. Meine Arme heben sich wie von selbst und legen sich um Neils Nacken, um dort mit dem kurzen Haaren zu spielen. Gleichzeitig öffne ich den Mund. Neils Zunge schlüpft hinein und beginnt eine wunderbare Wanderung, die kaum in Worte zu fassen ist, so sehr gefällt mir, was er tut. Ich höre ein Wimmern, das wohl von mir kommen muss. Neil lacht leise und vibrierend und das löst eine neue Welle in mir aus, die mir direkt zwischen die Beine schießt. Jesus Christ! Dieser Kerl weiß wirklich, wie man ein Mädchen verrückt macht. Ich bin schon vorher geküsst worden, aber noch nie so. Ich habe keine Ahnung, warum Neil beschlossen hat, gerade mich, gerade hier damit verrückt zu machen, aber ich beschließe, das Denken einzustellen und den Kuss einfach zu genießen.

»Ich wurde noch nie so geküsst«, flüstere ich an seinen Lippen. Das klingt vielleicht töricht, aber das ist mir egal.

Neil stockt. Seine Lippen halten still und lösen sich dann von meinem Mund. Nur wenige Zentimeter, ich kann seine Wärme noch spüren. Verflixt, wäre ich doch nur still geblieben! Neil bewegt sich immer noch nicht, also öffne ich die Augen einen Spalt und blinzle zu ihm hoch.

»Ich habe ein Talent dafür, im richtigen Moment das Falsche zu sagen«, gestehe ich zerknirscht. »Und ich trete gerne in Fettnäpfchen, die kein anderer außer mir sieht.«

Ein träges Lächeln zeigt sich auf seinen Lippen. »Eine talentierte Tollpatschige, also?«

Ich verziehe den Mund. »Sieht so aus ...«

Sein Grinsen weitet sich aus. »Gefällt mir.«

Fast wäre mir sprachlos die Kinnlade heruntergefallen, aber da verschließen Neils Lippen schon wieder meine. Ich dachte, der vorherige Kuss war schon Leidenschaft pur, aber jetzt verschlingt er mich regelrecht, als gäbe es kein Morgen mehr. Mit Lippen, Zunge und Zähnen. Stöhnend schließe ich die Lider und knete seinen Nacken. Ein sanftes Streicheln wäre nicht genug. Es drückt nicht aus, wie ich mich fühle. Neil versteht den Wink. Er kommt näher, und als sich sein Unterleib an meinen Bauch drückt, spüre ich seine Härte unter dem Leder. Oh. Mein. Gott. Ich bin ein wenig schockiert – schließlich befinden wir uns in der Öffentlichkeit –, aber noch mehr erfreut. Anscheinend lasse ich Neil doch nicht so kalt, wie ich annahm. Ich keuche auf, als Neil sein Becken bewegt. Instinktiv stelle ich mich auf die Zehenspitzen, um die Reibung tiefer zu spüren. Da, wo ich sie will, wo ich sie brauche. Neil stöhnt in meinen Mund. »Du bist viel süßer, als ich dachte.«

Schmetterlinge tanzen in meinem Magen, als ich an seinen Lippen grinse. Vielleicht werden die kommenden Wochen doch nicht so übel, wie ich annahm.

Ein vernehmliches Räuspern hinter uns. »Nehmen Sie sich gefälligst ein Hotelzimmer! Hier laufen Kinder herum!«

Wir erstarren. Neil löst sich von meinen Lippen. Die Hände besitzergreifend auf meiner Taille, sieht er die Person hinter mir an und seine Mundwinkel zucken. Er verkneift sich ein Lachen, das ist unübersehbar, womit er mich wirklich neugierig macht. Wer zur Hölle steht da? Ich drehe nur den Kopf, um mich umzusehen.

Eine ältere Dame mit grauen Locken, die aussehen, als hätte sie mit Metallwicklern im Haar in die Steckdose gefasst, und einem gestreiften Kittelkleid funkelt uns böse an. Sie hebt ihren Gehstock und zeigt damit auf uns. »Machen Sie gefälligst, dass Sie hier wegkommen, oder ich hole die Polizei!«

Ich glaube ihr aufs Wort und ich finde das nicht witzig. Neil offensichtlich schon, denn als ich ihm einen flüchtigen Blick aus den Augenwinkeln zuwerfe, schmunzelt er noch immer.

»Kommt nicht wieder vor, Ma'am«, entschuldigt er sich höflich, nachdem er tief Luft geholt hat. Seine rechte Hand lässt mich los, während mich seine linke an seine Seite zieht, als wären wir ein richtiges Liebespaar.

»Ehrenwort!«, verspreche ich.

»Hoffentlich«, schnaubte sie mit einem abfälligen Zug um die faltigen Lippen. Sie betrachtet uns noch einmal von oben bis unten, dann dreht sie sich um und wackelt davon.

»Wir könnten uns jetzt noch einmal küssen und warten, ob sie zurückkommt und ihre Drohung wahr macht.«

»Nicht dein Ernst, oder?« Entgeistert sehe ich ihn an.

Er legt den Kopf schräg. »Hat es dir etwa nicht gefallen?« In seinen Augen tanzt der Schalk, aber da ist auch etwas anderes. Lust? Leidenschaft?

Das Magenflattern setzt wieder ein, aber ich zwinge es zurück. »Das ist nicht der Punkt und das weißt du auch.«

Natürlich weiß er es. Und wie er es weiß, das sehe ich genau. Eine Aussprache ist längst überfällig. Nicht nur im Hinblick auf den Kuss und das, was währenddessen zwischen uns aufflammte. Dieses Flirren, das in meiner Körpermitte begann und mit einem Ziehen zwischen meinen Beinen endet. Mit einem starken Ziehen. Reden – ja! Aber nicht jetzt.

»Komm, hauen wir hier ab.« Er beugt sich vor und küsst mich in den Nacken. Ich holte tief Luft, schließe vor Wonne aber nicht die Augen. Das wäre wirklich zu offensichtlich gewesen und hätte mich vollends entlarvt. Dafür folge ich brav, als Neil unsere Hände ineinander verschränkt und mich mit sich zieht.

»Ich kann da nicht rauf. Ich bin nicht passend gekleidet.« Entschieden schüttle ich den Kopf, als Neil vor der Kawasaki hält und mir einen silbergrauen Helm reicht.

»Das geht schon. Ich werde langsam fahren.«

Gehorsam stülpe ich den Helm über meinen Kopf. »Ich bin noch nie auf so einem Teil gefahren. Ich bin quasi eine Motorradjungfrau.«

Neil, der bereits auf der Maschine sitzt, sieht mich mit hochgezogener Braue an. Ich zucke die Schultern und grinse schief, woraufhin sich wieder dieses sexy Lächeln auf seinen Lippen zeigt. »Solange deine Jungfräulichkeit nur das Motorradfahren betrifft ...«

Ich bin froh, den Helm zu tragen, denn ich laufe mit Sicherheit knallrot an. Aber ich bin ja selber schuld. Warum liefere ich ihm auch eine solche Steilvorlage?

Endlich sitze ich hinter ihm. Wohin mit meinen Händen? Ich überlege nicht lange und lege sie auf meinen Oberschenkeln ab. Die Füße stelle ich auf die kleinen Halterungen, die aussehen, als wären sie genau dafür gemacht.

»Du darfst mich ruhig anfassen. Ich steh auf Körperkontakt.« Neil sieht verschmitzt über die Schulter, bevor er seinen Helm aufsetzt. Himmel! Jetzt flirtet er auch noch ungeniert mit mir! Habe ich zwischen dem Desaster gestern und heute irgendetwas verpasst? Bin ich versehentlich in einer Parallelwelt gelandet? Träume ich? Falls dem so ist, dann will ich nicht aufwachen. Mir gefällt der neue Neil. Sehr sogar.

Gehorsam lege ich meine Hände um seinen straffen Bauch. Er ist wirklich sehr gut gebaut, und da meine Arme nicht die längsten sind, muss ich meine Wange an seinen Rücken pressen, um meine Hände auf seinem Sixpack verschränken zu können.

So ein Pech aber auch.

Ich glaube, mein Lächeln reicht bis zu den Ohren. Wäre

ich eine Katze, hätte ich geschnurrt und wäre Neil um die Beine gestrichen vor Glückseligkeit.

Neil dreht den Zündschlüssel und ein sattes Röhren erklingt.

»Fertig?«, fragt er.

»Fertig!«

Als wir losfahren, erhasche ich einen kurzen Blick auf Matteo, der neben dem Van steht und einen Daumen steil in die Höhe hält. Stimmt ja. Vic und ihn habe ich vollkommen vergessen. Da ich die taffe Italienerin nirgends entdecke, nicke ich nur Matteo kurz zu und konzentriere mich dann wieder auf Neil.

»Wohin fahren wir?«, frage ich, als wir an einer roten Ampel halten.

»Nach Santa Cruz. Hat Scott dich nicht informiert?«

»Seine Nachricht auf der Mailbox war abgehackt. Den letzten Teil hab ich gar nicht verstanden.«

Neil schweigt, und da die Ampel noch immer Rot zeigt, frage ich weiter. »Santa Cruz. Das ist dieser idyllische Küstenort am Rand der Monterey Bucht. Ich war noch nie dort.«

Die Ampel schaltete auf Grün und Neil fährt an, aber er drosselt das Tempo, sodass wir uns unterhalten können. »Aber man ist in einer Stunde dort. Wenn man in San Francisco wohnt, ist das ein Muss!« Ich kann sein Gesicht nicht sehen, aber ich höre seine Verwunderung deutlich.

»Na ja, im Kinderheim war ich nicht die Angepassteste und Querulanten bleiben bei Ausflügen eben zu Hause. Als ich zu den Daltons kam, besserte sich mein Verhalten zwar, aber da Faith Angst vor Wasser hat, sind wir im Urlaub immer in die Berge gefahren.

Dann wurde mein Ziehvater krank und das ganze Geld

ging für seine Medikamente drauf statt für Urlaub. Ich habe mir immer vorgenommen, zu reisen, es aber nie realisiert ...«

Ich drücke meine Wange noch fester an Neils Rücken, weil ich so glücklich bin. Alles wird gut. Das spüre ich genau.

Neil ist ziemlich still geworden. Ich hebe den Kopf. »Neil?«

»Hm?«

»Du bist so still. Hab ich wieder etwas Falsches gesagt?«

Er stockt. »Wieder?«

Ich will an meiner Unterlippe knabbern, lasse es aber, weil es unter dem engen Helm unangenehm gewesen wäre. »Vorhin, als ich erwähnte, noch nie so ...«

»Geküsst worden zu sein?«

Ich nicke und streife dabei mit dem Helm seinen Rücken.

»Was ist damit?«

Ach, verflixt. Ich bin eine Idiotin, weil ich damit angefangen habe. Neil wird sich wieder verschließen. Oder sauer werden und die gute Stimmung ist dann dahin. Aber wer A sagt, muss auch B sagen, nicht wahr? Ich kann keinen Rückzieher mehr machen. Neil wartet auf eine Antwort. »Ich hatte das Gefühl, du wolltest das nicht hören.«

»Dass du so noch nie geküsst worden bist?«

»Hm. Du hast gestockt und aufgehört, mich zu küssen.«

Und nun stockt er wieder.

»So wie jetzt«, rutscht es mir heraus. *Dummkopf,* schelte ich mich. Am liebsten hätte ich mir auf die Zunge gebissen. Kann ich zur Abwechslung nicht mal das Richtige sagen? Oder alternativ einfach die Klappe halten?

Meine Wange an seinem Rücken schließe ich traurig die Augen. »Vergiss einfach, was ich gesagt habe.«

Neils Rückenmuskeln spannen sich an und das liegt nicht daran, weil wir durch eine Kurve fahren, da bin ich mir sicher. Ich habe es vergeigt. Schon wieder. Während wir die Pazifikküste entlangfahren, kann ich den herrlichen Anblick aufs Meer kaum genießen.

Doch eine schweigsame Fahrt wird es nicht. Neil überrascht mich, als er an einer Tankstelle hält, mir vom Bike hilft und ein Gespräch beginnt, während er seine Kreditkarte in den vorgesehenen Schlitz der Tanksäule schiebt. Er tippt einen Betrag ein und zieht die Karte heraus. »Ich war noch nie in den Bergen.«

Der blaue Van mit Matteo am Steuer und Vic auf dem Beifahrersitz hält vor dem Toilettenhäuschen. Ich bemerke sie erst jetzt, aber sie waren mit Sicherheit hinter uns. Vic springt aus dem Wagen, verschwindet in der linken von zwei Türen und ich konzentriere mich wieder auf Neil.

Vielmehr starre ich auf seinen Bizeps unter dem eng anliegenden Hemd, als Neil den Zapfhahn aus der Verankerung nimmt und ihn in das Tankloch führt, bevor ich ihm ins Gesicht sehe. »Noch nie? Und ich dachte, du kommst so viel rum.«

»Ich habe Höhenangst«, gibt er zu. »In einem Flugzeug ist das kein Problem, weil mich die Außenverkleidung schützt, aber freiwillig mehrere Meter über den Meeresspiegel zu klettern, ist für mich eher Tortur als Erholung.«

Neil schüttelt letzte Benzintropfen aus dem Zapfhahn, bevor er ihn zurück auf die Gabel hängt. Ich lehne mich gegen die Zapfsäule und beobachte ihn dabei. »Was ist mit deiner Familie?«

Neils Schultern werden steif. »Was soll damit sein?«, fragt er knapp. Sein lockerer Ton ist verschwunden. Das Thema behagt ihm nicht.

»Na ja«, druckse ich. »Hat von denen jemand Höhenangst?«

»So etwas ist nicht vererblich«, brummt Neil abweisend.

»Geht mich auch gar nichts an.« Verlegen betrachte ich meine staubigen Ballerinas.

»Stimmt«, sagt er nur. Dann gibt er Matteo ein Zeichen und schwingt sich auf die Maschine. Als ich zögere, sieht er mich an. »Was ist?«

Ich zucke die Schultern. »Ich kann auch mit dem Van fahren, wenn du deine Ruhe willst.«

Neil stößt die Luft aus. Dann verzieht er den Mund zu einem milden Lächeln. »Meine Familie ist ein wunder Punkt bei mir. Ich spreche nicht gern über sie.«

Sag bloß? Da wäre ich im Traum nicht drauf gekommen.

»Komm schon, steig wieder auf.« Er hält mir einladend die Hand hin. »Ich hab dich gerne hinter mir sitzen.«

»Wirklich?«

Neil grinst. »Wirklich. Nun komm schon.« Er streckt die Handfläche nach oben und winkt mit den Fingern. Also klettere ich wieder hinter ihn. Die Fahrt nach Santa Cruz verläuft ohne weitere Zwischenfälle. Wir unterhalten uns nicht, aber das ist okay. Ich wüsste ohnehin nicht, worüber wir reden sollten.

Das Holiday Inn Garden Court in Santa Cruz liegt abseits des Highways. Nicht direkt im von Touristen wimmelnden und dementsprechend lauten Ortskern, aber auch nicht am Wasser – leider. Dafür verspricht das Werbeplakat vor der Einfahrt einigen Luxus und ich staune nicht schlecht. Das Hotel verfügt über einen großen Pool samt Poolbar, eine gepflegte Gartenanlage, einen Spabereich und ein Fitnesscenter sowie ein italienisches Restaurant. Daraus lässt sich doch etwas machen.

Neil parkt die Kawasaki neben einem roten Pick-up und hilft mir beim Absteigen. Ich könnte das auch alleine, aber Neils Hände auf meiner Hüfte fühlen sich einfach zu gut an, als er mich über den Sattelbock hebt, weshalb ich nichts sage.

»Hast dich gut gehalten auf dem Bike.« Neils Hände haben meine Hüfte nicht losgelassen. Das Top ist mir hochgerutscht und seine Finger berühren meine Haut. Nachtschwarze Locken umrahmen sein kantig schönes Gesicht. Sein Blick aus den moosgrünen Augen ist intensiv. So habe ich ihn erst einmal gesehen und das war, bevor seine Lippen auf meine trafen. Ich räuspere mich.

»Danke«, sage ich kratzig. Obwohl uns ein paar Zentimeter trennen, ist die Nähe berauschend. Um Abstand bemüht, trete ich zurück. Neils Hände rutschen von meiner Hüfte und ich blicke zum Hotel, bevor ich ihn wieder ansehe. »Hier findet also der erste Dreh statt?«

Er stutzt vernehmlich. »Was genau ist von Scotts Nachricht eigentlich bei dir angekommen?«

»Klar verständlich nur der Treffpunkt. Wieso?«

Neil hebt beide Brauen. Dann stemmt er die Hände in die Seiten und stößt die Luft aus. Dabei meidet er meinen Blick.

»Was hätte ich erfahren sollen, Neil?« Ich trete einen weiteren Schritt zurück. Kälte zieht in mir auf, denn Neil wirkt, als würde er am liebsten laut fluchen.

»Neil?«

»Es ging um die Drehorte«, antwortet er knapp.

»Das ist alles?«

Neil dreht sich weg und schnappt sich unsere Helme, die am Lenker hängen. »Was sollte sonst sein?«

»Du verschweigst mir etwas«, spreche ich meine Gedanken laut aus. »Was ist es?«

Neil zieht den Schlüssel ab und steckt ihn in die Hosentasche. »Klär das mit Scott.«

Die Stimmung zwischen uns hat sich urplötzlich verändert, von Gluthitze zu arktischer Kälte. Ich folge Neil, der das Hotel ansteuert. »Was soll ich mit Scott klären?«

Neil antwortet nicht. Also schieße ich vor und steche ihm den Zeigefinger ins Schulterblatt. »Tu verdammt noch mal nicht so, als wäre ich Luft! Ich hasse das!«

Er fährt herum. »Ich habe dich nie behandelt, als wärst du Luft! Du stellst nur alles auf den Kopf. Bevor du kamst, war alles unter Kontrolle.«

Was immer das heißen mag. Resigniert lasse ich den Kopf hängen. »Du bist mir ein einziges Rätsel. Wirst du mir je dein wahres Gesicht zeigen?«

Neils Blick fällt auf meine Lippen, die sich leicht öffnen. Er schluckt, schüttelt den Kopf und sieht mich mit gerunzelter Stirn und verkniffenem Mund an. »Ich kann nicht.«

Dann dreht er sich weg. Schmerz breitet sich in meiner Brust aus und meine Hände verkrampfen sich an den Seiten. Die kommenden Wochen werden wohl doch nicht einfacher werden. Es wird eine Wanderung auf schmalem

Grat. Ich muss wirklich verteufelt aufpassen, um nicht abzurutschen. Aus dem Abgrund, in den ich fallen würde, gibt es keine Wiederkehr. Die gläsernen Flügeltüren schließen sich und Neil verschwindet hinter einer Trennwand, aber ich kann einfach nicht aufhören zu starren.

Ein Motorengeräusch lenkt mich ab. Neugierig wende ich den Kopf und sehe den dunklen Van die Einfahrt hochkommen. Er steuert in eine freie Lücke neben die Kawasaki und Vic und Matteo springen heraus. Ich gehe zu ihnen, um Matteo meine Reisetasche abzunehmen, die er aus dem Kofferraum hebt, aber er dreht sich weg, bevor ich die Tasche erreichen kann. »So weit kommt es noch. Ein Gentleman lässt eine Dame nie ihr Gepäck alleine tragen.«

Nett vom ihm. Ich lächle tapfer. »Stell sie ruhig in der Lobby ab. Ich nehme sie dann mit, wenn ich weiß, welches Zimmer ich habe.«

»Du hast noch nicht eingecheckt?«, fragt Vic. Sie prüft irgendetwas an der Ausrüstung und sieht mich erstaunt von der Seite an. »Ist Neil drinnen und erledigt das?«

»Ähm ... kann sein.«

»Kann sein?« Auf ihrer Stirn bildet sich eine tiefe Furche. »Du weißt es nicht?«

Ich beiße mir auf die Lippe und schüttle den Kopf. »Neil redet gerade nicht so viel mit mir.«

Vic sieht mich mitfühlend an. »Ein Buch mit sieben Siegeln. Ich arbeite schon seit Jahren mit ihm und habe immer noch nicht verstanden, wie er tickt.«

Meine Neugier ist geweckt. Ich setze mich auf die Ladefläche und lasse die Beine baumeln. »Und ihr bildet immer ein Team?«

»Immer mal wieder«, sagt sie und löst eine Schnalle.

Das Stativ lockert sich und sie hebt es aus dem Wagen, um es gegen den Kotflügel zu lehnen, damit Matteo es reintragen kann. »Neil kennt viele Leute und legt dann ein gutes Wort für Matteo und mich bei der Produktion ein. Er modelt ja mehr, als dass er dreht, aber wenn er vor der Kamera steht, sind wir meistens dabei. Ist schon von Vorteil in dem Business, über Vitamin B zu verfügen.«

»Klingt, als könnte er auch nett sein.« Ich kann mir den Sarkasmus nicht verkneifen.

»Neil *ist* nett«, sagt sie todernst. »Er hat nur eben seine Päckchen zu tragen. Wenn du im Rampenlicht stehen würdest und die Presse kein gutes Haar an dir lässt, würdest du auch vorsichtig werden.«

Matteo nimmt die drei Treppenstufen vom Eingang zum Vorplatz mit einem Satz und gesellt sich wieder zu uns. »Ich hab für uns eingecheckt. Die Schlüsselkarten werden gerade vorbereitet.«

»Und Seine Majestät King Neil?«, scherzt Vic.

Matteo wirft ihr einen warnenden Blick zu. »Ohne *Seine Majestät* würdest du noch immer auf der Straße leben.« Er schnappt sich das Stativ sowie mehrere Bügel mit Kleidersäcken, die an einer mobilen Garderobe hängen. »Schätze, er ist auf seinem Zimmer. Eingecheckt hat er zumindest schon.«

Wir schweigen, bis Matteo verschwunden ist, dann lasse ich meiner Neugier freien Lauf. »Was hat er damit gemeint, du würdest noch immer auf der Straße leben?«

Gebannt warte ich, ob Vic antwortet. Sie sieht nicht auf, als sie das Objektiv einer Kamera abschraubt und auf Kratzer oder was auch immer untersucht. »Neil tut immer nur so hart. In Wirklichkeit ist er ziemlich in Ordnung.« Sie klingt wirklich dankbar. »Ich hatte ein paar Drogenprobleme, jobbte ab und an in einer Bar in so einem Kaff ein paar Autominuten von Kansas City entfernt. Neil hing da immer alleine rum.«

»Wie alt war er?«

»Gerade volljährig. Ich weiß das so genau, weil ich seinen Ausweis sehen wollte, als er Bier bestellte. Ich nannte ihn *Kleiner*, obwohl ich selber nur zwei Jahre älter bin. Er fand den Namen nicht lustig.« Sie schmunzelt bei der Erinnerung. »Er war ohnehin ziemlich still, redete nur, wenn man ihn ansprach. Ich meine, er war schon damals ein Frauenmagnet, aber er blockte sämtliche Annäherungsversuche ab und du kannst mir glauben, er hätte jede Nacht eine andere abschleppen können.«

»Dich auch?« Die Frage ist mir einfach herausgerutscht und ich bereue sie sofort.

»Neil ist heiß, aber nicht mein Typ«, gesteht sie ehrlich. »Ich stehe nicht auf den dunklen Bad-Boy-Verschnitt. Blond, blauäugig und süß. Das ist eher meins.«

Das wundert mich wirklich und ich reiße die Brauen hoch. Vic selbst ist ja eher der ... ähm ... derbere Typ.

Sie lacht. Ihre Augen funkeln. »Tja, ich bin eben immer für eine Überraschung gut.«

Offensichtlich und das bringt mich zum Schmunzeln, als ich mir Ponysträhnen aus der Stirn wische. »Das sollte nicht negativ klingen.«

»Ist auch nicht so angekommen. Ich erzähle davon nur wenigen.«

»Warum mir? Ich meine, wir kennen uns kaum.«

»Damit du nicht denkst, ich wäre scharf auf Neil.«

Oh.

»Du stehst auf ihn, das sieht man sofort«, sagt sie frei heraus. »Und jetzt weißt du, dass ich keine Gefahr für dich bin. Ich möchte nicht, dass etwas zwischen uns steht.«

Ich seufze. »Er ist quasi ein Fremder für mich.«

Sie kichert leise. »Das hat dich aber nicht davon abgehalten, diese oscarreife Kussszene mit ihm durchzuziehen.«

Oh ja. Das!

»Eine spontane Reaktion meines Körpers. Das hat nichts zu bedeuten.«

»Wenn du das sagst.« Vic hüpft von der Ladefläche. »Für gewöhnlich ziehen die Frauen ihr Höschen schon aus, wenn sie nur seinen Namen hören.«

Kann ich nachvollziehen. »Das wird mir nicht passieren.«

Vic sieht von einem Rucksack auf, den sie gerade schultern wollte, jetzt aber wieder auf die Ladefläche sinken lässt. Ihre Augenbrauen sind weit hochgezogen. Sie glaubt mir nicht, das ist offensichtlich.

»Das mit uns ist eine rein berufliche Geschichte. Der Kuss vorhin ... nun ... ich weiß auch nicht so recht, was ich davon halten soll.«

»Was sollst du schon davon halten? Stand doch genauso im Drehbuch. Du hast einen guten Job gemacht. Solche Szenen realistisch nachzustellen ... Da trennt sich die Spreu vom Weizen.«

Was? Mein Herz setzt für einen Schlag aus. Matteo kommt erneut vorbei und gibt uns die Schlüsselkarten. Dann schnappt er sich einen Rucksack sowie weitere Kleidersäcke und verschwindet wieder. Ich nehme ihn wie in Trance wahr. Überhaupt treten sämtliche Geräusche in den Hintergrund, als mir klar wird, was Vics Äußerung bedeutet.

»Ist dir nicht gut?«, fragt sie besorgt. »Du siehst ganz blass aus um die Nase.«

»Geht schon«, lächle ich tapfer. Es war alles geplant. Der Kuss, die Vertrautheit. Alles nur Show. Nicht eine Sekunde davon war echt. Und Neil hat die Szene wirklich perfekt gespielt. Wie konnte ich nur so blauäugig sein?

»Ich hatte kein Drehbuch«, gestehe ich leise. Der Kloß in meiner Kehle macht mir das Sprechen schwer.

»Oh nein. Dann dachtest du ...«

»Der Kuss wäre echt, ja.« Meine Wangen fühlen sich an, als hätte ich Fieber. Ich sehe zu Vic und schneide eine Grimasse. Ich schaffe es einfach nicht, meine Verletzung zu überspielen. Ihre Hand legt sich auf meinen Unterarm, den sie mitfühlend drückt. »Tut mir leid.«

»Es ist nur ein Job«, murmele ich.

»Manchmal entsteht auch mehr daraus.«

Ungläubig schüttele ich den Kopf. »Neil kann mich in Wirklichkeit nicht leiden.«

»Blödsinn«, brummt Vic. »Das bildest du dir nur ein.«

Ich schlucke schwer und betrachte meine tussihaften Ballerinas, die kein bisschen zu mir passen. So wenig, wie Neil Wyler zu mir passt. »Du hast nicht erlebt, was ich mit ihm erlebt habe. Eine emotionale Achterbahnfahrt ist nichts dagegen.«

»Hm«, macht sie und reibt sich das Kinn. »Und was willst du dagegen unternehmen?«

Ich antworte nicht und sehe zu Boden. Vic stupst mich an der Schulter an. »Hey! Das willst du ihm doch wohl nicht durchgehen lassen?«, schimpft sie. »Neil ist kein Eisklotz, und dass du etwas bei ihm auslöst, steht für mich fest. Dieser Kuss war so ... so ...« Sie stößt einen leisen Pfiff aus. »Verstehst du? *Soooo* eben. So etwas lässt niemanden kalt. Auch einen Neil Wyler nicht.«

Ich lache bitter. »Er ist Schauspieler. Er kann sich in jeden verwandeln, wenn er will.« Ich habe nicht die Macht, ihn zu ändern, und das will ich auch nicht. »Nein.« Ich rutsche von der Ladefläche. »Ich mache drei Wochen gute Miene zum bösen Spiel, streiche meine Gage ein und dann sieht Neil mich nie wieder.«

14

NEIL

Ich schlage die Tür meines Hotelzimmers zu und lasse mich aufs Bett fallen. Dort starre ich zur Decke und lege schließlich den Arm übers Gesicht.

»Fuck!«

Hope geht mir unter die Haut. Und wie!

Ich habe wirklich versucht, sie nicht zu mögen, aber als sie sich während des Kusses mir vollkommen hingab, da war es endgültig um mich geschehen. Die sinnlichen Laute, die aus ihrer Kehle drangen, die Hitze, die sie ausstrahlte ... Es wird dazu führen, dass ich mich über kurz oder lang vergesse, meine Prinzipien in den Wind schieße und meine Hormone die Kontrolle übernehmen.

Sie hat den Kuss nicht gespielt, verdammt. Er war echt. Wie alles an ihr echt wirkt und doch weiß ich, dass sie nur das will, was alle von mir wollen. Sie wird mich ausnutzen. Und danach wird sie mich wegwerfen wie ein abgetragenes Sweatshirt. Und trotzdem fühle ich mich zu ihr hingezogen. Verrückt. Völlig verrückt.

Ich kann an nichts anderes denken, als sie nackt zu

sehen. Diese herrlichen Kurven. Diese weiche Haut. Jedem Zentimeter ihres Körpers würde ich mit den Lippen huldigen, bis sie stöhnt, kehlig und hinreißend. Würde sie ihre Hände in meinen Nacken krallen? Würden sich ihre Augen verschleiern, wenn ich ihre Schenkel mit den Knien spreize, um mich zwischen sie zu stellen und dann in sie eindringe? Oh Mann. Der Gedanke macht mich fertig. Und er macht mich verdammt hart. Mein Schaft drückt gegen den Reißverschluss meiner Hose und das Gefühl ist alles andere als angenehm.

Ich drehe mich auf die Seite, um den Druck zu verringern, und greife nach meinem Handy in der hinteren Hosentasche. Allein der Gedanke an den Anruf, den ich gleich führen werde, ernüchtert mich. Zum einen ist damit das Druckproblem gelöst, aber meine Stimmung ist dafür gefühlt vom Penthouse in die Katakomben gerutscht. Ich will dieses Gespräch nicht führen, aber ich habe keine Wahl.

Es klingelt drei Mal, dann wird abgenommen. »Hallo?«, nuschelt Mick verschlafen in den Hörer.

»Ich bin's«, sage ich gepresst.

»Du bist zwei Tage überfällig.« Mick klingt jetzt wacher. Wundert mich, dass er das Datum im Kopf hat. Für gewöhnlich ist er so besoffen, dass er nicht mal mehr seinen eigenen Namen kennt, wenn ich anrufe.

»Ich hatte zu tun«, entgegne ich kalt.

Es raschelt. Vermutlich fährt er sich gerade mit der Hand übers unrasierte Kinn. »Wann kommt das Geld?«

»Übermorgen.«

»Scheiße, Neil. Das ist zu spät. Ich hab Rechnungen zu bezahlen.«

Wut kocht in mir hoch, überlagert mein schlechtes

Gewissen, das mich zermürbt, insbesondere in Momenten wie diesen. Ich beiße die Zähne zusammen. »Wie wär's, wenn du dir zur Abwechslung einen Job suchst?«

Mick grunzt. »Hättest du nicht dafür gesorgt, dass ich zum gesellschaftlichen Abschaum gehöre, würde ich das vielleicht auch tun. Nur sind abgehalfterte Alkoholiker nicht unbedingt beliebt auf dem Arbeitsmarkt.«

Ich umklammere mein Handy so fest, dass meine Finger schmerzen. »So geht das nicht weiter, Mick. Ich lasse mich von dir nicht erpressen!«

Mick lacht. Rau und dreckig. Er hat sich verändert. Von dem nachsichtigen Kauz, der mich mehr oder weniger unter seine Fittiche nahm, damit ich nicht vor die Hunde gehe, ist kaum mehr etwas vorhanden.

»Ein Wort von dir und ich gehe zur Presse«, knurrt er. »Und danach fickst du ganz sicher keine heißen Babes mehr.«

Atme, Neil. Atme. Das ist nicht Mick. Es ist nur sein armseliger Schatten. Der Mick, den du kanntest, ist mit der Explosion gestorben.

»Du hast dein Geld in zwei Tagen.« Ich klinge resigniert und das bin ich auch. »Ruf mich bis dahin nicht mehr an.«

»Was denn?«, fragt Mick herausfordernd. »Lässt du mich sonst auch im Stich wie meine Jungs?«

Den Spruch bringt er jedes Mal, wenn er Druck machen will. Nur zieht er lange nicht mehr so wie noch vor Jahren.

»Halt dich einfach an die Absprache, Mick. Dann bekommen wir keine Probleme.« Damit lege ich auf und werfe das Handy auf den Fußboden, wo es auf einem Läufer landet. Danach starre ich noch eine ganze Weile die

Decke an, während ich darauf warte, dass der Druck auf meiner Brust nachlässt und ich wieder freier atmen kann. Ich habe Fehler gemacht, den falschen Leuten vertraut und dafür bitter bezahlt. Ich zahle noch immer dafür. Das Perverse daran: Mick monatlich einen Scheck zu schicken, beruhigt mich. Wenn ich wollte, könnte ich aufhören damit, denn ich bin ihm nichts schuldig – auch wenn er das Gegenteil behauptet. Ich zahle freiwillig. Niemand zwingt mich dazu, außer mein schlechtes Gewissen vielleicht. Aber ich weiß, dass mir ohne die Zahlungen etwas fehlen würde. Ein Teil von mir, der mich regelmäßig daran erinnert, wie ich nie wieder sein will. Wäre mein Lebenswandel weniger exzessiv gewesen, könnte ich schon ganz oben im Showgeschäft stehen. Hope ist der Schlüssel. Der Schlüssel zu meinem Erfolg. Ein reizvoller Schlüssel – zweifelsohne –, aber ich werde ihn nur benutzen und hinterher wieder wegwerfen, denn alles andere ist undenkbar.

15

HOPE

Ich *werde* diesen Dreh durchziehen! Das ist mein fester Entschluss.

Wie erwartet, ist Neil verschwunden, als ich mit Vic in die Lobby trete, wo Matteo auf uns wartet. Ich schnappe mir meine Reisetasche und entschuldige mich mit der Begründung, Schlaf nachholen zu müssen. Durch Vic weiß ich, dass der nächste Dreh erst für morgen Vormittag angesetzt ist – eine Poolszene, na toll! – und davor eine Besprechung der Crew, zu der ich folglich auch gehöre, im Konferenzraum »Smithsonian«. Bis dahin habe ich frei und ich werde einen Teufel tun, Neil früher als notwendig unter die Augen zu treten.

Kaum habe ich mein Zimmer erreicht, summt mein Handy. Ich lasse meine Reisetasche fallen und fische das Telefon aus der Seitentasche. Eine SMS von Joy. Als ich die Textnachricht öffne, erscheint das Foto eines Mannes im Anzug, der die Regale meines Ladens inspiziert. Der Schnappschuss wurde schräg von hinten aufgenommen, das Gesicht des Mannes ist kaum zu erkennen, aber ich weiß auch so, dass ich den Typen noch nie zuvor gesehen habe. Ich drücke die Kurzwahl und Joy nimmt sofort ab.

»Warum schickst du mir das?«

»Der Typ kam mir spanisch vor. Er schneite kurz vor der Mittagspause in den Laden. Ich fragte ihn, ob ich helfen könne, aber er lehnte ab mit der Begründung, sich nur mal umschauen zu wollen.«

Ich lasse meine Reisetasche liegen, wo sie ist, und gehe am Kingsize-Bett vorbei, das mit den vielen bunten Kissen auf der weißen Bettwäsche glatt aus dem Hochglanzmagazin *Home & Garden* stammen könnte. Dann lasse ich mich in den bequemen Sessel vorm Fenster fallen und streife die Ballerinas ab, bevor ich meine Beine auf dem flauschigen Teppich ausstrecke und die Füße kreuze. »Was ist daran merkwürdig? Kunden kommen ständig zum Stöbern vorbei. Die wenigsten kaufen etwas.« Leider.

»Schon. Nur wirkte der irgendwie, als wäre er nicht an der Ware interessiert.«

Ich werde hellhörig und richte den Oberkörper auf. »Definiere *nicht an der Ware interessiert*.«

»Kann ich nicht. War nur so ein Gefühl. Vielleicht täusche ich mich auch, aber ich dachte, da gerade so viel auf dem Spiel steht ... Na ja, vielleicht war es ja ein versteckter Ermittler der Bank. Jemand, der spionieren wollte, wie der Laden so läuft.«

»Das ist unlogisch«, wiegele ich ab. Ich lehne mich wieder zurück, deutlich beruhigter. Es ist süß, dass Joy ihren Aushilfsjob ernst nimmt und die Augen offen hält, nur sieht sie in diesem Fall Probleme, wo keine sind. »Die Bank interessiert nur, ob ich meine Raten pünktlich zahle. Ob der Laden genug abwirft oder wie ich an das Geld komme, ist denen herzlich egal.«

Joy seufzt. »Sorry, ich wollte dich nicht beunruhigen.«

»Weiß ich doch«, lenke ich ein. »Aber in diesem Fall ist deine Sorge unbegründet. Sonst alles in Ordnung?«

»Ich denke schon.«

»Du denkst?«

Joy kichert. Sie kichert! Schon wieder eine Eigenschaft, die ich nicht von ihr kenne. Erst der Spitzen-BH und die figurbetonte Kleidung und jetzt das. »Ich habe den Laden pünktlich geöffnet und geschlossen, kein Geld fallen lassen, das unter die Regale kullern konnte, als ich die ganzen Einnahmen gezählt habe ...«

»Du musstest die Einnahmen *zählen*?«, frage ich überrascht.

»Jepp. Fast zweihundert Dollar. Nach einem mauen Vormittag hatte ich die Hoffnung schon aufgegeben, aber dann kam so eine Touristenmeute in den Laden gestürmt und hat sämtlichen Nippes gekauft, den du rumstehen hattest.«

Mein Herz macht einen Satz vor Freude. »Da scheint irgendwo ein Nest zu sein. Letzte Woche kam schon mal so eine Gruppe vorbei, die mir einen Geldsegen beschert hat.«

»Kann man die abonnieren?«, gluckst Joy.

Obwohl Joy mich nicht sehen kann, schüttele ich den Kopf. »Selbst, wenn die Regale leer gekauft werden würden – es würde nicht reichen, um die Schulden zu tilgen. Nicht in so kurzer Zeit.«

»Stimmt auch wieder«, seufzte sie. »Aber es war einen Versuch wert.«

Ein warmes Gefühl macht sich in mir breit. »Dir gefällt nicht, was ich vorhabe.«

»Aber es gibt keine Alternative. Deshalb hast du ja meinen Segen – schweren Herzens.«

Ich grinse den Hörer an. »Ich hab dich auch lieb. Und wenn dir wieder etwas Ungewöhnliches auffällt, egal was, melde dich okay? Vorsicht ist besser als Nachsicht.«

»Versprochen.« Sie haucht einen Kuss in den Hörer, den ich erwidere, dann legen wir auf.

Mein Magen hängt mir in den Kniekehlen, also rufe ich den Zimmerservice an, indem ich die bebilderte Kurzwahltaste drücke, und lasse mir die Auswahl vorbeten, bevor ich bestelle. Ein Clubsandwich und eine Cola werden mein Budget nicht sprengen. Laut Vertrag steht mir eine Verpflegungspauschale von einhundert Dollar zu, womit ich problemlos drei Mahlzeiten bezahlen kann. Trotzdem will ich sparen und das Geld nicht komplett ausgeben. Was ich habe, habe ich.

Nachdem ich mich mit Kohlehydraten und Zucker vollgestopft durchs Fernsehprogramm geschaltet habe und schließlich eine Doppelfolge Grey's Anatomy über den Bildschirm geflimmert ist, mache ich mich bettfertig. Ich habe keine Ahnung, wie Dreharbeiten ablaufen, aber der morgige Tag wird mit Sicherheit hart und anstrengend werden. Kurz vor Mitternacht wälze ich mich noch immer von einer Seite zur anderen. Tausend unnütze Gedanken und die Angst, morgen zu versagen, Neil gegenüberzutreten und von ihm weiterhin mit Missachtung gestraft zu werden, rauben mir den Schlaf. Also beschließe ich, einen Spaziergang zu machen. Die Gegend scheint mir nicht gefährlich und selbst wenn, bewege ich mich ohnehin nur auf dem Gelände der Hotelanlage und die ist von Sicherheitspersonal und einem Zaun geschützt.

Das Blöde ist, ich muss mich wieder anziehen. Aber wenn ich danach schlafen kann, war es das wert.

Ich finde den Blick in den sternenklaren Nachthimmel so schön, dass ich die Vorhänge nicht geschlossen habe. Die Außenlaternen verströmen ein warmes Licht, das vollkommen ausreicht, um nicht über meine Füße zu stolpern, als ich durchs Zimmer tapse. Eine Bewegung außerhalb lenkt mich ab. Mit dem Rücken zur Wand schiebe ich mich ans Fenster und recke den Hals, um alles sehen zu können. Neil steht unter der schlanken Laterne und raucht eine Zigarette. Ich habe ihn noch nie rauchen sehen, aber ich weiß ja ohnehin nicht viel über ihn. Er hat sich umgezogen und trägt jetzt eine ausgewaschene Jeans, die ihm lässig auf der Hüfte sitzt, und ein eng anliegendes Longsleeve. Seine Armmuskeln wölben sich, als er den Arm hebt, um einen Zug von der Zigarette zu nehmen. Ich spüre ein Kribbeln in Bauchnähe, das sich langsam seinen Weg nach unten bahnt. Ich reagiere auf ihn, rein instinktiv, das lässt sich nicht leugnen.

Neil drückt die Zigarette aus, dann legt er den Kopf in den Nacken und schließt die Augen. Er wirkt nicht glücklich. Er öffnet die Augen wieder, greift hinter sich und zieht einen Briefumschlag aus der Hosentasche, den er mit schmalen Augen lange betrachtet. Schließlich stößt er sich von der Laterne ab und marschiert zielstrebig zum Briefkasten, der den Hotelgästen vorbehalten ist. Kurz darauf verschwindet er aus meinem Blickfeld. Ich lehne mich mit dem Rücken gegen die Wand und stoße die Luft aus, von der ich nicht wusste, dass ich sie angehalten habe.

Was ist das denn gewesen? Stopp, Hope! Es geht dich nichts an, also hör sofort auf, darüber nachzudenken!

Die Lust auf einen Spaziergang ist mir vergangen, also

krieche ich wieder unter die Decke und schalte den Fernseher an, um mich weiter berieseln zu lassen, statt zu grübeln.

Als ich am nächsten Morgen erwache, läuft der Apparat immer noch. Und mein Magen knurrt – schon wieder. Vermutlich ist meine Nervosität für den Heißhunger verantwortlich. Ein Blick auf mein Handy bestätigt meine Vermutung – es ist noch viel zu früh. Erste Sonnenstrahlen zeigen sich hinter Baumwipfeln, die von Frühnebel besprenkelt aussehen wie Reihen aus fluffiger, herrlich klebriger Zuckerwatte.

Okay, wenn ich noch vor dem Aufstehen an Zuckerwatte denke, brauche ich dringend etwas Anständiges zwischen die Zähne. Eier mit Speck zum Beispiel und dazu eine Scheibe gebutterten Toast. Genau. Das wäre jetzt perfekt. Zimmerservice? Ich überlege kurz, entscheide mich dann aber dagegen. Da mein nächtlicher Spaziergang gestern ausfiel, braucht mein müder Körper endlich ein wenig Bewegung.

Ich habe es getan! Mich freiwillig geschminkt. Nur leicht, mit etwas Puder und Mascara, aber immerhin. Passend dazu habe ich mich in eine dunkle Röhrenjeans gezwängt und eine chilirote Kurzarmbluse mit tiefem Ausschnitt gewählt. Warum der ganze Aufwand? Die Show wird zwar nicht live ausgestrahlt, aber mit nur zwei Tagen Nachlauf – ein Experiment des Senders, um Realitätsnähe zu erzeugen –, was bedeutet, in nicht einmal zwanzig Stunden flimmert mein Gesicht das erste Mal über den Bildschirm und wer weiß, wer mich dann mit der verlotterten Brünetten in Jogginghose und XXL-Schlabbershirt in Verbindung bringen würde, die schlaftrunken, aber heißhungrig ihr Frühstück im Frühstücksraum eines 4-Sterne-Hotels in sich reinschaufelt. Oh nein! Die Blöße gebe ich mir nicht.

Als ich wenig später zu den Aufzügen schlendere, fühle ich mich frisch und gewappnet. Damit ich alleine nicht so auffalle, habe ich mir ein Buch mitgenommen: *Stolz und Vorurteil*, die Geschichte kenne ich gut, Joy hat sie mir vorgelesen. So kann ich so tun, als würde ich lesen, damit man mich in Ruhe lässt. Lesende soll man schließlich nicht stören, oder?

Für die frühe Uhrzeit ist der Frühstücksraum erstaunlich voll. Es ist Montag und überall sitzen Geschäftsleute in Anzügen mit oder ohne Begleitung herum, die wiederum gediegene Businesskostüme tragen.

Eine Servicekraft weist mir einen freien Tisch in einer Nische zu. Eigentlich würde ich lieber mittendrin sitzen, aber wie soll sie denn auch wissen, dass ich es mir zur Gewohnheit gemacht habe, erst die anderen Gäste zu studieren, bevor ich bestelle? Wenn man die Speisekarte nicht lesen kann, muss man tricksen. Und darin bin ich sehr gut. Ich beobachte und höre aufmerksam zu. Bislang fiel es nie auf, wenn ich das Gleiche bestellte wie die Gäste am Nachbartisch.

Ich klappe mein Buch auf. Dabei lasse ich meinen Blick durch den Raum schweifen. Leider bleibt er an Neil hängen, der im Durchgang steht und mit düsterem Ausdruck in meine Richtung starrt. Na toll! Ich überlege zu flüchten, aber das wäre wirklich kindisch. In wenigen Stunden werden wir uns im Pool tummeln und ein Liebespaar spielen, also sollte ich mich besser an seine Anwesenheit gewöhnen.

Als er den Raum mit langen Schritten durchquert, scheint die Zeit stillzustehen. Ich will ihn nicht anstarren, aber ich kann den Blick auch nicht abwenden und den anwesenden Frauen im Raum geht es ähnlich. Selbst die beiden Servicekräfte bleiben stehen und gaffen ihn mit offenem Mund an. Vielleicht haben sie ihn erkannt oder sie sind einfach nur geblendet von seinem fantastischen Aussehen, denn er sieht wirklich, *wirklich* fantastisch aus. Er krempelt die Ärmel seines eng geschnittenen Hemds mit einer Lässigkeit hoch, als würde er für einen Werbedreh vor der Kamera stehen, und kommt dabei nicht einmal ins Stocken beim Gehen. Ich erkenne seine sehnigen Unterarme, und eigentlich sollte ich cool damit umgehen können, aber sie lösen noch immer Hitzeschübe in mir aus. Aus den Augenwinkeln sehe ich, dass sich einige Frauen Luft zufächeln. Neil scheint von all dem nichts zu bemerken. Er konzentriert sich voll und ganz auf sein Ziel – mich – und das macht es nicht besser. Au weia! Meine Wangen glühen wie Herdplatten, als er vor mir stoppt. Er ist unrasiert, was ihn noch verwegener aussehen lässt. Seine Augen funkeln in einem satten Moosgrün.

»Frühaufsteherin, hm? Aber du bist nicht hier, um zu lesen«, sagt er mir auf den Kopf zu. »Warum tust du dann so?« Angesichts seines immer noch durchdringenden Blicks ist sein Tonfall erstaunlich zivilisiert, eher neugierig als schroff.

»Wieso sollte ich nicht lesen wollen?«, stottere ich. Mein Herzklopfen ist verflogen, dafür rast mein Puls und das nicht zu knapp. »Zufällig wurde ich früh wach und da habe ich mir mein Lieblingsbuch geschnappt und bin hergekommen, um zu frühstücken.«

Sein Blick fällt auf *Stolz und Vorurteil,* um dessen Einband sich meine Finger jetzt so fest krallen, dass sie fast taub sind. Ich habe mir den Klassiker auf dem Flohmarkt gekauft, um eine Tarnung zu haben in Momenten wie diesen. Joy las mir die Geschichte dann vor, als ich wegen einer Grippe das Bett hüten musste. Ich habe mich sofort in den spröden Mister Darcy und die taffe Miss Bennett verliebt.

Neil sieht mir fest in die Augen. »Du hältst das Buch falsch herum.«

Oh. Mist. Mein Puls legt noch einen Zahn zu und ich wette, meine Hautfarbe gleicht einer frisch gekalkten Wand.

Ich schlage das Buch zu und schiebe es an den Tischrand. »Ich beobachte eben gerne Leute. Und was machst du hier? Kann ich genauso fragen.«

Zu meinem Erstaunen hakt Neil nicht weiter nach. Er klingt sogar richtig nett. »Ich will den Dreh für heute durchgehen und das mache ich am liebsten früh morgens bei einem Kaffee.«

Ich schiele zu dem Papierstapel unter seinem Arm.

»Warum habe ich kein Drehbuch bekommen?«

»Hast du nicht? Scott sollte es dir schicken.«

Verflixt. Der Briefkasten. Ich wusste, ich habe etwas vergessen.

Ich kräusle die Nase. Neil hebt eine Braue. »Du hast deine Post nicht geleert, stimmt's?«

Ich nicke verlegen. »Schlimm?«

Er verzieht keine Miene und ich rechne mit einer Standpauke, die ich zweifelsohne verdient habe, aber Neil zuckt nur die Schultern und sagt: »Wir können die heutige Szene zusammen durchgehen.«

»Jetzt?« Ich springe fast vom Stuhl.

»Ist das ein Problem?« Neil setzt sich mir gegenüber an den Tisch. Ich sehe ihn mit hochgezogenen Brauen an, da schmunzelt er wissend. »Der Platz ist doch frei, oder?«

Ist das ein Friedensangebot? Oder etwas in der Art? Ich entscheide mich für ein *Ja,* weil ein *Nein* zu unhöflich wäre, und zucke die Schultern. »Klar.«

Die Bedienung bringt die Karte. Ich lege sie ungesehen auf den Tisch. »Für mich nur einen Kaffee. Danke.« Mir ist der Appetit vergangen. In meinem Magen rumort es wie in einer brodelnden Hexenküche.

Neil schlägt die Karte auf. Seine Augen wandern von oben nach unten. Sie halten an einem Punkt, weiten sich kurz, bevor er mich über den Kartenrand ansieht. »Sie haben Waffeln mit Ahornsirup und Früchten.«

Mmmm ... Das klingt echt lecker. Was ich bislang auf den Nachbartischen sah, war nicht annähernd so verlockend. Eigentlich wollte ich herzhaft frühstücken, aber Waffeln mit herrlich süßem Sirup klingen wirklich verlockend. Kommt Zuckerwatte ziemlich nahe ...

Das Brodeln im Hexenkessel ebbt ab und der Hunger kehrt zurück. Noch immer sieht Neil mich abwartend an, dann wackelt er mit den Augenbrauen, als könnte er mich mit der Geste umstimmen. Er ist wirklich süß, wenn er sich nicht gerade wie ein Arsch benimmt.

»Überredet. Ich nehme die Waffeln«, murmele ich, mir ein Grinsen verkneifend.

»Welche Früchte?« Die Bedienung hebt den Block. Ihr Bleistift schwebt in der Luft.

Verflixt.

Verstohlen sehe ich mich um, kann aber keine Waffeln auf Nachbartellern entdecken.

»Die, die in der Karte stehen«, erkläre ich mit verkniffenem Lächeln, als ich sie ansehe.

»Da stehen verschiedene Sorten.«

Mir wird heiß und kalt gleichzeitig. »Ähm, die Ersten.«

Sie verzieht den Mund. »Die Karte ist neu. Hilf mir auf die Sprünge, Schätzchen.«

Ich schlage die Karte auf und überlege fieberhaft, wie das Wort »Waffeln« aussehen könnte. Das Wort ist nicht lang. Steht es allein oder mit einem Zusatz? So etwas wie *Waffelauswahl* oder *frisch und lecker – Waffelspezialitäten.* Nein, so funktioniert das nicht. Alles sieht gleich aus. Es könnte jede Überschrift sein. Mir bricht der Schweiß aus.

»Welche Seite ist es?«, frage ich mit brüchiger Stimme.

Neil hat sich in seinen Stuhl zurückgelehnt und beobachtet mich mit Argusaugen. »Die dritte.«

Ich schlage die Seite auf und tue so, als würde ich die Zeilen überfliegen. Aus den Augenwinkeln scanne ich wiederholt die Tische um mich herum. Vielleicht habe ich etwas übersehen. An einem Fenstertisch bleibe ich hängen. Dort werden einer Frau Waffeln serviert. Mit einem Berg roter Früchte darauf.

»Erdbeeren! Ich nehme Erdbeeren dazu.«

Die Bedienung notiert alles und sieht Neil abwartend an. »Ich auch.«

Als sie verschwunden ist, kreuzt er die Arme vor der Brust. »Du bist gut.«

»Wie bitte?« Ich sehe von meiner Gabel auf, die ich wie hypnotisiert von rechts nach links geschoben habe, um Neil nicht ansehen zu müssen. Ich will meine Anspannung mit einem Lächeln überspielen, schaffe es aber nicht.

»Bist du Legasthenikerin oder Analphabetin?«

»W-Was?«, stottere ich.

»Die Waffeln stehen nicht auf Seite drei. Du hast die Heißgetränke aufgeschlagen.«

Ich erstarre, unfähig, ein Wort über die Lippen zu bringen.

Dann wende ich den Blick ab und balle meine Hände unter dem Tisch zu Fäusten. Er hat mich erwischt! Ich bin aufgeflogen. Das ist mir noch nie passiert. Zumindest nicht so offensichtlich und wenn, dann konnte ich mich immer rausreden. Bei Neil wird das nicht funktionieren, das weiß ich so sicher, wie morgens im Osten die Sonne aufgeht.

»Du hast mich reingelegt.« Kampfbereit recke ich das Kinn und sehe ihn herausfordernd an.

»Und du hast verschwiegen, dass du nicht lesen kannst.«

»Scht!«, mache ich. Schnell sehe ich mich um, ob es jemand gehört haben könnte, aber alle Gäste widmen sich ihrem Frühstück oder unterhalten sich. Obwohl ich lieber aufgesprungen und weggerannt wäre, lehne ich mich über den Tisch und zische leise: »Natürlich habe ich es verschwiegen! Wer gibt sich denn freiwillig diese Blöße?«

Die Bedienung bringt zwei Tassen Kaffee. Als sie wieder verschwunden ist, hebt Neil seine Tasse an, pustet auf die dampfende Oberfläche und trinkt einen Schluck. »Du hast den Vertrag also ungelesen unterschrieben«, sagt er und sieht mich dabei abschätzend über den Tassenrand an. Seine Stimme ist viel zu ruhig für die brisante Situation.

»Ich weiß, was drinsteht.«

»Woher?« Neil setzt die Tasse ab. Mit einer Seelenruhe. Das genaue Gegenteil von dem, wie ich mich fühle.

Warum ist er nicht angespannt? Warum geht er nicht in die Luft? Grund dazu hätte er schließlich.

»Meine Schwester hat ihn mir vorgelesen.«

Ein Muskel an seinem Kiefer zuckt. »Also hast du gegen die Verschwiegenheitsklausel verstoßen.«

Ich hätte ihn einem Anwalt zeigen dürfen, aber ich will jetzt nicht anbringen, dass mir für die Prozedur das Geld gefehlt hätte, ebenso wenig wie ich eingestehen will, dass Gordons einschüchternde Art mich dazu verleitet hat, blind zu unterschreiben.

Ernüchtert schließe ich die Augen. Ich werde gefeuert! Ganz sicher werde ich gefeuert und dann bricht mein mühsam errichtetes Kartenhaus zusammen. Ich bin nicht der Typ, der auf Knien vor jemandem rutscht, aber in diesem Fall würde ich es tun. »Bitte sag nichts ... Ich brauche den Job wirklich.«

»Du hast bewusst gegen die Regeln verstoßen!«

Und so etwas bleibt nicht ungestraft. Ich sehe es in seinen hart blickenden Augen. »Wenn du mich auffliegen lässt, dann verliere ich den Job.« Das ist uns beiden klar. »Meine Schwester wird nichts verraten, dafür verbürge ich mich, und deshalb bitte ich dich, es nicht zu tun. Ertrag mich während der Dreharbeiten, danach verschwinde ich aus deinem Leben, das schwöre ich. Und du brauchst keine Angst haben. Niemand wird denken, du gibst dich mit einer dummen Frau ab.« Das Gefühl von Scham und Pein ist überwältigend. Nur mit Mühe kann ich meine Maske aufrecht halten, statt in Tränen auszubrechen. Trotzig recke ich das Kinn. »Ich habe gelernt, diesen Makel zu verstecken. Du hast mich erwischt, aber für gewöhnlich passiert mir das nicht. Es wird nicht wieder vorkommen.« Ich klinge jetzt jämmerlich, aber das ist mir egal. Ich brauche diesen Job so verdammt dringend.

Neil sagt kein Wort. Er sieht mich nur an, abschätzend, aus schmalen Augen. Das ist nicht gut. Seine Abscheu ist offensichtlich, sie schwebt über mir wie ein Damoklesschwert. Das Gefühl von Versagen schlingt sich um meine Brust und mit jedem flachen Atemzug, den ich mache, wird der Druck größer. Das Gefühl ist mir nicht fremd, aber ich habe es so lange nicht mehr ertragen müssen, dass ich vergessen habe, wie weh es tut. Neil schweigt immer noch und die Schmerzen werden unerträglich.

Also stehe ich auf, nehme das Buch vom Tisch und flüchte aus dem Raum. Ich möchte heulen, weil er mich erwischt hat, aber auch vor Verzweiflung, weil ich jetzt den letzten Grashalm, an den ich mich klammern konnte, verliere.

Kurz vor den Aufzügen packt mich jemand am Arm und reißt mich herum. Neil drückt mich gegen die Wand, dann lässt er mich los. Die Stelle brennt dennoch wie Feuer. Nicht, weil sie schmerzt, sondern weil Neil mich dort berührt hat. Er kann mich nicht ausstehen und ich fühle mich dennoch zu ihm hingezogen. Dummes, dummes Herz.

»Kennst du die Klauseln?«, knurrt er. »Der Vertrag. Weißt du, was darin steht?«

Äh ... wie bitte?

Ich nicke, unsicher, was jetzt kommen mag. »Meine Schwester hat mir die Punkte vorgelesen.«

Neil ist mir jetzt so nahe, dass ich seine Körperwärme spüre. Sein Duft nach Zitrone und Leder verwirrt meine Sinne. Er tritt zurück. »Hat sie dir auch die Bedeutung erklärt?«

Was?

»Nur weil ich nicht lesen kann, heißt das nicht, dass ich dämlich bin!«

Neil atmet tief durch und steckt die Hände in die Hosentaschen. »Du kannst nicht lesen. Was soll ich davon halten?«

»Ich habe eine Schwäche. Ausgelöst durch ...« Ich beiße mir auf die Lippe. Fast hätte ich mich verraten. »Ich leide daran seit meiner Kindheit«, erläutere ich die nackten Tatsachen. »Ansonsten funktioniert mein Gehirn wie jedes andere auch. Rechnen, Zeichnen, logisches Denken ... alles kein Problem.«

Neil bewegt sich keinen Millimeter. Er traut mir nicht.

»Hör zu. Ich weiß wirklich Bescheid«, schiebe ich deshalb schnell hinterher. »Ich kann dir jeden Punkt erläutern, wenn du darauf bestehst.«

Abwartend, hoffend, sehe ich ihn an, aber Neil schüttelt den Kopf mit einer Miene, die ich nicht deuten kann. »Du hast den Vertrag unterschrieben. Wirst du wortbrüchig, musst du die Konsequenzen tragen. Sollte etwas davon an die Öffentlichkeit dringen, ebenso.«

Heißt das, ich behalte den Job?

»Du gehst nicht zu Gordon?«

»Nein.«

Aufregung mischt sich mit Dankbarkeit, als ich die Hand zum Schwur hebe. »Ich verspreche, mich genau an die Anweisungen zu halten. Der Job bedeutet mir viel.«

Neil kneift die Lippen zusammen. Dann tritt er zurück und macht mir den Weg frei. Erleichtert husche ich an ihm vorbei. Bevor ich den leeren Aufzug betrete, sehe ich noch einmal über die Schulter. »Danke.«

Neil antwortet nicht. Er bewegt sich nicht einmal. Er

sieht mich nur an und das entfacht ein Kribbeln in mir, das ich eigentlich nicht empfinden sollte. Die Türen schließen sich und ich gehe so weit zurück, bis ich mit dem Rücken gegen die verspiegelte Verkleidung stoße. Dann lasse ich den Kopf nach hinten sinken und starre die Lüftungsschächte über mir an. Neil kennt jetzt meine Schwäche, meinen Makel. Wird er mein Geheimnis hüten?

16

NEIL

Ich habe mich schon in Menschen getäuscht, aber noch nie in dem Maß, wie ich mich in Hope getäuscht habe.

Sie hat mich belogen. Sie hat uns alle belogen und das ist fatal. Allerdings hat sie einen triftigen Grund dafür und wer bin ich, über sie zu richten? Mein ganzes Leben ist eine einzige Lüge. Ich bin keinen Deut besser als sie, nur kann ich meine Schwachstelle besser verbergen.

Wie ein Berserker dresche ich auf den Sandsack ein. Nach Hopes Verschwinden muss ich Druck abbauen und das geht am besten, wenn ich meinem Frust freien Lauf lassen kann. Hope denkt wirklich, ich lasse sie auffliegen. Ich habe die Panik in ihren Augen erkannt. Sie ist wie ein Spiegel, in dem ich mich selbst sehe. Damals, als alles in die Luft flog und ich niemandem mehr trauen wollte außer mir selbst.

Ich habe mich Hope gegenüber nicht fair verhalten, weil ich annahm, sie sei eine von *denen*. Und dabei ist sie kein bisschen wie *die*. Wie diese Starlets, die sich wie Kletten an mich hängen. Die für jeden die Beine breit machen, der sie auf der Karriereleiter ein Stück höher bringen kann. Hope geht Risiken ein, um ihr Geschäft zu halten. Sie kämpft für die Dinge, dir ihr wichtig sind. Vielleicht ist sie berechnend, aber im positiven Sinne. Ich wollte es nur nicht sehen, weil ich nicht glauben konnte, dass Hope nicht auf Ruhm und Publicity aus ist.

Ich tänzle um den Sandsack herum, verpasse ihm erst eine Rechte, dann eine harte Linke. Und noch mal. Und noch mal. Bis meine Armmuskeln zittern.

Ich will und ich werde Hopes Träume nicht zerstören. Ich bin vielleicht verkorkst, aber ich habe noch immer ein Gewissen. Doch was, wenn sie noch mehr verheimlicht? Ich werde einfach nicht schlau aus ihr, doch mein Gefühl sagt, mir, dass das nicht alles war.

Ich schnappe mir mein Handtuch von der Hantelbank und wische mir den Schweiß von der Stirn, bevor ich mir das Handtuch um den Nacken lege und mein Handy zur Hand nehme. Dann wähle ich die Nummer des einzigen Menschen, dem ich genug vertraue, um zu wissen, dass er dichthält, wenn ich ihn darum bitte.

»Neil?«, fragt Scott verwirrt. »Wollten wir nicht erst Ende der Woche telefonieren. Oder ist etwas passiert?« Er klingt plötzlich alarmiert.

»Wie gut hast du Hope durchleuchtet?«

»Was? Wieso?«

»Einfach nur so. Ich weiß eben nicht, woran ich bei ihr bin.«

»Blödsinn«, brummt er. Es knarzt, als wäre er aus seinem Schreibtischstuhl aufgestanden. »Sag, was wirklich los ist.«

Ich fahre mir mit den gespreizten Fingern durchs Haar. »Ich glaube, sie verschweigt etwas.«

Scott atmet scharf ein. »Aber das sind nur Vermutungen?«

»Nicht ganz.« Ich überlege, was ich ihm sagen kann, entscheide mich aber dann für die Wahrheit. »Sie kann weder schreiben noch lesen. Ich habe sie heute Morgen zufällig erwischt und damit meine ich wirklich zufällig, denn sie ist ziemlich raffiniert.«

Scott flucht in den Hörer. »Niemand wird zufällig bei so was erwischt.«

Ich erzähle, was passiert ist. Scott hört aufmerksam zu, dann sagt er. »Wirst du es Gordon erzählen?«

»Bist du irre? Ich will nur wissen, ob die Kleine weitere Leichen im Keller versteckt.«

»Du willst mir ihr weitermachen?«, fragt Scott verblüfft.

»Will ich, aber nur, wenn sie mir nicht schaden kann. Sollte da mehr sein als dieses ... Manko, dann will ich es wissen. Sobald die erste Sendung ausgestrahlt wird, kreist die Presse wie Aasgeier über uns. Sollte es etwas geben, was Hope verschweigt und schlagzeilentauglich ist, dann finden sie es. Ich kann mir keine negative Publicity mehr leisten.«

»Du magst sie.«

Ich setze mich auf die Hantelbank und starre auf das Plakat einer Kosmetiklinie, die im hoteleigenen Spa vertrieben wird. »Neil?«

»Ja okay. Sie interessiert mich.«

»Hope muss dich mehr als nur interessieren, wenn du deine Karriere für sie riskierst.«

Ich reibe mir die Schläfe, als es unter meiner Schädeldecke pocht. »Jeder hat eine zweite Chance verdient.«

Scott versteht den Wink auch ohne Erklärungen.

»Auch, wenn jetzt nicht der passende Zeitpunkt ist, darüber zu streiten, und obwohl ich es dir schon x-mal gesagt habe: Was damals passiert ist, ist nicht deine Schuld.«

Unter meiner Schädeldecke pocht es, als würde jemand mein Gehirn mit dem Presslufthammer bearbeiten. Ich atme tief durch, um den Schmerz zu kontrollieren. »Du hast recht: Es ist ein verdammt schlechter Zeitpunkt darüber zu reden.«

»Soll ich vorbeikommen?«

Ich stehe auf und laufe zum Wasserspender, um mir einen der bereitstehenden Plastikbecher zu füllen. »Du hast schon genug Arbeit. Nein, was mir jetzt hilft, ist zu wissen, wer Hope wirklich ist.«

»Ich kümmere mich darum«, antwortet er, während mir das Wasser die Kehle runterrinnt.

»Gordon hat mir ihre Akte zugespielt. Von allein wäre ich nicht auf sie gekommen. Wie auch? Er hat von irgendwoher Infos über sie.«

Wegen der strengen Geheimhaltung hat *SilverStar* keine Casting-Agenturen beauftragt, sondern unter der Hand gesucht, was die Suche schwierig gestaltete. Ehrlich gesagt, habe ich mich schon gefragt, wie Gordon auf Hope gestoßen ist, habe dann aber versäumt, ihn danach zu fragen.

»Ein Tippgeber?«, rätsele ich.

»Sieht so aus.«

»Wer?«

»Keine Ahnung. Gordon wollte nur, dass ich Nachforschungen anstelle. Das Waisenhaus hält Hopes Dokumente unter Verschluss, aber vielleicht kann ich ja auf anderem Weg etwas erreichen.«

»Bleib sauber.«

Scott schnaubt, als könnte er nicht fassen, dass ich Gegenteiliges von ihm annehme. Ich schmeiße den leeren Becher in den Mülleimer.

»Sorry, Kumpel. Ich bin etwas angespannt.«

»Schon okay. Glaubst du, sie hat etwas ausgefressen?«

Ich überlege kurz, dann schüttle ich den Kopf. »Nein, das glaube ich nicht. Dafür ist sie nicht abgebrüht genug. Sie wirkt nicht kriminell, falsch oder skrupellos.« Ich wechsle das Handy in die linke Hand, um meine rechte Schläfe zu massieren. Zum Glück lässt der Schmerz allmählich nach. »Ihre Leseschwäche ist ihr unendlich peinlich. Sie ist intelligent.«

»Du meinst, es gibt einen bestimmten Auslöser dafür?«

»Wäre eine logische Erklärung. Aber Scott?«

»Hm?«

»Das alles bleibt unter uns! Nichts an die Presse oder an *SilverStar*.«

»Versteht sich von selbst.«

Nach dem Gespräch gehe ich aufs Zimmer und dusche. Ich hätte jetzt gerne eine Zigarette geraucht, aber ich habe mit der Sucht vor drei Jahren abgeschlossen und will mit dem Scheiß jetzt nicht wieder anfangen – bis auf wenige Ausnahmen, die ich mir ab und an gönne. Ich überlege, mir einen Scotch aus der Minibar zu genehmigen, aber die Dreharbeiten sind für 14:00 Uhr angesetzt und bis dahin ist es keine Stunde mehr hin. Ich brauche einen klaren Kopf bei der Arbeit.

Ich mache mir nicht die Mühe, mich anzuziehen, sondern lege mich mit dem Handtuch um die Hüfte aufs Bett und starre die Deckenlampe an. Was hat es bloß mit dieser verflixten Anziehungskraft zwischen Hope und mir auf sich? Ich weiß, dass Hope sie spürt, denn ich spüre sie auch. Wir haben drei Wochen zusammen, in denen wir auf Tuchfühlung gehen. Ich könnte abwarten, wohin uns das führt. Nicht, dass ich an einer ernsthaften Beziehung interessiert bin, aber Hope reizt mich noch mehr, seit ich weiß, dass sie keine Trittbrettfahrerin ist – und ein Liebespaar zu spielen, ist der perfekte Freifahrtschein für mich, zu testen, wie weit sie gehen wird.

17

HOPE

Die Besprechung verläuft halbwegs normal. So normal, wie sie unter den Umständen eben laufen kann. Neil hat sein Versprechen gehalten, sonst wäre ich längst auf dem Weg nach Hause. Er sitzt mir am Besprechungstisch gegenüber, während wir mit Matteo und Vic die Poolszene durchsprechen, und fixiert mich mit seinen Wahnsinnsaugen. Ein Gefühl, als könnte er mir tief in die Seele blicken. Ich hingegen kann nur unruhig auf meinem Stuhl herumrutschen, und hoffe, er verfügt nicht wirklich über dieses Talent, während ich das schmerzhafte Verlangen nach seiner Nähe niederkämpfe.

Gegen Mittag erscheint Vic in meinem Zimmer. Zum einen, um mir mein Outfit zu bringen, zum anderen, um bei mir wasserfestes Make-up aufzutragen. Wie sich herausstellt, verfügt sie über viele Talente und ihre Schminktips sind wirklich Gold wert.

»Weniger ist eben doch mehr«, grinst sie, als sie die Foundation-Tube schließt. »In vielerlei Hinsicht.«

Mit gerunzelter Stirn betrachte ich mich im Spiegel, der

vom Boden bis zur Decke reichte. »Dieser Bikini ist ein Witz! Alle werden denke, ich kaufe in der Kinderabteilung.«

Er ist wirklich winzig. Winzige Dreiecke in schimmerndem Perlmutt, die durch Kordeln im Rücken und Nacken gehalten werden, verdecken kaum meine Nippel. Das Höschen ist etwas großzügiger geschnitten, aber immer noch recht knapp, wobei ich vermutlich schon froh sein sollte, keinen String tragen zu müssen. Neil hat das beim Fitting eiskalt vorgeschlagen und mein entrüstetes Luftschnappen einfach ignoriert. Vics Einwand gab schließlich den Ausschlag, als sie betonte, meine Pobacken wären durchaus einen Blick wert, aber durch das knappe Oberteil würde schon genug nackte Haut gezeigt.

Vic stellt sich hinter mich und sieht mir über die Schulter. Ihre offenen Strähnen kitzeln meine Haut, was aber nicht unangenehm ist. Sie hängen locker über ihrer Schulter und verdecken die dünnen Spaghetti-Top-Träger in Tigeroptik darunter. Unsere Blicke treffen sich im Spiegel. »Wenn er dir nicht gefällt – zieh ihn aus!«, bestimmt sie keck.

»Genau! Willst du, dass ich verhaftet werde?«

Sie fummelt am Knoten in meinem Nacken. Die Schleife hat sich gelöst und Vic bindet sie neu. »Bis die kommen, ist die Szene längst im Kasten. Außerdem ist der Pool für Zuschauer während des Drehs gesperrt. Wer soll sich also beschweren?«

Ich kneife die Augen zusammen. »Du schlägst jetzt nicht ernsthaft vor, eine Nacktszene zu drehen, oder?«

Grinsend hüpft sie um mich herum. Ihr Tellerrock, der nicht wirklich zu ihrem ansonsten burschikosen Aussehen passt, schwingt und gibt den Blick auf ein Totenkopftattoo an ihrem Oberschenkel frei. »Nicht wirklich. Wollte nur mal sehen, wie du reagierst«, gluckst sie und zwinkert mir zu.

»Dann bin ich wohl durchgefallen?«

»Wieso?«

»Weil ich mich so prüde anstelle?«

Vic fixiert mich mit schmalen Augen unter schwarz getuschten Wimpern. Ein gekonnter, smaragdgrüner Lidstrich betont ihre karamellbraunen Iriden. »Du bist nicht prüde. Deine Hemmschwelle ist eben etwas höher.«

Und zwar aus einem triftigen Grund.

Sie greift zum Rougepinsel und tupft damit auf meinen Wangen herum. Ich ziehe die Nase kraus, weil es so pikst. »Ich bin also nicht durchgefallen?«

»Nein, Schätzchen.« Sie legt den Pinsel weg. Wieder treffen sich unsere Blicke im Spiegel. »Ich finde dich genau richtig, so wie du bist. Wer will schon eine Marionette, die zu allem Ja und Amen sagt?«

»Neil Wyler, zum Beispiel?«

Vic prustet los. Dann wird sie wieder ernst und legt den Kopf schräg, bis das silberne Kettchen, das ihr als Ohrring dient, ihre Schulter streift. »Du kennst Neil wirklich kein bisschen, oder?«

Das Erste, was ich sehe, als wir zum Pool kommen, sind die Frauen, die sich um Neil scharen. Ich dachte, mein Bikini ist knapp, aber die glitzernden Fetzen der Mädchen sind so winzig, dass sie genauso gut nackt herumlaufen könnten. Herrje! Die schmachten Neil an, als wollten sie gleich über ihn herfallen – total offensichtlich und noch dazu wirklich peinlich. Ich dachte, dieser Bereich wäre während der Dreharbeiten für Zuschauer gesperrt? In meinem Magen bildet sich ein Klumpen. Wissen die Tussis nicht, dass Neil und ich offiziell zusammen sind? Die Nachricht ging schon vor Tagen durch die Presse. Sämtliche Klatschblätter haben die Fotos gedruckt, die Evelyn für PR-Zwecke von uns geknipst hat, um sie an Gordon weiterzuleiten. Die Nachricht einer brandheißen Realityshow verbreitet sich wie ein Lauffeuer. Verständlich, schließlich geht es um *Bad Boy himself* Neil Wyler und die Frau, die ihn gezähmt hat. Auf Twitter, Facebook und Instagram sind wir Gesprächsthema Nummer eins. Es werden bereits Wetten abgeschlossen, wohin uns die Reise führt, denn daraus macht der Sender ein großes Geheimnis. Schrilles Gegacker fegt über den halbrund angelegten Pool, in dessen Mitte sich eine gut bestückte Bar wie auf einer kleinen Insel befindet. Meine Nervosität steigert sich proportional zu dem Wunsch, auf dem Absatz kehrtzumachen. Diese Frauen werden mich hassen, sobald sie mich sehen. Das ist wohl mal klar.

Vic verdreht neben mir die Augen. »Ich habe extra Pärchen geordert und was schickt die Agentur? Hechelnde, weibliche Statisten, die nichts Besseres zu tun haben, als sich vor Neil in Pose zu bringen. Mann, Mann, Mann ...«

»Statisten?«, frage ich mit angespanntem Lächeln. »Das sind keine Groupies?«

»Vermutlich schon, sonst würden sie sich nicht so lächerlich benehmen. Wahrscheinlich sind sie beides. Ich hasse diese Frauen, die meinen, sie müssten nur mit ihren Silikontitten winken und die Männer liegen ihnen zu Füßen.«

Sie klingt echt genervt. Leider macht es das für mich nicht besser. Vic seufzt, während sie den Riemen des Schminkkoffers höher schiebt, damit er ihr nicht von der Schulter rutscht. »Sorry, Hope, aber da musst du jetzt durch.«

»Sieht wohl so aus.«

»Los jetzt!«, feuert sie mich an, bevor ihr Ellenbogen sanft meine Rippen trifft. »Fahr die Krallen aus und zeig's den Schnallen.«

Ich hebe eine Braue, während ich meine Seite reibe, die von ihrem Stoß kribbelt. »Ich soll Neil vor versammelter Mannschaft eine Szene machen?«

»Du sollst nur deine Ansprüche anmelden.« Sie zupft mir eine Strähne aus der Stirn und betrachtet mein Gesicht mit kritischem Blick, bevor sie an mir runter- und wieder raufschaut. Ein wohlwollendes Nicken. »Du bist 'ne Eins mit Sternchen, Süße, und außerdem die offizielle Freundin von *Bad-Boy-ich-lass-nichts-anbrennen-habe-mich-aber-um-180-Grad-gedreht-Wyler* und so solltest du dich auch benehmen.«

Wo sie recht hat, hat sie recht. Wie soll unsere Liebesbeziehung authentisch wirken, wenn ich mich von einer Meute hormongesteuerter Groupies in die Flucht schlagen lasse?

»Toi, toi, toi.« Sie hält beide Daumen in die Höhe.

Na dann ... Ich atme tief durch, straffe die Schultern und marschiere los. Vic hat mir ein paar wirklich hübsche Riemchensandalen mit dezenten Nieten besorgt, nachdem ich in den High Heels von Evelyn ging wie auf rohen Eiern. Die Sandalen sind absolut sexy, aber nur halb so hoch wie die Mördertreter. Ich würde mir damit beim Laufen nicht jede Gräte brechen. Oder mich blamieren.

Selbstbewusst umrunde ich den Pool und bleibe hinter der Meute stehen. Die Frauen haben Neil in ihre Mitte genommen. Sie drehen mir den Rücken zu und das obligatorische Hinternwackeln darf natürlich nicht fehlen. Als hätte Neil seine Augen überall. Oh Mann ...

»Ich bin dann so weit«, mache ich mich mit sexy Augenaufschlag bemerkbar.

Neil sitzt auf einem Barhocker an einem Bistrotisch und schaut jetzt über die Schulter einer Brünetten mit türkisgrünem Glitzerbikini zu mir herüber. Als er mich erkennt, weiten sich kurz seine Augen, bevor er vom Hocker steigt. Die Mädchenschar teilt sich. Alle starren mich an, als Neil sich seinen Weg durch die Schneise bahnt. Und ich starre Neil an, der in seiner locker auf der schmalen Hüfte sitzenden Badeshorts einfach zum Niederknien aussieht. Und dann dieses Sixpack! Mein Gott! Aber nein. Ich werde Neil nicht auf sein Sixpack reduzieren! Auch auf die anderen Muskelpartien nicht.

Eine langbeinige Blondine zieht einen kirschroten Schmollmund. Die Goldreifen an ihrem Arm klimpern, als sie ihre Hand in Neils Nacken legen will, doch er weicht ihr geschickt aus. Die ganze Zeit lässt er mich nicht aus den Augen, betrachtet mich ungeniert von Kopf bis Fuß. Er hält an, und zwar so dicht, dass sein Brustkorb meine Haut streift. Wow! Ein absoluter Gänsehautmoment. Mein Herz galoppiert. Insbesondere als ich mir vorstelle, wie mich andere Körperteile streifen, in einem Bett, während Neil sich über mich beugt.

»Hi«, flüstert er. Dabei schenkt er mir einen Blick, für den jede der hier anwesenden Frauen töten würde.

»Hi.«

»Das Warten hat sich gelohnt.« Er umfasst meine Hüfte

und beugt sich vor, bis er mein Ohr erreicht. »Heiß wie die Sünde.«

Ich schlucke zitternd, als unsere Blicke sich erneut treffen. Er muss das sagen und auch so tun, als könnte er kaum die Finger von mir lassen. Schließlich wollen wir authentisch wirken. Ich sollte mit einsteigen. Etwas Sinnvolles tun, wie zum Beispiel meine Hände in seinen Nacken legen und mit den kurzen Haaren dort spielen, während ich ihn anhimmle, wie frisch Verliebte es tun. Stattdessen sehe ich mich verstohlen nach der Kamera um und reiße überrascht die Augen auf, als ich Matteo entdecke. Er fummelt noch immer an einem Kabel herum und Vic assistiert ihm dabei auf der anderen Seite des Pools.

Neil weiß, meine Reaktion anscheinend richtig zu deuten. Sein Griff um meine Hüfte wird fester. »Traust du mir wirklich so wenig?«

Warmer Atem kitzelt meine Haut, als er das fragt und kurz darauf die Stelle hinter meinem Ohr küsst. Ich schließe die Augen und öffne sie wieder. »Ich traue dir gerade so weit, wie ich spucken kann, Neil.«

Er lacht. Rau und leise. »Das gefällt mir. Wer will schon eine Frau an seiner Seite, die einem willenlos folgt?«

Etwas Ähnliches hat Vic auch gesagt. Und dass ich mein Revier markieren soll. Nicht wortwörtlich, aber es trifft den Kern. Die Mädchengang hat sich aufgelöst und schart sich jetzt um einen Kellner, der Bestellungen notiert. Bis auf die brünette Barbie im Glitzerbikini. Sie sitzt auf Neils Barhocker und wirft mir giftige Blicke aus schmalen Augen zu.

Showtime, Baby. In verführerischer Pose reibe ich meinen Oberschenkel an Neils Bein und lege eine Hand auf seine Hüfte. »Sollten wir die Szene nicht proben, bevor wir drehen?«

Er stockt kurz, bevor er lächelt. »Ich dachte, wir improvisieren.«

»Improvisieren?«, frage ich unsicher. Im Briefing wurde der Ablauf grob durchgesprochen. »Kein Drehbuch?«

Klang das jetzt etwas zu schrill?

Neil lächelt. »Künstlerische Freiheit. *SilverStar* ist einverstanden, solange die Basis stimmt.«

»Du hast mit Gordon über mich gesprochen?« Ich versteife mich, aber Neil entkräftet meine Sorge sofort: »Nur über die Arbeit. Du bist keine Schauspielerin. Arbeit nach Drehbuch wird dir nicht leichtfallen und Liebe auf Knopfdruck erst recht nicht.« Seine Hände rutschen von meiner Hüfte auf meinen Po. Meine Haut prickelt vor Erregung. »Ein festes Drehbuch lässt uns wenig Handlungsspielraum.« Wieder küsst er den Punkt hinter meinem Ohr. Echtes Verlangen keimt in mir auf, als Neil weiterspricht. »Ich lese meine Szenen jeden Abend wieder und wieder durch, bis sie sitzen.«

Die Spannung in meinem Unterleib verflüchtigt sich. »Und das müsste ich dann auch«, spreche ich laut aus, was ich denke. Neil sieht mich nur an.

»Danke.« Mein Flüstern klingt erstickt. Weil ich begreife, was er getan hat.

»Ich möchte, dass es zwischen uns funktioniert. Das möchte ich wirklich.« Er beugt sich vor und seine Lippen streifen meinen Mundwinkel, warm und köstlich. Ich sehe ihn unter gesenkten Lidern an, als sein Gesicht meinem ganz nahe ist. »Das möchte ich auch.«

Ein breites Lächeln umspielt seine schönen Lippen.

»Dann werde ich als Erstes dafür sorgen, dass ein für alle Mal klar ist, wo du bei mir stehst.«

»Du meinst die Barbie hinter dir, die dich mit ihren Blicken am liebsten ausziehen würde, nachdem sie mich mit ihren rot lackierten Krallen niedergestreckt hat?«

Neil hebt eine Braue und schmunzelt. »Bist du eifersüchtig?«

»Soll ich denn nicht authentisch wirken?«, frage ich kokett.

Wieder dieses verflixt sinnliche Lachen. »Das beherrschst du schon sehr gut.«

Spürt er es auch? Dieses Knistern? Es ist, als würde die Luft zwischen uns flirren vor überschießenden Hormonen.

Ich beschließe, alle Vorsicht, alle Zurückhaltung in den Wind zu schießen. Ich will, dass es jeder sieht – wir sind ein Paar. Wenn auch nur für drei Wochen. Aber in dieser Zeit gehört Neil mir. Mir allein.

Also lasse ich meine Hände in seinen Nacken wandern und fahre mit gespreizten Fingern in sein Haar. Dort halte ich ihn fest, damit er mich ansieht.

»Wie war das jetzt mit *Standpunkt klarmachen*?«, frage ich mit rauchiger Stimme.

Neils Augen weiten sich ein wenig, bevor sie zu leuchten beginnen. »Ich dachte da an das hier«, murmelt er und zieht mich noch fester an sich. Wir sind uns jetzt so nah, ich kann seinen Herzschlag unter der nackten, warmen Haut spüren. Und dann küsst er mich, dass mir Hören und Sehen vergeht.

18

HOPE

Neils Küsse machen süchtig und ich komme seit der Poolszene ziemlich oft in den Genuss. Auch wenn die Kamera nicht läuft. Ja, ich weiß, wie das klingt, und nein, ich verstehe nicht, was in Neil vorgeht. Sein Verhalten ergibt keinen Sinn oder vielleicht doch, trotzdem lasse ich mich darauf ein. Auf alles, was Neil anbietet, weil es sich einfach viel zu gut anfühlt, um damit aufzuhören.

Am folgenden Abend sind wir mit Vic und Matteo in der Hotelbar verabredet, um die erste Sendung zu sehen. Vic und Matteo haben sich selbst übertroffen. Die Folge ist toll und großartig geschnitten. Niemals hätte ich gedacht, dass aus den wenigen gedrehten Szenen und mit dem Zeitdruck im Hintergrund so viel herauszuholen ist. Die beiden verstehen ihr Handwerk wirklich.

Ich habe mich für eine marineblaue Caprihose entschieden, dazu ein weißes Top mit Wasserfallausschnitt. Ich fühle mich wohl in meiner Haut, trotzdem liegen meine Nerven blank. Es ist eine Sache, Fotos von sich in den sozialen Netzwerken zu sehen, und eine andere, sein

Gesicht plötzlich im Fernsehen zu betrachten. Matteo ist wirklich süß und hat ein feines Gespür für Menschen. Meine Aufregung ist ihm nicht entgangen, weshalb er mich beruhigt und behauptet, ich sei ein Naturtalent und die Kamera würde mein Gesicht lieben. Offensichtlich denkt er, das würde mir helfen, und tatsächlich fühle ich mich nicht mehr ganz so linkisch neben Neil, der tatsächlich wie ein Profi agiert. Trotzdem brauche ich jetzt dringend einen Drink. Einen starken Drink, und zwar bevor die Sendung beginnt, damit der Alkohol schon mal wirken kann.

»Was möchtest du trinken?«

Wir sitzen direkt am Tresen, schräg über uns hängt ein gigantischer Flatscreen, auf dem das Vorabendprogramm von *SilverStar* läuft. Neil hat seinen Hocker gegen meinen geschoben und einen Arm um mich gelegt. Er ist sexy wie eh und je, dabei trägt er nur eine verblichene Jeans und ein schlichtes T-Shirt. Okay, ein schlichtes und *hautenges* T-Shirt, das seinen breiten Brustkorb betont, aber er hätte auch einen Müllsack tragen können. Neil wirkt einfach – egal, was er anzieht.

Die Bar ist gut gefüllt, jeder kann uns sehen und Neils Statement ist eindeutig: Wir. Gehören. Zusammen. Ich spüre die Blicke der um uns sitzenden Frauen und ja, ich genieße sie. Ich habe etwas, was sie wollen, aber unerreichbar geworden ist. Natürlich spielen Neil und ich nur eine Rolle, aber sein Besitzanspruch fühlt sich verdammt gut an.

»Einen von dem da.« Ich weise auf eine von etlichen Whiskeyflaschen im oberen Regal. Sie werden von indirektem Licht angestrahlt und die Flüssigkeit darin schimmert goldbraun.

»Du trinkst Whiskey?« Er schüttelt den Kopf. »Erst Wodka und jetzt das.«

Ich lache über seinen erstaunten Gesichtsausdruck. »Ab und zu mit Faith zusammen. Am liebsten mag ich Redbreast 21 Years, aber der ist ziemlich teuer, deshalb kaufe ich mir selten eine Flasche.«

Neil presst die Lippen zusammen und schluckt. »Du verzichtest während der Drehzeit auf nichts, okay?« Er klingt angespannt und ich nicke.

»Okay.«

»Ich will dir keine Vorschriften machen, aber der Sender bezahlt Spesen und der kann es sich nun wirklich leisten.«

Ich meide seinen Blick. »Ich hatte noch nie Geld im Überfluss. Es ist komisch, plötzlich nicht mehr darauf achten zu müssen.«

Im Waisenhaus bekamen nur die Schulkinder Taschengeld. Ich beneidete sie, wenn sie in ihre Zimmer gingen und die Türen hinter sich schlossen, denn ich wusste, sie hatten sich Süßigkeiten gekauft, die sie jetzt heimlich aßen, um nicht teilen zu müssen. Es gab drei Mahlzeiten und alle, nicht nur wir Kleineren, konnten uns Snacks aus der Küche holen, wenn wir hungrig waren. Wir bekamen auch Naschzeug, aber etwas vor die Nase gesetzt zu bekommen ist nicht das Gleiche, wie es sich im Regal selbst aussuchen zu können. Ich wünschte mir damals nichts sehnlicher, als eigenes Geld zu haben. Kinderträume ...

Hätte ich damals schon gewusst, was ich wenig später mit ansehen musste, hätte ich mir etwas anderes gewünscht. Blindheit zum Beispiel. Oder Taubheit. Zumindest in dem Augenblick, als es geschah.

Neil sagt kein Wort, aber ich höre seinen Atem. Dann

hebt er mein Kinn mit zwei Fingern an und küsst mich zärtlich. Seine Lippen streifen meine nur kurz, dann sind sie schon wieder verschwunden. Schade eigentlich.

Ich seufze und öffne die Augen. »Wofür war der?«

Neil legt mir beide Arme auf die Schultern und verschränkt dann seine Finger in meinem Nacken. »Einfach nur so.«

Das ist eine Lüge. Neil Wyler tut nichts *einfach nur so,* das weiß ich mittlerweile genau. Aber dieses süße Lächeln mildert sie etwas ab. Außerdem kenne ich meinen Platz. Und dieser Platz wird nach der Show durch eine andere ersetzt werden, wenn unsere Wege sich wieder trennen. Aber daran will ich jetzt nicht denken. Ich will die Zeit mit Neil genießen. So kurz und unwirklich sie auch ist.

»Wir sollten uns öfter an öffentlichen Orten aufhalten«, lächle ich verschmitzt. Neil hebt nur eine Braue.

»Dann komme ich häufiger in den Genuss dieser Küsse. Lernt man das auf der Schauspielschule? So zu küssen, selbst wenn keine Gefühle im Spiel sind?«

Neils Lächeln verblasst. Seine Arme gleiten von meinen Schultern. »Wer sagt denn, dass keine Gefühle im Spiel sind?«

»Na ja«, druckse ich. »Vor der Show hast du nicht gerade wie ein Heiliger gelebt und da dachte ich ...«

»Ein verschriener Playboy kann keine Gefühle entwickeln? Irrtum!«

Sprachlos starre ich ihn an. Als mein Gehirn endlich wieder arbeitet, tauchen Vic und Matteo neben uns auf und ich schlucke meine Erwiderung hinunter.

»Hey!« Vic küsst erst mich auf die Wange, dann Neil. Matteo nickt uns beiden freundlich zu, dann setzt er sich neben Neil auf einen Barhocker, den wir freigehalten haben, während Vic neben mir Platz nimmt.

Neils Reaktion auf meine Frage verwirrt mich. Es stimmt schon, dass da etwas zwischen uns flirrt und dass dieses Flirren nicht ganz einseitig ist, habe ich mir bereits gedacht. Nur habe ich angenommen, Neil sähe die Sache deutlich lockerer als ich. Neil ist ein Womanizer, ein Heartbreaker und Bad Boy, der jeder Frau zwischen Pubertät und Rentenalter den Kopf verdreht, ohne dabei Gefühle zu entwickeln – dachte ich. Ich habe nicht erwartet, dass es anders sein könnte. Vor allem habe ich nicht erwartet, dass es *bei mir* anders sein könnte.

Vic und Matteo scheinen von der unterschwelligen Spannung nichts zu spüren. Wir unterhalten uns, bis die Sendung beginnt, und da der Whiskey, den ich mir zwischenzeitlich bestellt habe, bereits Wirkung zeigt, tut es nicht mehr ganz so weh, dass Neil keine Anstalten mehr macht, mir näherzukommen. Oder mich anzusehen.

Die Show wird ein voller Erfolg. Matteo, Vic und Neil haben es prophezeit, aber ich konnte nicht so recht daran glauben. Bis Neil nach der Show einen Anruf bekommt und Gordon das Ergebnis bestätigt. Dreiunddreißig Prozent der Amerikaner wollten uns sehen! Dreiunddreißig, ein Drittel – unglaublich! Ich falle Vic und Matteo spontan um den Hals. Es ist, als würde eine Last von meinen Schultern genommen, denn irgendwie hatte ich die ganze Zeit Sorge, die Show könnte meinetwegen floppen. Allerdings wird mein Übermut deutlich gedämpft, als ich Neil umarme und er sich versteift.

Seine Arme liegen zwar auf meiner Hüfte, aber sonst ist da nichts. Keine Wärme, kein Verlangen, kein Funke, der für gewöhnlich sofort überspringt, wenn wir uns berühren. Er ist mir immer noch böse. Ich möchte mit ihm sprechen, aber bevor ich ihn darum bitten kann, hat er schon auf dem Absatz kehrtgemacht und ist gegangen. Ich kann nur seinem breiten Kreuz nachschauen und seinem Hintern, der in der engen Jeans einfach umwerfend aussieht, aber der Anblick bereitet mir kein Herzklopfen, wie es sonst der Fall ist. Mir ist übel. Richtig übel. Meine Bemerkung hat in ihm etwas ausgelöst, was ich nicht ahnen konnte, und ich habe mal wieder keine Möglichkeit, mich mit ihm auszusprechen. Grandios – ehrlich!

Ich klopfe so lange an Neils Zimmertür, bis meine Fingerknöchel rot sind. Als niemand öffnet, drücke ich mein Ohr gegen die Tür – nichts! Wo verdammt steckst du, Neil? Einer inneren Eingebung folgend, laufe ich in den Garten und dort die weitläufigen Gänge zwischen den hohen Bäumen und gepflegten Rasenflächen ab. Auf einer dunklen Parkbank finde ich ihn wenig später tatsächlich. Ich bleibe mit einigen Metern Abstand zu ihm stehen. Sein Gesicht liegt im Schatten, aber ich weiß, dass er mich ansieht. Ich spüre es einfach.

»Ich bin nicht hier, um mich für meine Bemerkung zu entschuldigen, weil ich es nämlich leid bin, ständig aufpassen zu müssen, nicht das Falsche zu sagen oder zu tun. Ich weiß nie genau, woran ich bei dir bin. In einem Moment verdrehst du mir den Kopf, dass mir Hören und

Sehen vergeht, und zwar nicht nur vor der Kamera, dann mutierst du urplötzlich wieder zum Eisklotz.«

Die Worte, die ich bislang nur in Gedanken formte, sprudeln ungebremst aus mir heraus. Ich will endlich wissen, woran ich bin. Hier und jetzt.

»Komm her«, bittet er leise.

»Warum? Damit du mich wieder mit Nichtachtung strafen kannst?« Ich habe mich in Rage geredet und die Ausläufer davon bekommt Neil noch immer zu spüren.

»Nein. Weil ich dich darum bitte«, sagt er. »Und weil ich das, was ich dir zu sagen habe, nicht durch den ganzen Park brüllen will.«

Ich schließe den Abstand zwischen uns mit klopfendem Herzen. Neil sieht zu mir auf, als ich vor ihm stehen bleibe. Seine wunderschönen Konturen, die ich jetzt schemenhaft erkennen kann, rauben mir fast den Atem. Gleichzeitig spüre ich ein sehnliches Verlangen danach, ihn zu berühren, meine Hände in seinem Haar zu vergraben und meine Lippen auf seine zu drücken. Ich habe noch nie einen Mann so begehrt wie ihn.

Er stützt die Ellenbogen auf den Oberschenkeln ab und faltet die Hände zwischen den gespreizten Knien. »Als ich dich kennenlernte, hatte ich ein vollkommen falsches Bild von dir. Ich dachte, du wärst eines dieser erfolgsgeilen Groupies, die sich an mich hängen, um ins Rampenlicht zu kommen.«

Ich öffne den Mund, um zu protestieren, aber er hebt die Hand und fährt fort. »Dann erfuhr ich den wahren Grund: deine Schulden, die Hingabe, mit der du versuchst, dein Erbe zu retten, obwohl du dich lieber verkriechen würdest ... und das erschütterte mich zutiefst.«

»Ich will kein Mitleid«, flüstere ich rau.

»Mitleid? Ich bewundere dich!«

»Was?« Was hat er da gerade gesagt?

»Du gehst freiwillig ein Risiko ein, um das zu retten, was dir von deiner Familie geblieben ist.«

»Es ist nicht nur mein Erbe. Es ist meine ganze Existenz. Alles, was ich noch habe. Ich *musste* alles auf eine Karte setzen. Mir blieb keine Alternative.«

»Man hat immer eine Wahl.« Er schüttelt den Kopf, ohne mich anzusehen. »Diese Show war nicht meine Idee. Der Sender hat darauf bestanden. Gordon will mich zum Star einer Krimiserie machen, aber daran sind Bedingungen geknüpft: die Show und ein Imagewechsel. Ich hatte die Wahl und ich habe mich dafür entschieden, zur Marionette zu werden. Ich wollte das nie, aber wenn du in diesem Business Erfolg haben willst, musst du viele Ärsche küssen und selbst dann weißt du nicht, ob es reicht.« Wieder schüttelt er den Kopf, dann stößt er die Luft aus. »Du warst die perfekte Kandidatin. Gordon wollte dich – unbedingt! Ich sollte zum Star gemacht werden, aber alles hing von *dir* ab. Durch dich wurde ich schwach und ich kann mir Schwäche nicht leisten. Ich wollte dich hassen, Hope. Ich habe alles versucht, um dich nicht zu mögen ... Aber es geht nicht«, gesteht er. Er hebt den Blick und was ich darin sehe, ist nackte Lust. »Du glaubst, ich spiele meine Gefühle nur? Du täuschst dich und insgeheim weißt du das auch! Ich will dich, Hope. Ich will dich so sehr, dass es wehtut, und genau das macht mir Angst.«

»Ich habe keine Angst.«

»Die solltest du aber haben. Vor mir! Ich bringe nur Unglück und Verderben. Deshalb zeigte ich dir die kalte

Schulter. Deshalb halte ich Abstand. Wenn du mir nahe bist, werde ich dich verletzen, so wie ich alle verletze.«

Es zerreißt mir beinahe das Herz, ihn so elend zu sehen. Dieser starke Mann wirkt, als wäre er innerlich gebrochen. Was hat ihn zu dem gemacht? Aber ich werde ihn nicht aufgeben. Wenn er nicht die Kraft besitzt, mir näherzukommen, dann werde ich die Kraft für uns beide aufbringen.

»Ich habe keine Angst«, wiederhole ich. Ich schließe den Abstand zwischen uns, lege ihm meine Hände auf die Schulter und schiebe seinen Oberkörper zurück. Dann setze ich mich rittlings auf seinen Schoß. Neil erstarrt, als ich meine Hände in seinem Haar vergrabe, wie ich es mir schon die ganze Zeit gewünscht habe. »Ich habe keine Angst, hörst du? Ich will das mit uns! So sehr, wie ich noch nie etwas in meinem Leben gewollt habe.«

Seine Lippen sind meinen ganz nah. Ich spüre seinen Atem, der warm über meine Haut huscht und die Hitze in mir schürt. »Du weißt nicht, was du dir wünschst, Hope. Du kennst mich nicht. Wüsstest du, wer ich wirklich bin, würdest du schreiend davonlaufen.«

»Blödsinn!«

»Ach ja?« Er hebt eine Braue, sein Mundwinkel zuckt.

»Du bist kein schlechter Mensch, sonst hättest du mich ... du hättest mich längst ...«

»Verraten?«

»Ja«, flüstere ich. »Deine Karriere hängt von dieser Show ab. Ich gefährde alles mit meiner Dummheit!«

»Du bist nicht dumm!«, fährt er auf. Seine Augen funkeln erbost. »Lass dir das niemals einreden, hörst du? Nur, weil du nie gelernt hast, mit Buchstaben umzugehen, sagt das nichts über deine Intelligenz aus.«

Ich schließe die Augen, um Neil das Glitzern darin nicht sehen zu lassen. Tapfer schlucke ich die Tränen herunter. Neil hat unrecht. Dieser Makel sagt alles über mich aus. Er ist mein Stempel, der mir vor Jahren verpasst wurde. Ein Brandzeichen, das ich hasse, aber nie wieder loswerde.

»Okay«, flüstere ich, als ich die Lider öffne.

»Das sagst du jetzt nur, damit ich das Thema fallen lasse.«

Ich sehe ihn nur an und nicke.

Sein Mund schwebt dicht über meinem, als seine Hände meinen Hintern umschließen und er mich vorwärts zieht, bis ich gegen ihn stoße. Er ist erregt. Sein Schaft unter der Jeans drückt hart gegen meinen Bauch.

»Du willst mich also?«, fragt er rau und ich nicke noch einmal. »Dann sollst du mich haben! Alles von mir.« Damit gleitet seine Hand unter mein Top und den Rücken hinauf. Ich bekomme eine Gänsehaut und mir stockt der Atem. Meine Melancholie verfliegt und die Hitze kehrt zurück. Sie breitet sich überall aus, besonders zwischen meinen Beinen.

»Wirklich alles?« Ich zittere vor Erregung und Vorfreude.

»Wenn du das willst.« Seine Hand gleitet nach vorne und stoppt erst, als sie unter meinen Brüsten liegt. Meine Nippel unter dem Seiden-BH stellen sich auf.

»Hier?« Schnell sehe ich mich um, aber da ist nur Dunkelheit um uns herum.

Neils Lippen gleiten über mein linkes Schlüsselbein, das freiliegt, weil mir der weite Ausschnitt über die Schulter gerutscht ist. »Das wäre vielleicht etwas zu gewagt.«

»Aber es wäre aufregend.«

»Das wäre es.«

Ich werfe den Kopf in den Nacken und unterdrücke ein Stöhnen, als Neils Hand über meinen dünnen BH fährt und sein Daumen meinen harten Nippel streift. »Aber dennoch unklug.«

Ich verstehe nicht ganz. Warum ist es unklug, seiner Lust nachzugeben? Es ist offensichtlich, dass wir beide es wollen. Wir sind völlig allein hier draußen. Aber mein Gehirn ist zu benebelt, um weiter zu denken. Überhaupt stelle ich das Denken vollkommen ein, als Neil die Hüfte bewegt. Seine Erektion reibt an mir und löst erneut Wellen in mir aus. Sie schwappen über mich wie Vorboten eines aufziehenden Sturms über dem Meer.

»Du bist so süß, Hope. Viel zu süß für mich und viel zu verboten.« Seine Lippen ziehen eine heiße Spur über meinen Hals und über meinen Kieferknochen, bis sie meine Lippen erreichen. »Aber ich kann dir einfach nicht widerstehen.«

»Dann tu es nicht!«, flehe ich heiser.

Er lässt von mir ab. »Heb die Arme.«

Ich gehorche und er zieht mir das Top aus. Es landet auf der Erde. Neil betrachtet mich mit einer Gier, die mich schwindeln lässt.

»Gott«, sagt er nur und leckt sich über die Lippen. In meiner Mitte explodiert etwas. Ich will etwas erwidern, aber da hat er mich schon an sich gezogen. Dann küsst er mich wieder und das tut er ausgiebig. Seine Zunge dringt zwischen meine Lippen, die ich nur zu bereitwillig für ihn öffne, gleichzeitig kralle ich meine Hände in sein Haar. Neil zuckt kurz zusammen und stöhnt, aber ich mindere den Druck nicht. Ich brauche das jetzt, diese Wildheit, und wenn Neil ein wenig Schmerz dabei abbekommt, dann ist das eben so. Außerdem scheint es ihm zu gefallen, denn die Ausbuchtung zwischen seinen Beinen nimmt zu.

Neil öffnet meinen BH mit einem geschickten Handgriff, bevor er sich wieder meiner Brust widmet. Oder besser dem Nippel, den er mit Daumen und Zeigefinger zwirbelt. Jetzt, wo der BH nur noch locker um meinen Brustkorb liegt, hat er freien Zugriff und das nutzt er aus. Ich keuche an seinen Lippen und drücke den Rücken durch. Neil grinst. »Das gefällt dir, hm? Dabei siehst du so lieb und unschuldig aus …«

Ich lasse mein Becken über seinem Schoß kreisen. »Du unterschätzt mich eben.«

Neil hebt das Becken an und beugt sich etwas zurück, um mich anzusehen. Seine Augen sind verschleiert vor Lust. Auf seiner Stirn haben sich Schweißperlen gesammelt. Am liebsten hätte ich die Zunge ausgestreckt und sie abgeleckt. So wie ich gerne seinen gesamten Körper ablecken würden. Jeden köstlichen Flecken Haut.

»Ich mag es, wenn Frauen mich noch überraschen können. Und du überraschst mich, Hope. Sehr sogar.«

Ich keuche, als Neil meine ganze Brust umschließt. Seine Hand ist leicht schwielig, sein Griff fest, aber er bewegt den Handballen so geschickt von rechts nach links, dass mein Nippel weiterhin stimuliert wird. »Ich würde dich am liebsten vögeln. Hier und jetzt. Aber das muss warten, bis wir Privatsphäre haben«, flüstert er zwischen zwei Küssen.

Vögeln klingt für mich wunderbar. Meine Hände rutschen in seinen Nacken, wo ich mich festklammere. »Ich will nicht warten«, bettle ich keuchend. »Ich will dich jetzt.«

Neil murmelt etwas Unverständliches, weil seine Lippen wieder auf meinen liegen.

Plötzlich wird es hell. Ein Rascheln, dann springt jemand aus dem Gebüsch. Es blitzt erneut und da begreife ich, dass wir fotografiert werden.

»Fuck!«, flucht Neil. Seine Augen sind weit aufgerissen, seine Halssehne tritt hervor vor Anspannung. Dann kommt Bewegung in ihn.

Er schiebt mich so heftig vom Schoß, dass ich Mühe habe, nicht zu stolpern, als ich auf die Füße komme. Hektisch schließe ich meinen BH und bücke ich mich nach meinem Top, das zum Glück in greifbarer Nähe liegt, und ziehe es über. Währenddessen hat Neil den Paparazzo am Schlafittchen gepackt, ihn von mir weggezogen und stößt dabei Flüche aus, die ich nicht wiederholen möchte. Neil ist stocksauer und ich kann ihn verstehen. Da die beiden in einigen Metern Entfernung stehen bleiben, erkenne ich nur Schemen, also gehe ich ein Stück näher, um nichts zu verpassen. Allerdings bin ich schlau genug, mich halb hinter einen Busch zu stellen, um aus der Schusslinie zu sein, sollte es gleich knallen. Neil ist außer sich vor Zorn.

»Kamera her!«, knurrt er laut. Sein Gegenüber ist bestimmt fünfzig Pfund schwerer, aber dennoch ein ganzes Stück kleiner, weshalb er auch auf den Zehenspitzen steht, weil Neil ihn noch immer am Kragen gepackt hat und auf Augenhöhe hält. Trotz der Dunkelheit wirkt sein weißes Shirt schmuddelig. Ich wende den Blick von seinem Schmierbauch ab, der aus dem Bund seiner Armeehose hängt, deren Enden ihm bis zu den haarigen Waden reichen. Ich hab kein Problem mit Körperbehaarung, solange ein Mann gepflegt aussieht. Doch dieser sieht alles andere als gepflegt aus. Und das liegt nicht nur an seinen fettigen dunklen Haaren, die ihm hinter den Ohren klemmen.

»Träum weiter«, keucht der Schmierlappen gepresst. »Ich hab bloß Schnappschüsse gemacht, und da ihr euch an einem öffentlichen Ort befindet, ist das nicht verboten.«

Neil schüttelt ihn wie einen nassen Sack. »Was verboten ist und was nicht, entscheide ich«, knurrt er. »Und wenn du deine Visage später noch wiedererkennen willst, löschst du jetzt die verfickte Speicherkarte!«

Verdammt! Hat Neil ihm gerade gedroht? Ich stehe hier und versuche zu begreifen, was abgeht. Eben noch lagen Neils Hände auf meinen Brüsten und im nächsten rastet er total aus! Ich meine, der Schmierlappen hat auch mich erschreckt und einen Augenblick dachte ich: *Mist! Deine Nippel sind morgen auf den Titelseiten sämtlicher Klatschmagazine.* Andererseits hätten wir mit Paparazzi rechnen müssen. Neil hätte damit rechnen müssen und vielleicht hat er das sogar, weshalb er sich auch weigerte, mich hier und jetzt zu vögeln. Wie dem auch sei. Wir sind nicht beim Sex, sondern nur beim Fummeln und Knutschen erwischt worden. Das ist zwar peinlich, aber kein Weltuntergang und schon gar kein Grund für Neil, sich so aufzuführen, wie er es gerade tut. Schließlich ist er schon seit Jahren ein gefundenes Fressen für die Regenbogenpresse. Er sollte gelernt haben, diplomatisch damit umzugehen.

Die Anspannung ist nicht nur schneidend, sondern zum Greifen nahe. Ich beiße mir auf die Lippen und klammere mich an einen Ast, der vor mir auf Bauchhöhe hängt. Er bietet nicht wirklich Halt, aber ich habe zumindest etwas, woran ich mich festhalten kann.

»Du kannst mich mal«, blafft der Schmierlappen.

Neils Nasenlöcher blähen sich. Das ist die einzige

Vorwarnung, bevor er ihn loslässt, ausholt und ihm einen Magenschwinger verpasst.

»Nein!« Ich springe aus meinem Versteck, als Neil das Bein hebt. Der Typ liegt schon gekrümmt am Boden, das Gesicht verzerrt zu einer Maske aus Schmerz und Überraschung, aber ich spüre instinktiv, dass Neil nachtreten wird. Ich erkenne ihn nicht wieder. Ich habe ihn schon wütend erlebt, das schon, aber noch nie so. Er scheint nicht mehr er selbst zu sein.

»Tu das nicht!« Ich packe ihn am Arm. »Bring dich nicht unnötig in Schwierigkeiten.«

Der Schmierlappen blinzelt zu uns hoch. »Die Schwierigkeiten hat er schon!«, keucht er abgehakt, während er sich den Bauch hält. »Ich gehe zur Bullerei und dann war's das mit deiner Karriere, *Arschloch.*« Er lacht dreckig und sieht mich an. »Hübsche Nippel übrigens. Machen sich bestimmt gut als Wichsvorlage in einem Pornoblättchen.«

Ruhe überkommt mich.

Ich blicke den Paparazzo nur an.

Dann wende ich mich Neil zu, der mich mit einem Ausdruck ansieht, den ich schwer deuten kann. »Du bewegst dich nicht von der Stelle.«

Ich lasse ihn los, gehe ein paar Schritte und bücke mich nach der Kamera. Dann drehe ich mich um und halte sie hoch, sodass der Schmierlappen sie sehen kann. Seine Augen weiten sich. »Willst du die?«, frage ich.

Er sieht mich nur an.

Ich kenne mich mit Technik nicht besonders gut aus, aber ich finde die schlanke Öffnung sofort.

»Wage es nicht!«, knurrt der Schmierlappen mit schmalen Augen.

Ich drücke den kleinen Knopf, der Mikrochip springt

vor und ich ziehe ihn aus dem Spalt, um ihn sofort wieder fallen zu lassen. Er landet vor meinen Füßen im Sand. Der Schmierlappen macht Anstalten, aufzustehen, aber Neil tritt einen Schritt vor.

»Du wirst diesen Chip nicht mal berühren!« Seine Stimme ist leise, aber der drohende Unterton verfehlt seine Wirkung nicht. Der Paparazzo bewegt sich nicht von der Stelle, aber sein Kiefer mahlt.

»Mach weiter, Hope.« Neil steht mit dem Rücken zu mir und ich sehe seine Muskeln unter dem engen Shirt arbeiten, als er die Arme demonstrativ vor der Brust verschränkt wie ein Türsteher vor dem Eingang zum VIP-Bereich.

»Ich warne dich«, knurrt der Schmierlappen erneut in meine Richtung, als er durch Neils gespreizte Beine blinzelt. »Noch kann ich ein gutes Wort für dich einlegen, wenn ich zu den Bullen gehe. Wenn du diese Speicherkarte vernichtest, mach ich dich fertig, wie ich deinen Freund hier fertigmachen werde.«

Oh oh.

Neils Nacken spannt sich an, aber er bleibt Gott sei Dank ruhig.

»Ich weiß nicht, wie lange du schon spannst und ob du mitbekommen hast, was ich zu Neil sagte ... Ich habe ihm erklärt, dass ich keine Angst vor ihm habe. Und wenn ich vor Neil keine Angst habe, habe ich erst recht keine vor einem erbärmlichen Würstchen wie dir.« Ich zucke die Schulter. »Sorry, aber du kannst mich mal da lecken, wo die Sonne am wenigsten scheint.«

Neil lacht leise. Ich grinse, bücke mich und lege den Chip auf einen flachen Stein. Dann richtet ich mich auf, sehe dem Schmierlappen in die Augen und trete mit dem

Absatz zu. Um sicherzugehen, dass auch alle Beweise vernichtet sind, wiederhole ich die Prozedur.

Der Schmierlappen wirkt, als wollte er mich am liebsten erdrosseln. Aber er wird nicht wagen, mir etwas zu tun, denn Neil steht vor ihm wie der Rächer persönlich.

»Steh auf und verschwinde!«, knurrt Neil.

Der Paparazzo erhebt sich schwerfällig. Staub klebt an seiner Kleidung und in seinem hochroten Gesicht. Seine fettigen Haare haben ebenfalls etwas abbekommen und hängen strähnig um seine Hamsterbacken. »Damit kommt ihr nicht ungestraft davon!«

»Werden wir ja sehen«, sagt Neil eiskalt.

Ich stelle mich neben ihn und imitiere seine Haltung, indem ich die Arme vor der Brust verschränke. »Was hast du gegen uns in der Hand?«

»Ihr habt mich angegriffen und mein Eigentum zerstört!«, faucht er.

»Wir?« Ich sehe kurz zu Neil, aber der hält die Augen starr nach vorne gerichtet. »Neil hat mich nur verteidigt, als du mich antatschen wolltest. Geh zur Polizei und leugne es, aber hier stehen zwei Aussagen gegen eine.«

Der Schmierlappen ballt die Fäuste, als er zurückweicht. »Damit kommt ihr nicht durch«, wiederholt er, kochend vor Wut. »Ihr habt meine Speicherkarte zerstört!«

Neil hebt eine Braue. »Haben wir das?«

»Beweise, mein Lieber, Beweise«, erinnere ich ihn. »Ich sehe hier keine Speicherkarte und übrigens auch keine Kamera. Du wirst jetzt ganz schnell verschwinden und solltest du wirklich so dumm sein und die Polizei verständigen, wird sie weder einen zertrümmerten Mikrochip noch eine Kamera finden.«

Der Schmierlappen atmet noch einmal tief durch, dann

dreht er sich um und stapft in der Dunkelheit davon.

Ich stoße die angehaltene Luft aus.

Neil sieht mich an. Ein schmales Lächeln umspielt seine Lippen. »Alle Achtung! Du bist wirklich taff.«

»Du hättest das Gleiche für mich getan.« Ich bücke mich und sammle den zertrümmerten Chip ein, um keine Beweise zu hinterlassen.

Neil tritt neben mich und hilft mir. »Damit hast du dich strafbar gemacht.«

Daran will ich gar nicht denken.

»Er hat uns bedroht. Ich hatte keine andere Wahl.«

»Eigentlich hat er nur mich bedroht. Bis du dich eingemischt hast.«

Ich nehme ihm die Kamera ab, die er mir reicht, und lege sie zur Speicherkarte. »Ich habe nicht weniger zu verlieren als du, Neil.«

Kurz macht es den Anschein, als wollte Neil etwas sagen, aber dann steht er nur auf und reicht mir die Hand. »Verschwinden wir hier.«

Ich lasse mich von ihm hochziehen. »Und was machen wir hiermit?« Ich halte Kamera und Mikrochip hoch.

»Behalten wir als Andenken.«

»Echt jetzt?« Ich ziehe die Brauen hoch, während Neil unsere Hände miteinander verschränkt, um mit mir Richtung Hotel zu schlendern.

Er grinst. »Was sonst? Möchtest du dir eine Halskette daraus basteln?«

»Scherzkeks.« Ich will ihn in die Seite zwicken, doch er weicht mir geschickt aus. Er lacht noch lauter. Hätte ich nicht mit eigenen Augen gesehen, wie er gerade erst ausgerastet ist, ich würde es nicht glauben. Der verspielte Neil ist mir tausend Mal lieber.

19

NEIL

Unsere verschränkten Finger reichen mir nicht an Körperkontakt, deshalb lege ich meinen Arm um Hopes Hüfte und ziehe sie an mich, während ich sie ins Gebäude lotse. Ich nehme den Hintereingang – sicher ist sicher –, nicht dass uns noch ein paar Vollidioten über den Weg laufen, die Fotos knipsen wollen. Ich hätte eben nicht so ausrasten dürfen, ich weiß. Es war ein Fehler, für den ich vermutlich hart büßen muss. Der Paparazzo hat zwar keine Beweise mehr, aber er wird den Mund aufmachen und das wird zu Mutmaßungen führen. Scott wird in den kommenden Tagen viel Arbeit damit haben, die Gemüter wieder zu beruhigen, aber das ist er ja gewöhnt. Außerdem ist er nicht nur mein Freund, der für mich durchs Feuer gehen würde, er ist auch der beste Agent, den ich kenne. Wäre er nicht gewesen, hätte mich schon so manche Schlagzeile vernichtet. Bislang habe ich mein Bad-Boy-Image gelebt, daher waren Negativschlagzeilen okay. Jetzt ist es das nicht mehr. Ich will nicht, dass Hope in so etwas hineingezogen wird. Es ist erniedrigend. Jeder würde ihre Brüste begaffen. Solche Bilder werden nicht erscheinen. Dafür werde ich sorgen.

Ich husche mit Hope durch die leere Hotellobby. Aus der Bar ist leise Musik zu hören. Der Durchgang ist offen, aber niemand tritt durch den Torbogen und so gelangen wir unbemerkt in den hinteren Bereich. Während wir auf den Aufzug warten, gesellt sich eine attraktive, hochgewachsene Blondine in rotem Businesskostüm zu uns. Sie schwankt ein wenig auf ihren Pfennigabsätzen und lächelt mich an, muss sich dann aber an einem Pfeiler abstützen, um nicht zu fallen. Sie ist hübsch und sie steht auf mich, das ist nicht zu übersehen. Wobei sie mich vermutlich nicht mal erkennt. Vielleicht hat sie sich so abgeschossen, dass sie selbst Brad Pitt nicht mehr erkennen würde ... Noch vor Kurzem hätte ich sie abgeschleppt und meinen Spaß mit ihr gehabt. Ich hätte sie in ihrem Hotelzimmer gevögelt, bis der Arzt kommt, und wäre danach gegangen, ohne den Hauch von Skrupel zu verspüren. Jetzt kommt mir dieser Gedanke völlig abwegig vor.

Hope hat sich in meinen Armen versteift. Ihr ist der Blick der Blondine nicht entgangen.

»Alles okay mit dir?«, frage ich deshalb.

Sie sieht zu mir hoch und lächelt verkniffen. »Sag du es mir.«

Ich streichle ihre Wange und umfasse sie dann mit der ganzen Hand. »Du bist hier, mit mir. Das ist alles, was ich will.«

Hope blinzelt, als könnte sie nicht glauben, dass ich das tatsächlich gesagt habe. Dann erwidert sie mein Lächeln und etwas löst sich in mir. Ich will, dass sie mir vertraut. Der Wunsch ist so übermächtig, dass ich beschließe, meinen Standpunkt noch zu verstärken. Ich beuge mich vor und küsse sie ausgiebig. Als ich mich wieder von ihr löse, ist die Blondine verschwunden und Hope und ich sind außer Atem.

»Du spielst mit dem Feuer«, sagt sie an mich gelehnt, als wir in den leeren Aufzug treten. »Was, wenn uns wieder Fotografen auflauern?«

Ich drücke den Knopf für die sechste Etage. »Beim Küssen mit dir lasse ich mich jederzeit fotografieren. Nicht aber, wenn dich das Foto bloßstellen könnte.«

Ihre Augen werden groß. »Du bist meinetwegen so ausgerastet?«

Hat sie etwas anderes angenommen?

»Und ich würde es jederzeit wieder tun.«

Ich schiebe sie gegen die verspiegelte Rückwand, stelle mich vor sie und lege meine gestreckten Arme neben ihren Kopf. Dann küsse ich ihren Mundwinkel. Hope seufzt, als sie die Augen schließt und den Kopf nach hinten sinken lässt. Ihre Lippen sind noch immer rot und geschwollen von unseren Küssen, ihr Haar ist zerzaust. Der Anblick ist unglaublich. Unglaublich heiß. Wie wird sie aussehen, wenn wir erschöpft nebeneinander in den Laken liegen? Sind ihre Wangen gerötet, ihr Blick verschleiert? Ich habe bereits eine Kostprobe davon gesehen und dieses Bild macht mich unglaublich hart. Mein Schaft bettelt förmlich darum, endlich in Aktion zu treten.

Die leise Fahrstuhlmusik tritt vollkommen in den Hintergrund, als ich meinen Unterleib gegen sie presse und sie spüren lasse, was ich spüre. Hope reißt die Augen auf. Dann verzieht sich ihr Mund zu einem wissenden Schmunzeln. Keck schiebt sie ihre Hand zwischen uns und umfasst meine Männlichkeit. »Ich will das hier zwischen meinen Beinen haben. Noch heute Nacht«, raunt sie sündig.

»Das wirst du, Hope. Und nicht nur ein Mal.«

Ich umfasse ihren Hintern und ziehe sie noch dichter an mich heran. Hope stöhnt auf.

Schließlich erreichen wir unser Stockwerk. Widerwillig löse ich mich von ihr und auch Hope verzieht den Mund. Ich werfe ihr einen kurzen, belustigten Blick zu, als ich sie weiterziehe. Unsere Zimmer liegen nebeneinander, verbunden durch eine Tür. So haben wir unsere Privatsphäre, fallen aber nicht auf, sollten Reporter sich nach unserem Zimmer erkundigen. Getrennte Räume würden Spekulationen aufwerfen, die die ganze Show zunichtemachen könnten.

Hopes Zimmer liegt im Flur vor meinem und wir bleiben stehen. Während sie die Schlüsselkarte aus der Hosentasche zieht und öffnet, küsse ich ihren Nacken. Endlich schlüpfen wir in den Raum, verriegeln ihn und ich kann fortführen, was ich im Park begonnen habe. Unsere Lippen finden sich, während ich ihr das Top ausziehe und den BH folgen lasse. Für gewöhnlich gebe ich den Ton an und bestimme das Tempo, aber Hope hat offensichtlich andere Vorstellungen. Zielstrebig schiebt sie mich rückwärts zum Bett, bis ich mit den Waden gegen die Matratze stoße. Mit den flachen Händen berührt sie meine Brust. Ein Schubs und ich lasse mich gehorsam zurückfallen. Dann lacht sie keck und zwinkert mir zu, während sie ihre Schuhe von den Füßen kickt. Ich weiß, was jetzt kommt, kann es aber dennoch kaum erwarten. Ihr Blick hält mich gefangen, als sie die Hose öffnet und in Zeitlupe nach unten schiebt, um herauszusteigen. Spannung baut sich weiter in mir auf.

Hope hakt ihre Daumen in den Spitzen besetzten Höschenbund.

»Warte!«, sage ich. »Dreh dich um, wenn du es ausziehst. Dann schiebe es über die gestreckten Beine bis zu den Knöcheln, und zwar langsam.«

Sie grinst, gehorcht aber. Als ihr süßer Hintern sich vor mir erhebt und Hope langsam die weiße Spitze über ihre Kurven abwärts schiebt, stöhne ich auf. Hope dreht den Kopf und leckt sich über die Lippen. »Gut so?«

»Perfekt. Du bist perfekt, Hope. Bleib genau so.«

Mit einem Satz stehe ich auf, ziehe mir das Shirt über den Kopf und öffne den oberen Hosenknopf. Mein Schaft bettelt um Erlösung, aber würde ich ihn schon jetzt aus der Enge befreien, gäbe es kein Halten mehr für mich. Ich würde über Hope herfallen. Aber ich will es genießen. Ich will, dass Hope es genießt und dafür brauche ich Zeit.

Ich knie mich hinter sie und streiche mit den Handrücken ihre Kniekehlen hoch. »Wenn ich etwas mache, was du nicht willst, musst du es sagen.«

Sie spannt sich an, als ich ihre Pobacken erreiche und beginne, sie zu kneten. »Und wenn ich es nicht tue?« Ihre Stimme klingt rau, voller Erwartungen. Ihre Mitte glitzert feucht.

»Dann nehme ich mir, was ich brauche. Und gebe dir, was du brauchst.«

»Sie sind sehr überzeugt von sich, Mr. Wyler«, gurrt sie.

Mit den Handflächen gleite ich weiter zur Mitte und streiche mit dem Daumen ihre Pospalte entlang. »So bin ich und so werde ich immer sein.«

Ich beuge mich vor und ziehe dann mit meinen Lippen den Pfad nach, den ich zuvor mit den Daumen gegangen bin. Hope zieht scharf die Luft ein. Ihre Hände an den Oberschenkeln pressen so fest zu, dass Abdrücke auf ihrer Haut zurückbleiben.

Ich gehe noch einen Schritt weiter, lasse die Zunge vorschnellen und lecke sie. Nur kurz, aber es reicht aus, um Hope wimmernd in die Knie zu zwingen. Schnell schlinge ich meinen Arm um ihren flachen Bauch, bevor sie fallen kann, und bugsiere sie zum Bett, wo ich ihren Oberkörper aufs Laken drücke. Ich will sie genau so. In dieser Position. Von hinten. Hope bettet ihre Wange auf die weiche Unterlage und sieht mich von der Seite an. Ihre Wangen glühen, ihre Augen sind verschleiert vor Lust, ihre Fäuste krallen sich in die Decke, bis sie Falten wirft und ihr süßer Hintern reckt sich mir entgegen. Der Anblick ist zum Niederknien.

Ich stelle mich hinter sie, spreize ihre Beine mit den Knien und drücke meine Erektion gegen sie.

»Fühlst du das? Das bist du! Deinetwegen bin ich so hart.«

Die Hände auf ihren Hüften, lasse ich das Becken kreisen. Hope stöhnt und schließt die Augen. »Du verstehst dein Handwerk.«

Ich beuge den Oberkörper vor und reibe mit meiner Brust über ihren durchgedrückten Rücken, bis ich ihr Ohr erreiche. »Wenn du mit Handwerk Sex meinst, dann hast du verdammt recht«, raune ich.

»Bist du süchtig danach?«

Ich lache leise. »Nein.«

»Aber du lässt keine Gelegenheit aus.«

»Sex zu haben?« Ich fahre ihre Wirbelsäule mit der Zunge nach, bis ich die kleine Mulde vor der Wölbung ihres Hinterns erreiche. Hope erschaudert. »Nein, das tue ich nicht, weil ich Sex genieße. Er entspannt mich.«

»Egal mit wem?«, fragt sie atemlos.

»Ich bevorzuge Frauen«, schmunzle ich. »Und du?«

Ich stelle mich wieder hinter sie, halte ihre Beine mit den Knien gespreizt und schiebe zwei Finger in sie. Gott! So verdammt feucht. Hope drückt den Rücken durch und keucht auf. Ihre Lider flattern, als sie sich auf die Lippe beißt. Ihre Hände krallen sich ins Laken, als hinge ihr Leben davon ab. Ich lasse beide Finger in ihrer Enge und frage erneut. »Männer oder Frauen, Hope? Von wem lässt du dich lieber nehmen?«

»Ich ... ich ...« Sie schnappt nach Luft, als ich meine Finger in ihr krümme.

»Ja?« Ich genieße es, sie zu necken und gleichzeitig zu sehen, wie sie sich dem Höhepunkt nähert.

»Ich schätze, mit Männern.«

»Du schätzt?«

Ihre Antwort geht in einem weiteren Stöhnen unter, weil ich meinen Daumen in dem Moment auf ihre Perle drücke und kreisen lasse. Es ist herrlich, tief in ihr zu sein, zu fühlen, wie die feuchte Wärme mich umschließt. Aber noch lieber will ich meinen Schwanz in ihr versenken. Nein, ich will es nicht nur. Ich brauche es! Noch nie habe ich es so dringend gebraucht wie jetzt. Eine Millisekunde macht sich Beklemmung in mir breit, weil das Gefühl, etwas so sehr zu wollen, wie Hope unter mir – stöhnend und sich vor Lust windend –, fremd für mich ist. Ich schiebe mein gesteigertes Verlangen auf meine Abstinenz. Seit mehr als zwei Wochen hatte ich keine Frau mehr und da spielen meine Hormone schon mal verrückt. Ich konzentriere mich wieder auf Hope, die mich mit ihrem sinnlichen Anblick härter als Granit werden lässt.

»Ich brauche dich jetzt, Hope.« Ich packe ihre Hüfte, hebe sie hoch und wirbele sie herum, bis sie mit dem Rücken auf dem Bett liegt. »Und sag jetzt bitte nicht, dir gefällt nicht, was ich tue, denn ich glaube nicht, dass ich jetzt noch aufhören kann.«

Sie lacht leise und sexy, als sie zu mir aufsieht. »Meinen Segen hast du.«

Ich grinse und ziehe mir Jeans und Pants aus, ohne Hope aus den Augen zu lassen. Sie hat das Kinn gesenkt und starrt auf meinen aufragenden Schaft, als wäre er eine köstliche Süßigkeit. Fuck. Das wird schnell gehen. Beim ersten Mal. Danach lasse ich mir Zeit.

Schnell bücke ich mich zu meiner Jeans, krame ein Kondom aus der Hosentasche, das ich für alle Fälle immer dabeihabe, und ziehe es über. Dann hake ich meine Hände in Hopes Kniekehlen und hebe sie hoch. Hope bekommt große Augen und formt ein stummes *Oh,* als ich sie an mich ziehe. Mit einem einzigen Ruck bin ich in ihr und Gott – es ist der Himmel auf Erden!

Hope keucht. Als sie die Lider wieder öffnet, die sie vor Wonne geschlossen hat, sehe ich sie lächeln. »Doch nicht so ein harter Kerl, hm?«

Ich ziehe mich zurück und stoße zu.

»Neil!«, wimmert sie.

»Nicht hart genug für dich?« Ich bewege die Hüfte und lasse meinen Schaft in ihr kreisen.

Hope beißt auf ihre Lippe. »Neil!« Das klingt jetzt fast flehend, als sie den Kopf nach hinten überstreckt und mir ihren zarten Hals darbietet. Ihre Brüste wölben sich mir entgegen. Ich kann einfach nicht länger widerstehen. Ich beuge mich vor, umschließe ihre Brustwarze mit den Lippen und sauge daran, während ich mich in ihr bewege. Hope öffnet kurz die Augen und neigt das Kinn. Unsere Blicke treffen sich, als ich hochsehe. Ihrer lustvoll verhangen, meiner garantiert lodernd vor ungestilltem Verlangen. Nur wir beide existieren in diesem Moment. Ich richte mich auf, als die Spannung in mir wächst. Nicht mehr lange und ich springe über die Klippe. Und zwar gewaltig.

»Neil ...« Hope knetet ihre Brüste und zwirbelt die Knospen. Ich bin wie hypnotisiert. Wie in Trance pumpe ich schneller, im Rhythmus von Hopes abgehackt kommenden Atem.

»Neil ... ja ... Oh Gott ... ja!« Sie lässt von ihren Brüsten ab und versucht, meine Arme zu erreichen. Als sie scheitert, krallt sie sich wieder ins Laken. Dabei wirft sie den Kopf von einer Seite zur anderen. »Mehr, Neil, mehr!«

»Verträgst du *mehr*, Süße? Wenn ich mich gehen lasse, kann ich für nichts garantieren.«

Sie hebt den Kopf und öffnet die Augen. »MEHR!«, keucht sie.

Das ist mein Mädchen.

Ich lege ihre Knöchel über meine Schultern, schiebe meine Hände unter ihren Hintern und vögele sie. Ich vögele sie richtig – schnell und hart, gebe jegliche Kontrolle auf. Hope kommt jedem meiner Stöße entgegen, nimmt alles, was ich geben kann, und noch mehr.

»Jetzt, Neil, jetzt!«, stöhnt sie. Ihre Halssehnen treten hervor, als sie den Hals überstreckt. Ich pumpe immer schneller, dann schreit Hope meinen Namen, als die Welle des Orgasmus über sie schwappt. Alles in mir zieht sich zusammen. Ein letztes Mal stoße ich zu, dann ergebe ich mich meinem Höhepunkt mit einem kehligen Stöhnen.

Ich kann kaum atmen, geschweige denn sprechen oder denken, als ich auf ihr zusammensinke. Ich möchte ewig so liegen bleiben – befriedigt, mein Schaft am schönsten Platz der Welt. Dann lichtet sich der Nebel in meinem Kopf. Als ich begreife, was ich getan habe, rolle ich mich zur Seite, um Hope mit meinem Gewicht nicht zu erdrücken.

»Alles okay bei dir?« Ich drehe nur den Kopf, um Hope neben mir anzusehen. Ihre Lider öffnen sich flatternd.

»Scheiße! War das gut!«

Ich grinse. »Das war es, Babe. Das war es.« Ich ziehe das Kondom ab und zupfe ein Kleenex aus der Box, die praktischerweise auf dem Nachttisch steht, wickle das Kondom ein und lasse es dort liegen, um es später zu entsorgen. Dann rolle mich auf die Seite und schiebe einen Arm über Hopes Brüste, während ich mein Bein anwinkle und meinen Unterschenkel über ihre Wade lege. »Ich wäre für eine Wiederholung.«

Sie verschränkt unsere Hände miteinander und zieht sie auf die Stelle, unter der ihr Herz schlägt. Es rast noch immer.

»Klingt gut«, murmelt sie träge und schließt die Augen. »Aber erinnere mich an den Vorschlag noch mal, wenn sich die Welt um mich herum nicht mehr dreht, okay?«

20

HOPE

Ich wache auf, weil mich etwas an der Wange kitzelt. Zuerst denke ich, es ist eine Fliege. Doch als ich nach dem Vieh schlagen will, wird meine Hand festgehalten. Jemand lacht – tief und vibrierend. Ich reiße die Augen auf und der Druck um mein Handgelenk löst sich. Es ist dunkel, bis auf einen schwachen Schein – ein Spalt aus dem Badezimmer, dessen Tür nur angelehnt ist. Neil liegt neben mir, den Kopf auf die Hand gestützt und grinst mich an. Seine kinnlangen Locken haben diesen höllisch heißen Out-of-Bed-Look, den ich so an ihm liebe, und seine Augen funkeln vergnügt.

Plötzlich ist alles wieder da: Ich weiß, wo ich bin und was wir getan haben: Sex. Extrem heißer Sex. Nachdem Neil mir eine kurze Verschnaufpause gegönnt hat, hat er sein Versprechen wahr gemacht und mich ein weiteres Mal ins Nirwana befördert. Nicht, dass ich mich über sein Durchhaltevermögen beschweren will. Allerdings war ich nach der zweiten Runde derart k. o., dass ich, sobald ich nach dem Höhepunkt in seinen Armen lag, eingeschlafen bin.

Wohlige Wärme macht sich jetzt in mir breit, besonders in unteren Regionen, als ich mich mit dem Laken um die Hüfte auf die Seite drehe, die gefalteten Hände unter die Wange schiebe und sein Lächeln erwidere. »Was tust du da?«

In Anbetracht dessen, dass er mich ganz offensichtlich beobachtet, eine dumme Frage eigentlich, aber ich habe das Gefühl, etwas sagen zu müssen, und mir fällt nichts Besseres ein.

»Ich hindere dich daran, mir ein blaues Auge zu schlagen.«

Ach so. Das.

»Ich dachte, du wärst eine Fliege.«

Er wölbt eine Braue, schmunzelt dabei aber. »Schön, dass ich so viel Eindruck hinterlassen habe.« Sein Grinsen erlischt, als er näher rutscht und mich hinters Ohr küsst. »Bist du wund? Ich bin nicht gerade sanft mit dir umgegangen.«

Dass dieser knallharte Typ, der für gewöhnlich die Frauen wie Unterwäsche wechselt, sich Sorgen um mich macht, rührt mich. »Es fühlt sich ein wenig geschwollen an, aber es nicht unangenehm, weil ich spüre, wo du in mir warst.«

Neils Augen werden dunkel. »Du solltest solche Dinge nicht sagen, wenn du willst, dass ich dich in Ruhe lasse.«

Ich stütze mich ebenfalls auf den Ellenbogen und strecke die freie Hand aus, um eine blasse, halbmondähnliche Narbe auf seinem Brustmuskel nachzumalen. »Was, wenn ich gar nicht will, dass du mich in Ruhe lässt?«

Grinsend schüttelt Neil den Kopf. »Vorlaut, mutig und

jetzt auch noch unersättlich? Hope, Hope, Hope ... was soll ich nur mit dir machen?«

Meine Finger halten still. »Mich erneut flachlegen zum Beispiel?«

Er grinst noch breiter, dann beugt er sich vor und küsst mich. Ohne Zunge, eigentlich ziemlich keusch, aber meine Nippel stellen sich dennoch auf. Neil sieht es, hebt den Blick und zieht mir das Laken von der Hüfte über die Brüste. »Lass es so«, sagt er eine Oktave tiefer.

»Warum?«

»Weil der Anblick meine Selbstbeherrschung ins Wanken bringt und ich dich vögeln würde, aber das will ich nicht, weil du wund bist.«

Ich wackele mit den Brauen. »Oho. Den Tag streiche ich mir rot im Kalender an.«

Neil lacht nicht, wie erhofft. Er bleibt ohnehin ziemlich ernst und eine böse Vorahnung beschleicht mich. So sehen Männer aus, die schlechte Nachrichten haben. Nicht, dass ich viel Erfahrung mit Männern hätte. Aber ich kenne mich mit schlechten Nachrichten aus. Ziemlich gut sogar, und obwohl ich daran gewöhnt sein sollte, zieht sich in meiner Brust etwas schmerzhaft zusammen. »Mach es kurz und schmerzlos, okay?«, bitte ich ihn und rutsche ein Stück von ihm ab.

Neil macht ein komisches Gesicht. Halb Erstaunen, halb Entsetzen mit einer Prise Misstrauen. Ich würde darüber lachen, wenn die Sache nicht so ernst wäre.

Mit einer Eleganz, die nur Neil zu eigen ist, schält er sich aus dem Laken. Er steht auf, umrundet das Bett und geht durchs Zimmer. Er trägt seine Pants. Wann hat er die angezogen? Ich verwerfe den Gedanken, als ich ihm mit dem Blick folge.

»Warum hast du die dabei?« Er bückt sich zu meiner geöffneten Reisetasche und hält dann zwei Bücher in der Hand. Eines davon legt er auf den Sessel. Das andere blättert er durch, runzelt die Stirn und sieht mich dann wieder an. »Für jemanden, der nicht lesen kann, sieht das Buch ziemlich benutzt aus.« Er hält es hoch. »Jane Austen?«

Sein Ton ist zu ausdruckslos, um erkennen zu können, was er denkt. Glaubt er, ich spiele ihm meine Schwäche nur vor?

»Hast du meine Sachen durchwühlt, während ich geschlafen habe?«, frage ich fassungslos.

»Ich konnte nicht schlafen und habe aus dem Fenster gesehen. Deine Reisetasche stand offen und die Bücher lagen auf dem Boden. Ich bin fast darüber gestolpert. Also nein: Ich habe nicht geschnüffelt. Aber ich hätte dennoch gerne eine Erklärung von dir.«

Er lässt den Arm wieder sinken, während ich innerlich mit mir hadere. Neil kennt ohnehin schon die halbe Wahrheit, warum sollte ich ihm nicht auch den Rest erzählen? Zumindest den harmlosen Teil. Ich setze mich auf, lehne mich gegen das Kopfteil. Dann fahre ich mir übers Gesicht und seufze. »Ich habe sie mir auf dem Flohmarkt gekauft.«

»Warum?«

»Zur Tarnung. Im Restaurant zum Beispiel ... oder im Frühstücksraum eines Luxushotels.«

Neil blinzelt ungläubig. »Deswegen hattest du neulich ein Buch dabei? Du gibst vor zu lesen, während du die Leute beobachtest?«

Ich nicke.

»Und dann bestellst du, was sie bestellen.«

»Genau.«

»Wow!« Neil stößt die Luft aus.

»Wenn man weder lesen noch schreiben kann, muss man erfinderisch werden.«

»Warum kannst du es nicht? Du hast gesagt, es hängt mit einem Ereignis in deiner Kindheit zusammen. Was ist damals passiert?«

Puh! Das Gespräch behagt mir nicht, wirklich kein bisschen. Panik kriecht mir den Nacken hoch, aber ich spiele sie mit einem Lächeln hinunter. Vielmehr vertreibe ich sie, weil ich mir sage, dass mir bei Neil nichts passieren kann. Und trotzdem kann ich es ihm nicht erzählen.

»Wie wäre es, wenn wir ein Spiel spielen?«

»Ein Spiel?« Mein Vorschlag überrascht ihn sichtlich, aber ich habe auch nichts anderes erwartet.

»Genau.«

»Was für ein Spiel?«

»Eines, von dem wir beide profitieren.«

Er legt die Bücher zurück und setzt sich auf die Sessellehne. »Lass hören.«

»Jeder darf zwei Fragen stellen und kann einmal einen Joker einsetzen, wenn er eine Frage nicht beantworten will. Wir fragen abwechselnd.«

»Egal, was für Fragen?« Er hebt eine Braue.

Ich tippe mir mit dem Finger an die gespitzten Lippen und schiele zur Decke. Ich kann nicht jetzt schon Einschränkungen machen, das würde sein Misstrauen schüren, also sage ich: »Freie Wahl.«

Er streicht sich die Haare hinters Ohr und stützt sich danach mit den gestreckten Armen auf der Sessellehne ab, auf der er noch immer sitzt. Es sieht nicht entspannt aus. Es sieht aus, als wäre Neil auf der Lauer.

»Wir haben beide unsere Dämonen, gegen die wir kämpfen müssen, hm?«, schlussfolgere ich.

Sein Kehlkopf hüpft, als er schluckt. Ein gequälter Ausdruck huscht über sein Gesicht, aber nur kurz, dann lächelt er schmal. »Wer hat die nicht, Hope?«

Tja, damit hat er wohl recht. Aber es gibt Abstufungen, die von *nach zwei Nächte darüber schlafen und vergessen* bis zu *A Nightmare on Elm Street* reichen und wenn ich von *A Nightmare on Elm Street* spreche, meine ich es auch so, denn diese Art Albträume sind bei mir seit Jahren Programm.

Ich ziehe die Beine an, schließe meine Arme darum und lege das Kinn auf den Knien ab. »Möchtest du dieses Spiel wirklich spielen?«

»Möchtest du?«

»Wenn wir beide die Regeln beachten, könnte es lustig werden.«

»Lustig?«

»Aufschlussreich«, sage ich. Ich kann Fragen stellen, die ich mich sonst nie trauen würde zu fragen, um nicht neugierig zu wirken. Allerdings kann Neil das Gleiche tun und das würde mich in Schwierigkeiten bringen. Ob ich nun darauf antworte oder schweige.

Er steht auf und bewegt sich geschmeidig auf mich zu. Mein Herz wummert hektisch in meiner Brust. Ich strecke die Beine aus und lege den Kopf zurück, bis er auf Widerstand stößt, als Neil vor mir anhält. Er beugt sich vor, streckt die Arme aus und stützt sich auf der Matratze ab. Dann sieht er mir tief in die Augen.

»Wir spielen dieses Spiel«, flüstert er entschieden. »Jetzt!«

Ein Schauer läuft mir den Rücken hinunter. Nicht wegen dem, *was* er gesagt hat, sondern *wie* er es sagt. Als würden wir mehr als nur ein Fragespiel spielen.

Mein Blick wandert zu seinem Brustkorb und dem

faszinierenden Muskelspiel, ohne dass ich den Kopf bewege. Dann sehe ich wieder hoch und lecke mir über die Lippen. »Wir spielen dieses Fragespiel nur, wenn du dir dein Shirt überziehst.«

»Warum sollte ich das tun?«

»Weil das Gleiche für mich gilt wie für dich. Ich kann mich nicht konzentrieren, wenn dein Astralleib gottgleich vor mir auftaucht.«

»*Gottgleich*? Gefällt mir«, feixt er. Er richtet sich auf, reibt sich über die Brust und das macht er ziemlich selbstgefällig. Ich überlege, aus dem Bett zu hechten und ihn zu schlagen, entscheide mich aber dagegen. Ehrlich gesagt bin ich froh, dass die gedrückte Stimmung verschwunden ist.

»Als wenn du nicht wüsstest, wie du auf Frauen wirkst«, kontere ich augenverdrehend.

Sein Ausdruck wird raubtierhaft. »Mich interessiert aber nicht, wie ich auf Frauen wirke, sondern wie ich auf dich wirke, Hope.«

Äh ... okay ... wenn das so weitergeht, würden wir gleich wieder im Bett landen und Sex haben. Herrlich verruchten, schweißtreibenden Sex. Nicht die schlechteste Alternative. Aber ich würde keine Antworten bekommen. Doch die will ich – unbedingt. Auch auf die Gefahr hin, dass Neil sie mir verweigert oder dass ich selber Farbe bekennen muss. Vielleicht habe ich Glück und kann mich geschickt aus der Sache rausreden, ohne dass Neil etwas merkt.

Ich stecke mir das Laken unter den Achseln fest und robbe ans Bettende, während ich den Teppich absuche. Ich greife nach Neils Shirt und halte es hoch. »Anziehen! Sofort.«

»Was, wenn ich wieder ins Bett komme und das Laken benutze statt mein Shirt?«

Kann ich ihm den Wunsch verwehren? Wohl kaum. »Unter der Bedingung, dass du nicht anfängst zu fummeln.«

Sein Mundwinkel zuckt. »Versprochen.«

Als er ins Bett kriecht, kann ich meine Augen nicht von ihm abwenden, so schön ist er. So verdammt schön und männlich. Als er zu mir unters Laken kommt, achte ich darauf, etwas Abstand zu halten. Neil wird mir schon aus der Ferne gefährlich. Nun, nachdem wir Sex hatten, brauche ich nur an ihn zu denken und meine Hormone spielen verrückt.

Ich weise auf seinen Teil des Lakens. »Hochziehen!«

»Aber nur, weil du mich so nett darum bittest.« Er grinst frech.

Ich schmunzele ebenfalls. »Ich werde deinen Schwachpunkt finden und dann werde ich dich damit aus der Reserve locken. Das hast du dann von deiner Neckerei.«

Neil will sich gerade das Laken unter die Achseln stopfen, hält jetzt aber inne. Mit versteinerter Miene. Verflixt, Hope. Kannst du nicht einmal den Kopf einschalten, statt einfach loszuplappern? Seinen Schwachpunkt finden? Geht's noch persönlicher? Doch Neil reagiert nicht wie erwartet mit Argwohn, sondern fragt: »Heißt das, ich bin deine Schwachstelle?«

Ich blinzle perplex. »Darauf antworte ich nicht.«

»Aber meine erste Frage kannst du mir beantworten und die Steilvorlage hast du mir gerade geliefert. Also: Bin ich deine Schwachstelle?« Neil verschränkt die Arme hinter dem Kopf und lehnt sich zurück, wobei er mich nicht eine Sekunde aus den Augen lässt.

»Vielleicht.«

»Ja oder Nein. Ein Vielleicht zählt nicht.«

Ich könnte den Joker einsetzen, aber das will ich nicht. »Auch auf die Gefahr hin, dass du noch überheblicher wirst: Du wirbelst meine Hormone zurzeit ziemlich durcheinander.«

Seine Stirn kräuselt sich. »Wo ist das Problem?«

»Wie kommst du darauf, dass es ein Problem gibt?«

»Weil du klingst, als hättest du eine Wurzelbehandlung ohne Narkose vor dir.«

Ups. Ich muss dringend lernen, besser zu schauspielern. Wieder überlege ich, einen Joker zu ziehen, verwerfe die Idee aber sofort. Wie viel Ehrlichkeit kann ich von Neil erwarten, wenn ich es selbst nicht bin? Ich ziehe ein Bein unter und verschränke meine Hände im Schoß. »Ich hatte meinen ersten Freund ziemlich spät, so mit siebzehn. Es war nicht so, dass ich keine Beziehung wollte, aber ich hatte immer Angst, man entdeckt, dass ich ...«

»Dass du nicht lesen und schreiben kannst«, schlussfolgert Neil leise.

Ich nicke, während ich die Falten auf dem Laken fixiere, als wollte ich sie mit der Kraft meiner Gedanken glätten. »Mit neun kam ich zu den Daltons, Marly und Jack. In die Schule wollte ich nicht zurück – es wäre ein Spießrutenlauf geworden –, also hat Marly mich zu Hause unterrichtet. Wir lebten außerhalb der Stadt, in einem wenig besiedelten Bezirk, aber dafür mit großen Weiden, auf denen Pferde grasten, und landwirtschaftlichen Betrieben um uns herum. Unsere Nachbarn bestanden überwiegend aus Pärchen ohne Kinder, daher war der Kontakt zu Gleichaltrigen ziemlich beschränkt. Aber ich hatte ja Joy und Faith. Wir sind etwa im selben Alter und sie erzählten von ihrem Tag, wenn sie nachmittags aus der Schule kamen.« Mit dem Zeigefinger streiche ich eine Falte über meinem Oberschenkel glatt. Eine zweite entsteht sofort daneben. »Worauf ich hinauswill: Eines Tages kam dieser Junge vorbei – Ben. Er war ziemlich direkt, flirtete ganz offen mit mir. Zudem hatte er lebendig blaue Augen, die mich schon faszinierten, als ich ihn zum ersten Mal sah. Es kam natürlich, wie es kommen musste.«

»Du hast dich verliebt und ihr seid zusammengekommen.« Neils Stimme ist kaum mehr als ein Flüstern.

Ein Schauer läuft mir über den Rücken, aber nicht, weil Neil ins Schwarze getroffen hat. Die Erinnerung schmerzt noch immer, als wäre es erst gestern gewesen. »Bis er es herausfand.«

Neil löst die verschränkten Arme hinter dem Kopf. Ich sehe ihn nicht, aber ich höre, wie sie auf dem Kissen landen, auf dem er sitzt. »Er hat dich deswegen verlassen?«

Er klingt fassungslos und ziemlich erbost.

»Nicht sofort«, sage ich bitter. »Erst, nachdem er bekommen hatte, was er wollte.«

»Verdammt!«, flucht Neil. »Was für ein Penner.«

Ich lächle, ohne ihn anzusehen, aber es erreicht meine Augen nicht. »So etwas in der Richtung hat Faith auch gesagt. Allerdings war die Bezeichnung für ihn weniger jugendfrei.«

Neil legt seine Hand auf meine und sagt: »Das, was dir passiert ist, tut mir leid.«

Mit brennenden Augen sehe ich ihn an, während Neils Lippen einen blutleeren Strich bilden. »Es ist nur ein Tropfen auf dem heißen Stein. Ich habe es überlebt.«

»Ist so etwas noch mal vorgekommen?«

Er zieht meine Hand an die Lippen und haucht einen Kuss auf die Fingerknöchel. Ich schüttle den Kopf. Er lässt meine Hand in seinen Schoß sinken, ohne sie loszulassen.

»Wie kann das sein? Ich meine, du bist sechsundzwanzig Jahre alt und hattest seit diesem Typen wie viele Beziehungen?«

»Keine.«

»Was?« Neils Augen werden erst groß, dann schmal. »Du hattest keine Dates?«

»Dates hatte ich schon, nur habe ich niemanden wirklich an mich herangelassen. Deswegen ist es so ungewohnt mit dir. Eine Beziehung, wenn auch nur eine gestellte, habe ich nie wirklich geführt.«

»Du hast Sex und schickst die Typen danach in die Wüste?«, fragt er ungläubig.

Ich wiege den Kopf hin und her. »Ich treffe sie vorher schon ein paar Mal. Dates eben.«

»Vorher?«

»Bevor wir Sex haben.«

Neil bleibt der Mund offen stehen. Ich hätte nicht gedacht, ihn mal sprachlos zu sehen.

»Wow ... das ist ... also.« Er lässt meine Hand los und fährt sich durch die Locken, bis sie wild zu allen Seiten stehen.

»Berechnend?«, beende ich den Satz für ihn. »Du machst es doch ähnlich. Nichts Festes, damit niemand hinter deine Fassade blicken kann.«

Damit habe ich mich weit aus dem Fenster gelehnt. Genau genommen habe ich sogar meine erste Frage gestellt. Wird Neil sie beantworten?

Neil öffnet den Mund und schließt ihn wieder. Sein Blick bohrt sich in meinen, bevor er sich abwendet und den Kopf schüttelt. »Gerade geht es nicht um mich, sondern um dich«, erinnert er mich an den Ablauf des Spiels.

»Aber wir haben vereinbart, abwechselnd zu fragen, und das habe ich eben getan.«

Er schüttelt den Kopf. »Lass mich erst die zweite Frage stellen.«

»Warum?« Ich sehe ihm fest in die Augen, ebenso fest ist meine Stimme.

Er zögert und ich halte die Luft an. »Weil ich dich darum bitte«, sagt er schließlich.

Ich könnte auf mein Recht bestehen. Es wäre nicht verkehrt und er dürfte mir nicht mal böse sein, aber ich tue es nicht. »Dann stell sie. Die zweite Frage«, sage ich, immer im Hinterkopf, jederzeit einen Joker ziehen zu können. Als hätte ich es geahnt, kommt prompt: »Was hat es ausgelöst? Welches Ereignis war so einschneidend, dass dein Gehirn seinen Dienst quittierte?«

Oh Mann, das ist nicht fair. Er weicht mir aus, aber ich soll blankziehen? Es klingt nicht anklagend, auch nicht vorwurfsvoll oder neugierig. Es klingt, als hätte er eine Vorahnung und will diese nun von mir bestätigt bekommen. Aber das kann ich nicht tun. Ich kann ihm nicht von damals erzählen. Es löst nicht nur Schmerz in mir aus, es ist auch erniedrigend. Erniedrigend und grausam, alles erneut durchleben zu müssen, denn das würde ich, wenn ich darüber spreche. Meine Psychologin hat mir erklärt, dass es nicht meine Schuld ist. Und auch nicht Madisons. Trotzdem ist es passiert. Es gibt böse Menschen auf dieser Welt. Wirklich böse Menschen, die anderen etwas antun. Nur so zum Spaß. Manche wandern dafür hinter Gitter. Manche kommen damit durch. Wie John Sherwood.

Ich kann Neil nicht von der Nacht erzählen. Ich bin schon jetzt ein Freak für ihn. Ein Wunder, dass er mich überhaupt will. Wenn er die ganze Geschichte erfährt, würde er aus diesem Bett steigen, gehen und nie mehr wiederkommen.

Ich sehe ihn an und zwinge mich zu einem Lächeln, das mein Herzrasen verbirgt. »Ich ziehe meinen Joker.«

Er hat die Antwort geahnt, das sehe ich genau. Dann öffnet er den Mund und sagt zögernd: »Hope ... du kannst jederzeit ...«

»Was, Neil? Dir meine Dämonen auf dem Silbertablett servieren? So wie du mir deine präsentierst?«

»Touché«, sagt er, wirkt aber nicht glücklich dabei.

Ich beiße mir auf die Lippe. »Ich habe mich an die Spielregeln gehalten. Jetzt bist du dran.«

Neil sieht mich lange an, ohne erkennen zu lassen, was er denkt. Dann nickt er. »Stell deine erste Frage.«

Die Frage brennt mir schon lange unter den Nägeln, deshalb muss ich nicht lange überlegen. »Wer bist du? Ich meine, ich weiß, dass du aus Kansas stammst. Aber das ist es dann auch schon. Wo bist du aufgewachsen? Hast du Geschwister und wenn ja, wie viele? Wer steckt hinter diesem Typen mit der coolen Fassade, der sich Neil Wyler nennt?«

»Coole Fassade? So siehst du mich also?«, fragt Neil und legt wieder einen Arm hinter den Kopf. Diese Geste ist so cool wie Gletschereis.

»Du weißt sehr genau, wie du wirkst.«

»Tue ich das?« Eine seiner Brauen wölbt sich.

»Oh ja.«

»Okay. Gut, ich weiß es. Ist deine erste Frage damit beantwortet?«

»Was? Das war nicht die erste Frage!«, entrüste ich mich.

»War es nicht?«

»Nein!«

»Aber es war eine Frage und ich habe sie beantwortet. Oder etwa nicht?«

Oh nein, so schnell lasse ich ihn nicht vom Haken. Die Frage nach seiner Familie war wirklich unverfänglich, deshalb habe ich damit begonnen, um danach die wirklich wichtigen Dinge aus ihm herauszukitzeln. Die, die hinter seiner meterhohen Schutzmauer im Verborgenen liegen.

»Dann zieh deinen Joker!«, verlange ich brüsk.

»Warum?«

»Weil du meine Frage nicht beantworten willst.«

»Ich habe deine Frage beantwortet.«

»Irrtum. Du hast *eine* Frage beantwortet.«

»Dann musst du dich klarer ausdrücken.«

Grrr ...

Grübelnd ziehe die Unterlippe ein und überlege, wie ich ihn überlisten kann.

»Überlegst du gerade, wie du mich knackst?«

»Ist das so offensichtlich?«

Er beugt sich vor und flüstert mir ins Ohr: »Ich finde es süß. Insbesondere, weil dir dann andere Dinge entgehen. Aber da ich ein Gentleman bin, nutze ich die Situation natürlich nicht aus.«

Eine federleichte Berührung an meinem Bauch ist zu spüren. Ich schaue an mir hinunter und stelle fest, dass ich nackt bin bis zur Hüfte. Wann ist das Laken verrutscht?

Neil greift nach dem Saum. Ich klapse ihm auf die Finger. »Ah! Kein Fummeln, schon vergessen?«

»Ich will dir nur helfen.«

Genau.

Wie zufällig streifen seine Fingerknöchel dabei meine Nippel. Sie werden hart und ich schnappe nach Luft. Er nutzt die Situation nicht aus. Ist klar. Das Kribbeln in meinem Unterleib ist so intensiv, dass ich den Beckenboden anspannen muss, um es zu unterdrücken. Neil grinst wissend. Seine Augen halten mich fest. »So empfindlich.«

»Ähm ... ja.« Ich schiebe seine Hand weg, bevor er auf dumme Gedanken kommt. Neil leises Lachen jagt mir einen weiteren Schauer über die Haut. Dieser verstärkt sich, als er hinunterrutscht und seinen Kopf auf meinen Schoß bettet, als wäre es das Normalste der Welt.

»Also schön«, sagt er. »Ich stamme aus einem Kaff in der Nähe von Kansas City, wo meine Eltern schon aufgewachsen sind, und habe keine Geschwister.«

Das ist mir zu allgemein, zu Wischiwaschi und reicht mir bei Weitem nicht. »Und wie waren sie so, deine Eltern?«

Seine Miene verhärtet sich. »Sie waren gewöhnlich. Ich habe mich für sie geschämt.«

Oh.

»Was ist falsch daran, einfach zu sein?«, frage ich sanft. Ich bin auch einfach. Ich habe keinen Collegeabschluss, eigentlich nicht mal einen richtigen Schulabschluss, bin in der Einöde aufgewachsen und führe einen Trödelladen, der kurz vor dem Bankrott steht.

»Es lag an mir, nicht an ihnen. Sie haben versucht, mir alles zu geben, doch das reichte mir nicht. Und sie haben mich nicht verstanden. Seit ich denken kann, wollte ich vor der Kamera stehen. Für meine Eltern war das eine brotlose Kunst. Wäre es nach meinem Vater gegangen, wäre ich nicht einmal aufs College gegangen. Ich sollte nach der Highschool arbeiten und Geld verdienen, wie er es getan hatte und vor ihm sein Groß- und Urgroßvater. Meine Mutter führte den Haushalt. Das war ihr Leben und sie war glücklich damit.« Er sieht mich an. Zerrissenheit und Abscheu spiegeln sich in seinen Augen. »Meine Eltern sind nie gereist. Ich hingegen konnte gar nicht früh genug die Welt sehen. Ich wollte raus aus dem Kaff. Mein Vater und ich ... wir hatten einen furchtbaren Streit, bevor ich gegangen bin. Das ist jetzt zwölf Jahre her. Seitdem bin ich nie wieder zu Hause gewesen.«

»Das tut mir leid«, sage ich leise. Und ich meine es absolut ehrlich. Ich habe erst spät erfahren, was es heißt, eine Familie zu haben. Heute könnte ich sie mir nicht mehr wegdenken.

Ein Muskel in seinem markanten Gesicht zuckt. »Du hältst mich für einen guten Menschen, Hope, aber das bin ich nicht.«

»Neil ...«, beginne ich sanft. »Du hast mein Geheimnis gehütet und verurteilst mich nicht dafür. Die meisten anderen in deiner Situation hätte mich fallen lassen, aber das hast du nicht getan.«

»Genug für heute«, fährt er mir über den Mund. Blitzschnell rollt er sich herum und steigt aus dem Bett. Dann beginnt er, seine Sachen vom Boden zu klauben. Ich sitze einfach nur da und kann mich nicht bewegen.

»Du gehst?« Ich atme tief durch und da dreht Neil sich zu mir um. Er drückt sich aus der Hocke hoch, legt die Jeans über den Arm. »Ich bin schon viel zu lange geblieben. Ich schlafe nie neben einer Frau ein.«

Ich sehe ihn nur an.

»Ich bin so egoistisch, dich drei Wochen für mich haben

zu wollen«, sagt er. »Aber danach werde ich dich gehen lassen.«

Ich schließe die Augen. Ich will nicht sehen, wie Neil im Nebenraum verschwindet und die Tür hinter sich schließt. Ich will ihn neben mir verdammt! In diesem Bett, während er seine Arme um mich schlingt. Während er mich festhält und sich an mich schmiegt, um gemeinsam einzuschlafen.

Ernüchtert wartete ich auf das Einrasten des Schlosses, aber da kommt nichts, also öffne ich die Augen.

»Holla!«, rufe ich aus. Neil beugt sich über mich. Ich habe keinen seiner Schritte gehört, er bewegt sich wirklich wie ein Raubtier auf Beutefang. Er lächelt, als wir auf Augenhöhe sind. »Ich kann nicht gehen ohne Gutenachtkuss.«

Ich schlucke. Er wird mich küssen. Er hat mich schon vorher geküsst. Und wie er mich geküsst hat! Warum macht mich das jetzt so nervös?

»Du könntest bleiben«, flüstere ich, als er nach einem flüchtigen Streifen unserer Lippen zurücktritt.

»Könnte ich.«

»Aber du wirst es nicht tun.«

Er zögert und ich habe das Gefühl, er würde mit sich hadern, doch dann schüttelt er den Kopf. »Wir sehen uns morgen.« Etwas verlegen kratzt er sich am Kopf. »Frühstück um neun?«

»Sicher.« Ich zwinge mich zu einem Lächeln.

Als er weg ist, rolle ich mich unter dem Laken zusammen. Meine Lippen prickeln noch immer von seinem Kuss, aber mein Herz fühlt sich an wie ein Klumpen aus Blei.

21

HOPE

Ich wache auf, als meine Reisetasche mit einem Brummlaut vibriert. Nach gefühlt zwei Stunden Schlaf bekomme ich kaum die Augen auf, also taste ich blind neben dem Bett, ziehe den Reißverschluss auf und fische mein Handy heraus, den Übeltäter. Das Display blinkt hektisch.

»Hey!« Joys Stimme klingt wie der Sonnenschein persönlich und alleine dafür möchte ich sie schon durch den Hörer ziehen. Schlafmangel hat bei mir verheerende Auswirkungen. Unter meiner Schädeldecke hämmert wieder dieser lästige Bergarbeiter. Und er hat Kollegen mitgebracht. Oberfies!

Ich kneife mir in die Nasenwurzel, um dem Schmerz Herr zu werden.

»Hey«, brumme ich.

»Oh oh. Ist da jemand mit dem falschen Bein aufgestanden?«

»Ich liege noch im Bett.«

»Allein?«

»Lass die Scherze! Natürlich allein.«

Gut, dass Joy mich nicht sehen kann. Sie hätte sofort gemerkt, dass etwas nicht stimmt, und so lange gebohrt, bis ich von gestern erzählt hätte. Ich drehe mich auf den Rücken und starre die weiß verputzte Decke an, bevor ich mir einen Arm über die Augen lege. Ich habe vergessen, die Vorhänge zu schließen, und das rächt sich jetzt. Sonne ist etwas Herrliches. Aber nicht um 7.00 Uhr morgens und wenn einem der Schädel dröhnt. »Ich hoffe, du hast einen guten Grund für den frühen Anruf.«

»Hab ich!« Schuhsohlen klappern in schneller Abfolge über Holzdielen.

»Springst du da gerade auf der Stelle?«

»Jepp!«, quiekt sie.

»Hast du Drogen genommen?«

»Nö. Ich mache nur Frühsport, um meinen Bewegungsdrang auszugleichen. Gleich nach dem Aufstehen hüpfe ich durchs Haus und laufe mehrmals die Treppen hoch und runter.«

»Du nimmst doch Drogen!« Anders kann es nicht sein. Joy verhält sich völlig irrational. Sie trägt Spitzenwäsche, benutzt Ausdrücke, die ihr früher die Schamesröte ins Gesicht gezaubert hätten, und jetzt das! Frühsport? Irgendetwas stimmt da nicht. Allerdings habe ich gerade andere Probleme, die weitaus schwerwiegender sind als eine neuerdings durchgeknallte jüngere Ziehschwester.

»Joy? Hör mit dieser Kängurunummer auf und komm auf den Punkt.«

»Ist gut.« Die Hüpfgeräusche hören auf. Dann atmet sie tief durch. »Ich will nur Entwarnung geben wegen dieses Anzugtypen, der neulich im Laden war. Du weißt schon, der, bei dem ich dieses komische Gefühl hatte.«

»Was ist mit dem?«

»Nichts! Das ist ja die gute Nachricht. Vollkommen harmlos. Gestern, kurz vor Feierabend, kam er noch mal vorbei. Er hat diese verstaubte Öllampe gekauft.«

»Die antike?«

Ich habe sie bei einer Haushaltsauflösung ergattert. Sie war nicht ganz billig, aber die Ausgabe hat sich gelohnt, denn es stellte sich heraus, dass sie richtig wertvoll ist. Sie sieht aus wie Aladins Wunderlampe. Ich habe sie bislang noch nicht verkaufen können. Vermutlich, weil sie einfach zu teuer ist im Gegensatz zu meinen übrigen Waren. Wer bei mir vorbeischaut, erwartet Schnäppchen und in die Rubrik fällt die Lampe nun nicht gerade.

»Genau die. Und er hat nicht mal gehandelt.« Sie kichert. »Hätte der auch nicht nötig gehabt. Als es ans Bezahlen ging, hat er ein ganzes Bündel Dollarscheine aus der Tasche gezogen und darin befanden sich nicht nur kleine Noten. Echt schräg, mit so viel Bargeld herumzulaufen.« Sie holt Luft. »Um es kurz zu machen: Wir haben uns unterhalten und da stellte sich heraus, dass er Sammler ist und auf der Suche nach seltenen Stücken sämtliche Trödelläden abklappert.«

»Ein Sammler im Anzug also, der durchs Land reist.« Ich gähne. »Schon etwas abgefahren, aber nun gut.«

»Jedem das Seine. Faith, du und ich – wir haben auch unsere Macken.«

Wahre Worte.

Nebenan fällt eine Tür ins Schloss. Neil ist also wach und hat sein Zimmer verlassen. Ich beende den Anruf mit dem Versprechen, mich wieder zu melden, und quäle mich aus dem Bett, um ans Fenster zu torkeln. Ich muss mich gegen die Wand lehnen, um aufrecht zu bleiben. Mein

Kreislauf will schlafen und hasst mich dafür, dass ich ihn nicht lasse. Doch meine Disziplin wird belohnt, nämlich, als Neil wenig später das Hotel verlässt. In knielanger Sporthose und freiem Oberkörper! Oh Mann. Plötzlich läuft mein Kreislauf auf Hochtouren. Selbst auf die Entfernung kann ich seine Rückenmuskeln erkennen, während er in gemächlichem Tempo Richtung Parkanlage joggt. Es sollte verboten sein, so rattenscharf auszusehen. Obwohl – ich werde diesen rattenscharfen, durchtrainierten Körper heute Abend in meinem Bett haben, dafür sorge ich. Und dann gehört er nur mir!

Ich warte, bis Neils Luxuskörper hinter einer Hecke verschwindet, dann atme ich meine sündigen Gedanken weg und schleppe mich unter die Dusche. Während ich die Arme an den cremeweißen Emaillekacheln abstütze und das Wasser über meine Haut prasselt, denke ich nach. Es hat sich definitiv etwas verändert zwischen Neil und mir und nicht nur, weil wir miteinander geschlafen haben oder wegen dieses verrückten Frage- und Antwortspiels von letzter Nacht. Ich bin gespannt, wie sich die neu entwickelte Vertrautheit auf unsere Zusammenarbeit auswirkt. Fakt ist, dass ich ihn zu jeder Zeit um mich haben will, und zwar so dicht wie nur möglich.

Als ich zur verabredeten Zeit in den Frühstücksraum komme, sitzt Neil schon mit zwei dampfenden Tassen Kaffee am Tisch und wartet auf mich. Ich bemühe mich, nicht breit zu grinsen, versage aber kläglich, dafür freue ich mich einfach zu sehr, ihn zu sehen, und es freut mich, dass er für uns beide bestellt hat. Zum Glück trägt er ein Longsleeve. Es sitzt hauteng und betont seine Muskeln, aber wenigstens ist sein Oberkörper nicht nackt. Das wäre peinlich geworden, denn ich hätte mit Sicherheit nicht aufhören können, ihn anzustarren. Es reicht schon, dass er einen locker gebundenen Zopf trägt, der sein Gesicht noch markanter macht und sich diese Grübchen unter seinen Wangen zeigen, als er lächelt. Dieses Lächeln hat er gestern auch gezeigt. Nachdem er mich ins Nirwana gevögelt hat.

»Guten Morgen«, lächle ich und ziehe meinen Stuhl zurück.

»Guten Morgen. Gut geschlafen?«

Fast gar nicht, weil meine Gedanken unaufhörlich um einen gewissen Jemand kreisten. »Wie ein Murmeltier.«

Ich habe mich gerade gesetzt, als Neil sich über den Tisch beugt und mich vor aller Augen hingebungsvoll küsst. Wow! Das ist ... Also, damit habe ich nicht gerechnet. Es fühlt sich verdammt gut an. So gut, dass mein Lächeln noch breiter wird und meine Beine plötzlich aus Pudding zu sein scheinen. Die Bedienung bringt das Frühstück. Ich starre die duftenden Waffeln mit dem Berg Erdbeeren an, unter dem goldgelber Ahornsirup auf den schneeweißen Teller vor mir sickert, und sehe dann hoch zu Neil, der sich gerade eine Serviette auf den Schoß legt und dann zu Messer und Gabel greift.

»Danke«, ist das Einzige, was mir dazu einfällt.

Neil spießt eine Erdbeere auf. »Ich dachte, nach letzter Nacht könntest du eine Stärkung gebrauchen.«

Letzte Nacht. Ein Pochen in meinen Unterleib setzt ein. Ich presse die Knie zusammen und säbele an meiner Waffel herum, der ich besondere Aufmerksamkeit widme. »Konntest du gut schlafen?« Im eigenen Bett. Ohne mich.

Neil trinkt einen Schluck Kaffee und grinst dabei. »Wenig. Mein Kopfkino lief auf Hochtouren und das ist nicht unbedingt hilfreich, wenn man runterkommen will.«

Es ging ihm wie mir. Innerlich freue ich mich wie eine Schneekönigin. »Wir können das Ganze heute Nacht wiederholen. Vielleicht beruhigt sich dein Kopfkino dann hinterher.«

Neil stellt die Tasse weg und beugt sich zu mir über den Tisch. »Mein Kopfkino wird drei Wochen nicht aufhören zu laufen und auch hinterher werde ich lange brauchen, bis die Bilder verblassen.«

»Was für Bilder?«, hauche ich atemlos. Ich muss es wissen.

Seine Stimme ist nur noch ein tiefes Flüstern. »Wie ich in dir bin. Mich in dir bewege. Deine Wangen gerötet, dein Mund geöffnet, während du meinen Namen keuchst und kommst. *Diese* Bilder meine ich.«

Ich schlucke. Neil grinst und setzt sich wieder zurück. Er weiß genau, was er in mir ausgelöst und tut jetzt bewusst cool, um mich zu necken. Der Schuft.

»Wir drehen heute den Shoppingtrip Downtown«, sagt er und schiebt sich eine weitere Erdbeere in den Mund, kaut und schluckt. »Abendessen mit Vic und Matteo können wir nicht ausfallen lassen, aber hinterher treffen wir uns bei dir, wie klingt das?«

Schmunzelnd schüttele ich den Kopf, während ich meine Waffel weiter in Stücke schneide.

»Was?«, fragt Neil.

Ich zucke die Schulter. »Vielleicht will ich ja lieber zu dir kommen. Hast du daran mal gedacht?« Ich schiebe mir ebenfalls eine große Erdbeere in den Mund. Neils Blick fällt auf meine Lippen, die ich um die Frucht schließe, um daran zu saugen. Natürlich mache ich das, um ihn zu reizen, und es verfehlt seine Wirkung nicht. Neil atmet scharf ein, dann sieht er hoch und in mein Gesicht. »Wir treffen uns bei dir.«

Weil er dann gehen kann, wenn er will.

»Okay«, stimme ich zu. Unsere Zeit ist begrenzt. Ich nehme, was er bereit ist zu geben, und eigentlich ist es mir egal, wo wir uns treffen. Hauptsache, wir treffen uns überhaupt.

Die Dreharbeiten verlaufen reibungslos, Dienstag und Mittwoch vergehen wie im Flug. Unsere Route führt auf dem Highway Number One weiter nach Monterey, wo wir in einer Lodge am Strand wohnen werden. Es handelt sich um die Honeymoon-Suite eines riesigen Hotelkomplexes, aber das wissen die Zuschauer ja nicht. Für sie wird es aussehen wie in einer einsamen Idylle.

Ich habe meine Reisetasche schon morgens gepackt und sie neben Vics Tasche in den Van verfrachtet, bevor ich zum Frühstück gegangen bin.

Als Erstes drehen wir eine Szene in der Lobby, als Neil unser Zimmer bezahlt und mich dann küsst. Es ist kein leidenschaftlicher Kuss, aber auch an die keuschen Küsse kann ich mich wirklich gewöhnen. Sie machen regelrecht süchtig. Ich fahre wieder mit Neil auf dem Bike, doch dieses Mal wird die Fahrt gefilmt. Vic lenkt den Van, während Matteo die Kamera aus dem Fenster hält. Ich lasse mich von der Linse nicht mehr beirren. Anfangs war ich befangen und habe befürchtet, etwas falsch zu machen, dann aber begriffen, dass ich gar nichts falsch machen kann. Hier geht es um Neil und um mich. Wir sind auch hinter der Kamera ein Paar, zumindest so etwas in der Art, was bedeutet, ich brauche mich nicht mehr verstellen.

Im Resort beziehen wir unsere Lodge, die einfach unglaublich ist: in jeder Hinsicht Luxus pur. Es gibt zwei Schlafzimmer mit angrenzenden Bädern. Neben einer kleinen Küche befindet sich eine gut ausgestattete Bar. Aber das Größte ist für mich die Veranda. Sie führt aus dem Wohnzimmer raus und man braucht nur wenige Schritte durch feinkörnigen Sand gehen, bis man die Füße ins Meer tauchen kann. Selbst durch die geschlossenen Fenster der Lodge höre ich die Wellen rauschen.

Während die Kamera läuft, bringt Neil unsere Taschen ins linke der beiden Schlafzimmer – später werden wir sie auf die jeweiligen Zimmer verteilen – und dann folgt ein Dialog, den Gordon unbedingt in der Show haben wollte. Es geht darum, dass Neil sein Glück kaum fassen kann, *die Eine* endlich gefunden zu haben, und ich mime die überwältigte Geliebte. Absoluter Kitsch, völlig überzogen, aber Gordon will es so, also bitte – dann bekommt er es auch. Ich darf nicht vergessen, dass ich Geld dafür bekomme. Auch wenn ich von dem Bild, das von Neil und mir gezeichnet wird, nicht ganz einverstanden bin – ich bin einfach nicht devot und unterwürfig, und ich himmele meinen Partner auch nicht an –, werde ich einen Teufel tun und aufmucken.

22

HOPE

The Grillbar liegt ein paar Gehminuten von unserem Hotel entfernt. Der Tresen sowie die viereckigen Tische mit den gemütlichen Korbstühlen stehen direkt im Sand. Breite Holzplanken dienen den Kellnern als Weg, was ihnen die Arbeit erleichtern soll, wenn sie beladen mit Getränken oder gefüllten Tellern die Gäste bedienen. Es ist spät, die Sonne ist hinter dem Horizont versunken, aber Kerzen in Glaskegeln auf den Tischen spenden ausreichend Licht. Trotz der Gästeschar ist die Atmosphäre gemütlich.

»Ich kann immer noch nicht glauben, dass die Show so erfolgreich ist«, gluckst Vic, die ihren Strohhalm an die Lippen setzt und einen großen Schluck von ihrem Mojito nimmt. »Platz zwei hinter *Oprah*! Das ist echt verrückt.«

Matteo nimmt sich eine Handvoll Erdnüsse, die in Schalen auf den Tischen stehen. »Gordon ist total aus dem Häuschen. So habe ich den Lackaffen noch nie erlebt.«

Lackaffe gefällt mir. Die Beschreibung passt zu Gordon

und dass Matteo ihn ähnlich einschätzt, beruhigt mich und zeigt, dass mein Bauchgefühl nicht trügt.

»Wir könnten einen Bonus heraushandeln«, schlägt Vic vor.

Matteo schüttelt den Kopf. »Nach Vertragsabschluss läuft nichts mehr. *SilverStar* ist da hart wie Granitstein.«

Er knackt eine Erdnuss, sondiert die Schale und schiebt sich den Kern in den Mund.

»Ich denke auch, wir sollten den Bogen nicht überspannen«, erkläre ich. »Ich bekomme viel Geld für etwas, was ich nie gelernt habe.« Viel zu viel eigentlich, wenn man bedenkt, dass die Dreharbeiten größtenteils einem bezahlten Urlaub gleichen. Nachdem die anfängliche Nervosität verschwunden ist und Neil und ich eine Einheit bilden, fühle ich mich richtig wohl. Liegt vielleicht auch daran, weil weder Vic noch Matteo mir das Gefühl geben, nicht dazuzugehören. Ein kleines Team hat definitiv Vorteile – man lernt sich viel besser und schneller kennen.

»Wo wir gerade von Arbeit sprechen ... Wo steckt Neil eigentlich?«, fragt Vic. Den Strohhalm an den Lippen sieht sie sich suchend um. »Wollte er nicht nachkommen?«

Wir haben die Show gemeinsam in unserer Lodge angesehen, aber als wir zur Grillbar aufbrechen wollten, hat Neil einen Anruf bekommen. Bevor er den Anruf annahm, bat er uns, vorzugehen. Dann hat er sich umgedreht und ist auf die Veranda geflüchtet, während wir uns zur Bar aufmachten.

»Ich werd mal schauen, wo er bleibt«, bietet Matteo an. Er steht auf und wischt Salz von seinen Händen an der Jeans ab. Vic stellt ihren Drink weg. »Sag ihm, wenn er kneift, ziehe ich ihm die Ohren lang.«

Matteo tippt sich an die Stirn. »Werde es wortwörtlich

so ausrichten.« Er zwinkert mir zu und ich grinse. Als er verschwunden ist, rutscht Vic näher an mich heran. »Da gab's Ärger.«

»Inwiefern?«

»Dieser Anruf ... Hast du Neils Gesichtsausdruck gesehen, als er das Display checkte?«

Also habe ich mir das nicht nur eingebildet. Ich nicke, gespannt, was jetzt kommen mag.

»Solche Anrufe hat er schon öfter bekommen. Er zieht sich dann vollkommen zurück. Niemand kommt an ihn heran. Für gewöhnlich dauert es ein, zwei Stunden, dann ist er wieder der Alte.«

»Merkwürdig.«

»Allerdings. Ich hab ihn mal danach gefragt.«

»Und?« Ich hebe beide Brauen.

Sie kommt noch ein Stück näher, bis ihre offenen, in Wellen gelegten Haare meine Schulter streifen, die nur vom Träger eines schwarzen Chiffontops bedeckt wird. Das Top gehört zu einem von Evelyns Outfits, aber statt des dazugehörigen hautengen Lederminis und der mörderhohen Riemchensandalen habe ich mich für einen rauchgrauen Plisseerock und halbhohe Keilsandaletten entschieden. Sieht vielleicht weniger aufreizend aus, ist aber deutlich bequemer.

»Nichts«, sagt Vic.

»Wie nichts?«

»Er hat so getan, als wüsste er nicht, wovon ich spreche. Als hätte ich mir seine düstere Miene nur eingebildet. Schätze, ich bin einfach zu weit gegangen. Sobald es um seine Vergangenheit geht, macht Neil dicht.«

Was sie nicht sagt. Jetzt, wo wir davon sprechen: Neil ist es sicher nicht recht, dass Vic so freizügig plaudert. Der dritte Mojito, den sie mittlerweile trinkt, spielt bei ihrem Redefluss bestimmt eine Rolle, aber er ist keine Entschuldigung dafür, eine Grenze zu überschreiten.

»Ich denke, wir sollten dieses Gespräch nicht führen«, sage ich mit verkniffenem Mund. »Privat sollte privat bleiben.«

»Gutes Argument.« Sie nuckelt an ihrem Strohhalm und wackelt mit den Brauen. »Jedenfalls finde ich es cool, dass ihr miteinander schlaft. So ganz offiziell.«

Der Alkohol hat ihre Zunge gelockert und da Vic nicht gerade leise spricht, sehe ich mich vorsorglich um, ob uns jemand gehört hat. Das scheint aber nicht der Fall zu sein, daher gestatte ich mir jetzt auch jenes Grinsen, das immer dann auf meinen Lippen erscheint, wenn ich an den Sex mit Neil denke. »Ich kann es selber kaum glauben. Aber wenn ich mich kneife, stelle ich fest, dass ich nicht träume.«

Vic lehnt sich in ihrem Stuhl zurück und schlägt lässig ein gebräuntes Bein über. »Wie ist es denn so, einen Bad Boy zwischen den Schenkeln zu haben? Ist Neil tatsächlich so gut, wie alle behauten?«

Noch besser.

»Oh nein!« Ich wedele mit dem erhobenen Zeigefinger vor dem Gesicht, während sie ihr halb volles Glas wegstellt. »Von mir wirst du nicht ein schmutziges Detail erfahren.«

»Also ist der Sex schmutzig?« Es klatscht, als ihre Handflächen die nackten Oberschenkel treffen. »Wusste ich's doch! Du Glückliche.«

Ungewöhnliche Geräusche lenkten uns ab und ich bin nicht böse darüber. Ich will dieses Sexthema nicht vertiefen, wirklich nicht.

Vic und ich wenden gleichzeitig den Kopf und blicken zum Strand. Eine Gruppe schwarzafrikanischer Musiker kommt singend und tanzend näher. Die Frauen tragen bunte Röcke, die weit schwingen, wenn sie ihre ausladenden Hüften zum Takt der afrikanischen Djembé-Trommeln bewegen. Ihre üppigen Brüste werden von Stoffstreifen bedeckt, darüber hängen Ketten mit bunten Steinen. Einige lang, die anderen kurz. Die Männer tragen nur Pluderhosen, die farblich zu den Röcken der Frauen passen. Ihre Oberkörper sind nackt, aber eher sehnig als muskulös. Sie tanzen, singen, schlagen ihre traditionellen Trommeln und strahlen dabei pure Lebensfreude aus. Junge, Junge – was für ein Anblick, was für eine Show! Auch wenn ich wollte, ich könnte nicht wegschauen. Vic geht es ähnlich. Als ich zu ihr spähe, ist ihr tatsächlich die Kinnlade runtergefallen.

Vermutlich bemerke ich die alte Roma-Frau deswegen erst in dem Moment, als sie an unseren Tisch tritt. Sie ist klein und ihr Gesicht wirkt hager, als sie erst mich, dann Vic aus trüben grauen Augen anlächelt. Sie legt zwei laminierte Kärtchen auf den Tisch und zeigt darauf. Die Musiker sind vergessen, als ich sehe, wie Vic nach einer Karte greift und sie von beiden Seiten betrachtet. Ihre Karte ist komplett beschrieben, meine folglich auch. Lesen! Ich werde sie lesen müssen, um zu verstehen. Die Panik, die in mir hochsteigt, ist nicht von dieser Welt. Ich kann kaum noch atmen, geschweige denn klar denken. Genau solche Augenblicke fürchte ich. Deshalb gehe ich kaum unter Menschen. Sobald ich meine Komfortzone verlasse, laufe ich Gefahr, entdeckt zu werden. Meine Schwäche. Mein Makel. Wären Joy oder Faith hier, würden sie sich ungefragt das Kärtchen schnappen und es laut vorlesen.

Sie sind meine Helfer, meine Verbündeten. Außer mir leiden noch 1,7 Millionen Amerikaner an der Schwäche, allerdings aus verschiedenen Gründen und ich bezweifele – nein, ich hoffe –, niemand hat ähnlich Schlimmes erlebt wie ich.

Meine Hoffnung, Vic würde den Text laut lesen, schwindet, als sie die Karte sinken lässt und die Gloss glänzenden Lippen spitzt. »Was hältst du davon, Hope? Glaubwürdig?«

Mit steigender Panik folge ich ihrer Bewegung, als sie ihr Glas nimmt und den Strohhalm an die Lippen setzt. Verdammt. Genau das habe ich befürchtet. Ich muss improvisieren, und zwar schnell.

Ich nehme die Karte mit zitternden Fingern und tue so, als würde ich den Text überfliegen. Dann betrachte ich die Rückseite, lege die Karte zu der anderen und zucke möglichst lässig die Schulter. »Schwer zu sagen. Was meinst du?«

Sie stellt ihr Glas ab. »Wenn ich das wüsste, hätte ich nicht gefragt, du Nase«, grinst sie.

Mein Herz scheint zu explodieren. Die Zigeunerin tippt mir auf die Schulter. Ich drehe den Kopf, sehe zu ihr hoch und da zeigt sie mit dem Finger auf ihren faltigen Mund. Die unter dem Kopftuch herauslugenden grauen Locken wippen, als sie dazu den Kopf schüttelt.

»Sie ist stumm«, sage ich zu Vic.

»Natürlich ist sie stumm. Sie ist auch taub. Steht doch auf der Karte.« Vic sieht mich verständnislos an. »Nur was fangen wir damit an? Glauben wir dieser rührseligen Geschichte, die da steht, oder schicken wir sie zum Teufel?«

Sie sagt noch etwas, aber das höre ich schon nicht

mehr, weil das Rauschen in meinen Ohren alle Geräusche übertönt. Meine Kehle ist staubtrocken. Meine Hände schwitzen mittlerweile so stark – mir wäre das Glas abgerutscht, hätte ich danach gegriffen. Ich öffne den Mund, um irgendeine unverfängliche Antwort zu geben, als ich eine Berührung spüre. Eine große Hand greift über meine Schulter nach der Karte. Auch ohne mich umzudrehen, weiß ich, dass Neil hinter mir steht. Diesen Duft erkenne ich überall wieder. Und selbst wenn nicht, ich spüre einfach, dass er es ist.

Ich bleibe sitzen, warte und glotze meine Hände an, die ich im Schoß verknotet habe. Und dann liest er den Text laut und deutlich. Seine Hand liegt dabei warm auf meiner Schulter, als wollte er mir versichern, dass alles gut ist. Ich bin so unglaublich dankbar, ich finde keine Worte dafür. Tränen schießen mir in die Augen, aber ich schließe schnell die Lider, damit sie niemand sieht, während ich Neils dunkler Stimme lausche. Die Roma bittet um eine Spende für einen Wanderzirkus, dem sie angehört und der ganz in der Nähe gastiert. Neil zieht ein paar Geldscheine aus der Hosentasche und gibt sie ihr zusammen mit den Karten. Sofort schließen sich ihre Finger um das Bündel. Sie geht in die Knie und faltet beide Hände, als wollte sie beten, und sieht zu ihm auf. Als ich einen Seitenblick riskiere, schimmern Tränen der Dankbarkeit in den Augen. Neil reagiert blitzschnell. Allerdings nicht so, wie erwartet. Er packt ihren Arm und reißt sie hoch. Die Frau keucht auf vor Überraschung und Schmerz. Neil ist nicht sanft gewesen. Sein Ausdruck zeigt keine Regung, aber ich kann seine Anspannung spüren.

»Ist schon gut«, knirscht er mit mahlendem Kiefer. Die Zigeunerin hat ihren Schock überwunden, denn sie lässt nicht locker, ihm ihre Hingabe zu zeigen. Sie macht Anstalten, ihm die Hand zu küssen, aber Neil zieht sie weg. »Genug jetzt! Geh.«

Ein Befehl, das versteht sie sofort. Neil strahlt pure Dominanz aus. Sie verbeugt sich erneut, dann ist sie verschwunden.

»Was war das denn eben?«, fragt Vic verdutzt. »Sie wollte sich nur bedanken und du benimmst dich, als hätte sie die Pocken.«

Vic versteht nicht. Ich schon. Er martert sich selbst. Er bezeichnet sich als Arschloch, aber das ist er nicht, und immer dann, wenn ihm das bewusst wird, macht er dicht. Ich würde ihm so gerne helfen, aber es gibt nichts, was ich tun kann. Es ist wie mit meiner Blockade, die nur ich lösen kann, genauso muss Neil mit seinen Selbstzweifeln leben. Und sie ausmerzen oder eben nicht.

Neils Halssehne zuckt. Sein Gesicht ist schön wie das einer griechischen Statue, aber auch ebenso regungslos. »Du musst zurück zum Hotel«, sagt er nur, ohne auf Vics Frage einzugehen. »Gordon will das heutige Bildmaterial sehen und Matteo braucht dich beim Cutten.«

»Jetzt?«, mault sie und zieht eine Grimasse. Sie greift nach ihrem halb leeren Glas und hält es hoch. »Das ist mein Dritter. Wenn ich cutte, sehe ich die Filmrolle doppelt.«

»Dann stell dich unter die kalte Dusche«, kontert er achselzuckend. »Die Order ist nicht auf meinem Mist gewachsen.«

»Gordon ist ein Sklaventreiber«, brummt sie verdrossen. Sie schiebt ihren Stuhl zurück und steht auf, hält sich aber am Tisch fest, weil sie wankt. Ich spitze die Lippen, den Blick auf ihre Fingerknöchel gerichtet, die fast weiß sind, weil sie die Tischkante so fest umklammert. »Ich begleite sie«, sage ich zu niemand Bestimmtem. »Ich will nicht, dass sie im Meer ersäuft, weil sie den falschen Weg einschlägt.«

Ich würde lieber bei Neil bleiben. Er hat mich vor einer Katastrophe bewahrt und seine Komfortzone für mich verlassen. Aber ich kann auch Vic nicht hängen lassen.

Ich schiebe meinen Stuhl zurück, entschlossen, sie zu begleiten. Unterwegs würde ich ihr mindestens einen halben Liter Wasser einflößen, damit ihr Kreislauf nicht schlappmacht, wenn sie mit Matteo am Laptop sitzt. Doch Neil legt seinen Arm um meine Taille, als ich stehe. »Ich komme mit. Hinterher können wir uns in die Hotelbar setzen und auf die Show anstoßen.«

»Ähm ... super. Ja, gute Idee.« Ich wünsche ihn mir zwar überall anders, nur nicht in einer Bar, wo sämtliche Augen uns beobachten, aber es ist zumindest ein Anfang. Neil muss meine Ernüchterung spüren, denn er beugt sich zu mir runter und flüstert: »Keine Sorge, wir kommen später beide noch auf unsere Kosten.«

Zwischen meinen Beinen pulsiert es und meine Wangen werden warm. Neil haucht mir einen Kuss in den Nacken. Ich beiße mir auf die Lippen und grinse dümmlich.

»Ihr seid soooo süß«, gluckert Vic. Noch immer steht sie wankend am Tisch und beobachtet uns. Dann hebt sie den freien Arm und wedelt mit dem Zeigefinger in drohender Geste vor dem Gesicht. »Behandele sie ja gut, Neil. Sonst lege ich dich übers Knie.«

Ich ziehe die Brauen hoch, aber Neil nickt. »Verstanden.« Er wirft einen Blick auf die Rechnung, zählt ein paar Scheine ab und klappt die schwarze Ledermappe wieder zu, nachdem er das Geld hineingelegt hat. Dann geht er um den Tisch herum und schiebt Vic den Arm unter den Achseln durch, um sie zu stützen. Ich mache das Gleiche auf der anderen Seite. Wir gehen einen kleinen Umweg am Strand entlang. Ein kluger Schachzug von Neil, denn mittlerweile werden wir immer öfter erkannt. Nicht jeder traut sich, uns anzusprechen, aber es wird geguckt, getuschelt und auch Fotos mit dem Handy geknipst. *SilverStar* hält unsere Reiseroute geheim, aber sobald wir gesichtet werden, erscheint es auf Twitter, Facebook und Co. – unmittelbar. So krass habe ich mir das Promileben nicht vorgestellt. Folglich bedeutet das, ich kann nicht mal in der Nase bohren, ohne dass ein Foto davon im Netz erscheint. In der Bar sind wir nur deshalb nicht belästigt worden, weil vom Manager ein Paparazzi-Verbot für die Zeit unserer Verweildauer ausgesprochen wurde.

Vics Körper geht gut mit Alkohol um. Auf dem Weg flößen wir ihr eine Flasche Wasser von einer Strandbar ein und als wir das Hotel erreichen, wirkt sie fast nüchtern.

»Hoppla!«, juchzt sie und hält sich an einer Yucca-Palme fest, die die gläsernen Eingangstüren flankieren. Okay, nüchtern ist vielleicht doch etwas übertrieben.

»Und du bist dir sicher, es alleine aufs Zimmer zu schaffen?«, frage ich nachdrücklich.

Sie hebt den Arm und zeigt mir das Victory-Zeichen. »Hundertpro.«

Ich sehe zu Neil. »Können wir das verantworten?«

»Vic ist ein großes Mädchen. Die macht das schon.«

»Wahre Worte«, brummt sie. Dann umarmt sie uns beide und küsst uns auf die Wange.

Ich sehe ihr nach, bis sich die Glastüren hinter ihr schließen. »Unglaublich, wie viel sie verträgt.«

Neil legt seinen Arm um mich. »Vic ist eine Kämpfernatur. Ein paar Drinks sind Peanuts für sie.« Dann zieht er mich fest an sich und dreht mich so, dass wir uns ansehen. »Ich revidiere mein Angebot.«

Meine Hände, die auf seinen Hüften liegen, verkrampfen sich. »Also kein Sex heute Nacht?«

Neil lacht leise. »Es müsste schon eine Bombe einschlagen und ein Erdbeben gleichzeitig losgehen ... und selbst das könnte mich kaum davon abhalten, mit dir unanständige Dinge zu tun«, erklärt er verschmitzt. »Ich meine das Angebot mit der Bar. Ich wäre jetzt lieber allein mit dir.«

Unanständige Dinge mit ihm allein zu machen, klingt ziemlich gut für mich. »Ich bin zu allen Schandtaten bereit.« Ich stelle mich auf die Zehenspitzen und küsse ihn auf den Mund. Eigentlich soll es nur ein flüchtiger Kuss werden, aber Neil hat andere Pläne. Er bugsiert mich hinter eine Palme und drückt mich rückwärts gegen die Wand. Dann wandern seine gespreizten Finger in mein Haar und seine Lippen pressen sich auf meine. »Das wollte ich schon den ganzen Abend tun«, raunt er während einer Pause. Mein Wimmern geht in einem weiteren Kuss unter. Neil saugt, leckt und knabbert noch intensiver an mir. Während seine Zunge mit meiner spielt, zieht er meine Hände über den Kopf und drückt sie gegen die Wand.

Dann höre ich sie. Die Stimmen. Gefolgt von Gelächter und das bringt mich zur Besinnung.

Hektisch drehe ich meine Handgelenke, damit Neil mich loslässt. Dann schiebe ich meine Finger zwischen uns und lege sie auf seine Brust, um ihn wegzuschieben. »Da kommt jemand.«

Neils Atmung geht schwer. Seine Augen sind verschleiert vor Lust, als er sich den Stimmen zuwendet. »Nur Hotelgäste«, beruhigt er mich. »Paparazzi haben keinen Zutritt zu diesem Resort.«

Er will mich küssen, aber ich drehe den Kopf weg. »Trotzdem. Die Lodge ist mir lieber.«

»Okay.« Er schnappt meine Hand und zieht mich im Laufschritt hinter sich her. Als wir den Flachdachbungalow erreichen, sind wir beide außer Atem. Neil sperrt hinter uns ab und strebt zur Bar. Er reißt den Kühlschrank auf und wirft einen Blick hinein. »Ich nehme einen Bourbon und du?«

Ich blinzele meine Verwirrung weg. Ich dachte, er würde mir kaum die Gelegenheit bieten, Luft zu holen, bevor er erneut über mich herfällt. Ich für meinen Teil würde ihn lieber jetzt als später nackt sehen. Ich reiße mich zusammen.

»Ein Mineralwasser, bitte. Mit einem Schuss Lime Juice.«

Neil blickt über die Schulter. »Wir stoßen auf unseren Erfolg an. Trinkt man dazu nicht Alkohol?«

Seine Stimme klingt belustigt, doch ich höre, dass Verlangen darunter verborgen liegt, und ich habe vor, es zu schüren. Zur rechten Zeit.

»Ich hatte schon einen Drink. Ich möchte einen klaren Kopf behalten.«

Während Neil die Getränke zubereitet, gehe ich zur Fensterfront, die die gesamte Seite einnimmt. Sie besteht aus vier Elementen. Die mittleren sind beweglich, aber ich lasse sie geschlossen. Ich stelle mich nur davor, um die Wellen zu beobachten, die sich auftürmen, um an der höchsten Stelle zu brechen, und als Schaumkronen den Strand erreichen.

»Was, wenn ich möchte, dass du die Kontrolle verlierst?« Ich drehe mich zu Neil um und ich nehme das Glas, was er mir reicht. »Was, wenn ich das Gleiche will?«, kontere ich keck.

»Du willst, dass ich die Kontrolle verliere?«

»Ich will, dass du sie abgibst.«

»So so.« Er schmunzelt. Wir sehen uns tief in die Augen und stoßen an. Neils Adamsapfel hüpft verführerisch, als er trinkt. Er setzt das Glas ab, aber sein Blick nagelt mich immer noch fest. Dann kommt er näher. »Bin gespannt, wie du das anstellen willst«, flüstert er dicht an meinem Ohr. Sein warmer Atem löst eine Hitzewelle in mir aus. Mein Kopfkino läuft auf Hochtouren.

Ich nehme Neil das Glas ab und stelle es mit meinem auf den Couchtisch. Neils Blick bleibt auf mir, als ich mit schwingenden Hüften zurückkomme. Ich bleibe stehen und hake die Daumen in den Gummibund meines Rocks. Dann schiebe ich ihn in köstlicher Trägheit hinunter und lasse das Top folgen. Ich trage einen knappen BH und ein noch knapperes Höschen. Neil fixiert meine steifen Nippel, die sich durch die hauchfeine schwarze Spitze drücken. Seine Lust ist zurück, wie ich erhofft habe. Intensiv strömt sie aus seinen Poren und das macht mich unglaublich scharf. Ich trete dicht an ihn heran und ziehe das Hemd aus seiner Hose, öffne die Knöpfe und streife ihm den Baumwollstoff ab. Mühsam presse ich die Lippen zusammen, um mich davon abzuhalten, die Zunge auszustrecken und über diese herrlichen Wölbungen zu fahren. Dann wäre es mit meiner Disziplin vorbei, aber Disziplin ist wichtig für mein Vorhaben. Neil hebt beide Arme, doch als er mein Gesicht umschließen will, weiche ich ihm aus, indem ich den Kopf drehe.

»Anfassen verboten. Bis ich es erlaube«, bestimme ich streng. Die Hände auf seiner Brust, schiebe ich ihn zurück, bis er mit dem Rücken gegen die Wand stößt. Sein hungriger Blick verlässt mich keine Sekunde. Er pendelt zwischen meinen Augen und meinen Brüsten, die schwer in den Körbchen meines BHs ruhen.

Neil verschränkt die Arme hinter dem Kopf. Sein Bizeps spannt und sein Sixpack tritt deutlicher hervor. Mein Verlangen nach ihm wächst. Mein Höschen ist schon lange feucht, aber die Sehnsucht zwischen meinen Beinen nimmt noch zu.

»Du bist süß, wenn du Befehle erteilst.« Er schmunzelt.

Süß? Ich will nicht süß sein und ich werde dafür sorgen, dass er dieses Wort in Verbindung mit mir nie wieder denkt, geschweige denn ausspricht.

Entschlossen lege ich meine flachen Hände auf seine kräftige Brust und krümme sie. Dann fahre ich mit den Fingernägeln eine langsame Spur abwärts, dem feinen Haarstreifen folgend, bis zum Bund seiner tief sitzenden Jeans.

»Gott, Hope!«, stöhnt Neil rau.

Ich grinse wissend. In seinen Augen lodert es. »Denk daran, nicht anfassen«, erinnere ich. Zwischen meinen Beinen summt es wie in einem Bienenschwarm, aber ich werde meinem Verlangen nicht nachgeben. Nicht, bevor ich getan habe, was ich tun will. Ich küsse Neil leidenschaftlich und stoße meine Zunge in seinen Mund. Mit zwei Fingern fahre ich seinen Hosenbund entlang. Neil stöhnt auf. Seine Fäuste öffnen und schließen sich rhythmisch. Ich lächle. Wie weit geht seine Selbstbeherrschung?

Wann bricht er ein und fasst mich an? Sein Atem beschleunigt sich, als ich in die Knie gehe, Hosenknopf und Reißverschluss öffne und die Jeans über seine schmalen Hüften ziehe, bis er hinaussteigen kann. Er trägt eine enge schwarze Pants, die über seinem harten Schaft spannt. Ein Schaft, den ich bald in mir habe. Tief in mir. Ich lecke mir über die Lippen und reibe meinen Handballen über die Ausbuchtung, was Neil ein erneutes Stöhnen entlockt.

»Ich habe mich noch gar nicht bei dir bedankt.« Ohne ihn wäre ich mit Sicherheit aufgeflogen. Ein Blowjob ist das Mindeste, was ich ihm schulde.

»Stopp!« Blitzschnell packt Neil meine Haare und zieht meinen Kopf sanft nach hinten. »Blas mir einen, weil du es willst, aber nicht, weil du meinst, mir etwas zu schulden«, sagt er gepresst, während er mich festhält. »Du schuldest mir nichts, Hope! Rein gar nichts.«

Meine Kopfhaut ziept leicht von seinem Griff, doch es ist nicht unangenehm. Sein Blick hält mich gefangen, als er sich runterbeugt und mich küsst. Verzweifelt und leidenschaftlich zugleich.

»Habe ich dir wehgetan? Das wollte ich nicht.« Er lässt meine Haare los. Dann schließt er die Augen und öffnet sie wieder. »Verzeih mir, Hope.«

Es gibt nichts zu verzeihen. Nicht für mich.

»Bitte, Neil, ich tue das nicht nur für dich, sondern weil ich es will.«

Er sieht mich an, mit sich hadernd, dann liegen seine Hände wieder gehorsam hinter seinem Kopf. Er schließt die Augen. Zitternd stößt er die Luft aus und ich mache da weiter, wo ich aufgehört habe. Kreisend lasse ich meinen Handballen so lange über Neils Pants gleiten, bis er darunter wieder prall und hart ist. Wie kann ich ihm die größte Lust bereiten? Mit Blowjobs habe ich nur wenig Erfahrung. Vielmehr hatte ich bislang wenig Gelegenheit, diese Spielart auszuprobieren. Blowjobs haben für mich etwas Intimes. Ich möchte meinen Partner kennen, bevor ich ihn mit dem Mund verwöhne und da sich meine sexuelle Erfahrung bisweilen nur auf einmalige Abenteuer beschränkt, hinke ich etwas hinterher. Aber ich will es unbedingt probieren. Und ich will es gut machen. Ich folge meinem Instinkt, als ich meine Daumen in seine Pants hake und nach unten ziehe. Mein Blick bleibt an seinem Schaft hängen, der jetzt vor mir aufragt. Er ist groß und dick. Ich strecke die Zunge aus, lecke über die Spitze und lasse sie dann über die dicke Eichel gleiten, bevor ich sie in den Mund nehme, um daran zu saugen. Neils Oberschenkel zucken und meine Hände mit ihnen, weil sie sich genau dort befinden.

»Hope ...«, stöhnt Neil. Er schiebt die Hüfte vor und stößt mir seinen Schaft ein Stück tiefer in den Mund. Ich lächle. Es gefällt ihm, was ich tue. Wieder vertraue ich meinem Instinkt, als ich beginne, auf den Knien vor und zurück zu wiegen, während sich meine Lippen fester um die weiche Haut schließen.

»Fuck! Wenn ich dich nicht sofort anfassen kann, dann drehe ich durch!«, keucht Neil.

Ich biege meinen Oberkörper zurück. Als sein Schaft aus meinem Mund gleitet, blinzelt er ungläubig. »Du hast jetzt nicht vor, aufzuhören, oder?«

Er sieht so entsetzt aus, ich muss grinsen. »Wenn du mich anfasst, hast du verloren«, erinnere ich ihn.

»Scheiß drauf!«, brummt er, dann liegen seine Hände auf meinem Hinterkopf.

Kaum sind meine Lippen geöffnet, stößt er mir seine

Härte dazwischen, wobei er nicht grob ist, sondern einfach nur erregt und dementsprechend gierig. Ich greife um ihn herum und halte mich an seinem Hintern fest, während seine Hände mich dirigieren. Schnell finden wir einen Rhythmus, der mir gefällt, und ich schließe die Augen.

Neils Stöhnen ist Musik in meinen Ohren und ich spüre, wie der Druck in mir immer weiter steigt. Neil beschleunigt das Tempo, während ich lecke und sauge, immer dann, wenn er in mir ist. Seine Oberschenkel zittern, sein Atem geht schwer und ich weiß, er ist gleich so weit. Doch bevor er in meinem Mund kommen kann, zieht er sich zurück.

»Was ...?«, kann ich gerade noch fragen, da hat er mich schon hochgezogen und seine Lippen liegen auf meinen, um mich ausgiebig zu küssen. Eine Berührung an meiner Hüfte, dann ein Ziehen weiter unten. Neil hat das Höschen zerrissen. Es rutscht mein linkes Bein hinunter – ich registriere es kaum.

»Halt dich fest!«, sind seine letzten Worte, bevor er mich hochhebt, sich umdreht und mich gegen die Wand drückt. Doch er hält inne. »Verflucht! Ich habe kein Kondom dabei.«

»*Ohne* ist okay. Ich nehme die Pille und ich vertraue dir.«

»Bist du sicher?«

Seine Unsicherheit rührt mich. Ich lächle. »Absolut.«

Ein einziger Stoß, dann ist er in mir. Gott! Ich stöhne und schließe die Augen vor Wonne. Ich bin mehr als bereit für seine langsamen, tiefen Stöße, die zunehmend schneller werden. Etwas Großes, Gewaltiges baut sich in mir auf und Neil spürt es auch, während ich mich in seinem Nacken festkralle. Er unterbricht den Kuss, aber nicht das Kreisen seines Beckens. Ich wimmere entzückt.

»Das gefällt dir, hm?« Seine Hände liegen unter meinem Hintern, um mich zu halten. »Sag es, Hope. Gefällt dir das?«

»Ja«, keuche ich auf. »Das musst du noch fragen?«

»Ich wollte es hören«, flüstert er. Seine Lippen fahren meinen BH-Saum entlang. Ich wünschte, das Ding würde verschwinden, damit Neil sich meinen Brüsten widmen kann. Die Spitzen sind rot und geschwollen, ich kann es spüren – sie betteln förmlich um Aufmerksamkeit. Aber um den Verschluss zu öffnen, müsste Neil mich loslassen. Er müsste unser Liebesspiel unterbrechen und für dieses Opfer bin ich nicht bereit.

Neils Lippen saugen an meinem Hals, bevor er seine Zähne in mein Dekolleté schlägt. Es zwickt nur kurz, dann geht der Schmerz in reine Lust über, als sein Daumen über meinem Anus verharrt und Druck auf die empfindliche Stelle ausübt, indem er seinen Daumen leicht nach rechts und links wandern lässt. Ich reiße die Augen auf. Diese Stelle ist noch vollkommen unberührt.

»Entspann dich und genieße einfach«, beruhigt er mich. »Ich werde nichts tun, was du nicht willst.«

Sein Daumen rutscht ein Stück tiefer, ohne in mich einzudringen. Er beschreibt einen Kreis um den Schließmuskel herum. Das Gefühl ist neu und je länger ich mich daran gewöhne, desto weniger ist es unangenehm. Ganz im Gegenteil.

»Das ist so ... wow!«, keuche ich auf.

»Es gefällt dir?« Seine Hand unter meinem Hintern hält mich geschickt in Balance. Sein Bizeps zuckt nicht einmal.

Wieder beidhändig hebt er mich hoch, bis wir auf Augenhöhe sind. Dann pumpt er in mich, hart und schnell. Er ist überall. Es gibt keinen Teil meines Körpers, an dem ich ihn nicht spüre. Meine Muskeln ziehen sich zusammen, meine Finger krampfen und meine Fersen bohren sich in seinen Hintern, während der Orgasmus mich packt, bis ich das Gefühl habe, nicht mehr atmen zu können. Meine Lider flattern.

»Bleib bei mir!«, befiehlt Neil sanft. »Öffne die Augen. Sieh dir an, wie ich komme.«

Noch immer schwappen Wellen der Lust über mich, während Neil weiter in mich stößt. Matt öffne ich die Lider. Er lächelt. Ich lächle. Plötzlich ist da eine Verbindung, stärker als die, die vorher schon da war. Ich spüre sie und Neil spürt sie auch. Ich sehe es in seinen Augen. Sein Mund öffnet sich zu einem stummen Schrei, sein Brustkorb zuckt, als er loslässt und kommt. Ich habe nie etwas Sinnlicheres gesehen.

Irgendwann trägt Neil mich ins Bett. Ich habe meinen BH abgelegt und Neil liegt hinter mir. Haut an Haut. Ich fühle mich herrlich matt und befriedigt. Und ich will mich nicht regen. Ich will die Augen schließen, die Wogen des Höhepunkts ausklingen lassen, zusammen mit Neil. Und Neil bleibt. Er schlingt seinen Arm um meine Hüfte und zieht mich an sich, bis mein Hintern an seinen Unterleib stößt. Ich denke noch, wie schön es wäre, morgen neben Neil aufzuwachen. Dann fallen mir die Augen zu und ich schlafe ein.

23

NEIL

»Sch…«, flüstere ich. »Beruhige dich, Hope.«

Ich habe sie schreien hören, nur zwei Stunden nachdem ich in mein Zimmer gegangen bin. Sie schlief in meinen Armen ein und ich habe mir den Luxus gegönnt, sie eine Weile zu beobachten. Sie ist so unglaublich schön – ich konnte nicht gehen, zumindest nicht sofort. So habe ich noch nie empfunden und das ist gefährlich. Für Hope, nicht für mich, sollte ich meinem Verlangen nachgeben. Aber ich wäre der Auslöser für ihr Unglück, weil ich ein Talent dafür habe, Menschen zu verletzen und ihnen Verderben zu bringen. Hope hat genug gelitten.

Jetzt stehe ich neben ihrem Bett und sehe auf sie hinunter. Sie wälzt sich von links nach rechts, stöhnend, als hätte sie Schmerzen. Das Laken hat sich zwischen ihren Beinen verfangen. Obwohl die Klimaanlage auf Hochtouren läuft, glänzt ihre Haut vor Schweiß und ihre geschlossenen Lider zucken. Würde sie besser schlafen, wenn ich neben ihr läge? Hätte ich sie vor der Seelenqual bewahren können? Ich wische den Gedanken fort, ebenso wie ich mein schlechtes Gewissen ignoriere, das sich unverwandt bei mir meldet.

»Hope? Wach auf, Süße!« Ich rüttele an ihrer Schulter. Nur sanft, ich will nicht, dass sie erschreckt.

Das Stöhnen hört auf. Plötzlich liegt sie ganz still. Dann flattern ihre Lider. »Neil?« Sie blinzelt. »Wo ... wo bin ich?«, fragt sie verwirrt und sieht sich desorientiert im Zimmer um. Ich habe die Tür zum Hauptraum offen und das Licht dort angelassen, sodass ihr Zimmer nicht ganz im Dunkeln liegt.

»In unserer Lodge in Monterey.«

Sie sieht zum Fenster in die Nacht hinaus, als würde sie dort etwas erkennen. Ich blicke hinterher, sehe aber nur Dunkelheit. »Das Meeresrauschen ...«

Ich setze mich auf die Bettkante und streiche eine feuchte Strähne aus ihrer Stirn. »Was ist damit?«

»Es klingt so ... beruhigend.« Sie dreht den Kopf, wieder blinzelt sie. »Ich hatte nur wieder einen Albtraum.«

Ich ziehe das Laken über ihre Brüste. Zu viel nackte Haut lenkt mich ab und das, was Hope jetzt ganz sicher nicht braucht, ist jemand, der Sex mit ihr will. Sie braucht jemanden, der zuhört.

»Rutsch mal rüber.«

»Was wird das, wenn es fertig ist?«, fragt sie misstrauisch, als sie gehorcht. Zum Glück trage ich Pants. Ansonsten würden ihre Augen ganz sicher nicht in meinem Gesicht bleiben. Ich lege mich auf die Seite und stütze meinen Kopf in die Handfläche. »Du brauchst einen Zuhörer und dieser jemand werde ich jetzt sein.«

Ihre Verwirrung wird nicht weniger. »Das ist sehr süß von dir, aber nicht nötig. Ich komme zurecht. Ein kaltes Glas Wasser und ich bin wieder die Alte.«

»Mit einem ständig wiederkehrenden Albtraum ist nicht zu spaßen.«

»Ich weiß. Ich hab so etwas nicht das erste Mal.«

»Ich weiß, dass es nicht nötig ist, aber ich tue es trotzdem«, erkläre ich mit belegter Stimme. »Hör zu, Hope, ich kann nur Vermutungen anstellen, aber ich schätze, deine Albträume haben etwas mit deiner Blockade zu tun, habe ich recht?«

Ihre Augen werden groß. »Es ... es ist nur eine Schwäche«, druckst sie.

»Nein, Hope. Es ist eine Blockade.«

Sie schluckt. »Woher weißt du das?«

»Weil du verdammt intelligent bist und über eine schnelle Auffassungsgabe verfügst. Du bist wissbegierig und solche Menschen weigern sich nicht aus einer Laune heraus, nicht schreiben oder lesen zu wollen. Dein Gehirn verweigert aus einem bestimmten Grund seinen Dienst. Korrigiere mich, falls ich falsch liege.«

Sie schüttelt den Kopf und meidet meinen Blick. Mit zwei Fingern unter ihrem Kinn drehe ich ihren Kopf zu mir. »Hey, das ist kein Grund, sich zu schämen. Hast du dir deswegen schon mal Hilfe geholt?«

»Wenn ich es nicht getan hätte, wäre ich vermutlich nicht mehr hier.«

Ich stocke. Hat sie gerade wirklich angedeutet, von dem ich annehme, dass sie es angedeutet hat? Meine Brust zieht sich schmerzhaft zusammen, als ich so vorsichtig wie möglich frage: »Hast du versucht, dich umzubringen, Hope?«

Sie sieht mich nur an. In ihren Augen schimmern ungeweinte Tränen und das ist mir Antwort genug.

Fuck!

»Warum?« Ich muss es wissen.

Hope sieht wieder zum Fenster. Sie hadert mit sich.

»Ich weiß, wie schwer es ist, über Sachen zu sprechen, die einen runterziehen«, erkläre ich. »Aber sie zu verdrängen, macht es nicht besser. Ganz im Gegenteil. Irgendwann macht dich das kaputt.«

Hope blinzelt über die Schulter. Sie dreht den Oberkörper zu mir und legt die zitternden Hände unter die Wange. »Bist du dir sicher, dass du das wirklich hören willst?«

Sie weiß, dass ich aus eigener Erfahrung spreche. Ich sehe es in ihren Augen. Vielleicht ist das der Auslöser. Vielleicht fährt sie deshalb ihre Schilde herunter. Vielleicht ist sie das Schweigen aber auch einfach nur leid.

»Absolut.« Ich verziehe keine Miene.

»Es ist ein Geheimnis.«

»Kein Wort davon wird diese Lodge verlassen«, versichere ich ihr.

Prüfend sieht Hope mich an, bis sie schließlich nickt. »Seit ich denken kann, wurde ich von einem Waisenhaus zum nächsten gereicht. Ich war nicht gerade das, was man angepasst nennt, und so landete ich kurz nach meinem neunten Geburtstag in St. Elisabeth, einer kirchlichen Einrichtung für schwer erziehbare Kinder. *Liebe, Vertrauen und Güte* stand auf dem großen Messingschild über dem Eisentor, aber was einem dort widerfährt, ist das genaue Gegenteil«, berichtet sie emotionslos, als wäre es die Geschichte einer anderen. »Wir waren nur wenige Kinder und schliefen in Zwei-Bett-Zimmern. Ich weiß noch, wie ich dachte, was für ein Glück ich hatte, dort gelandet zu sein.« Ein kurzes, freudloses Lächeln huscht über ihre Lippen. »Die anderen Heime verfügten nur über Schlafsäle mit mehreren Stockbetten und Privatsphäre war dort ein Fremdwort. Mit meiner Zimmergenossin, Madison, verstand ich mich auf Anhieb. Sie war drei Jahre älter und auch neu dort. Überhaupt blieb man nur übergangsweise in dem Heim, bis man wieder einigermaßen in der Spur lief und zurück in normale Einrichtungen konnte. Die Nonnen waren streng, aber damit kam ich zurecht. Im Großen und Ganzen hatte ich es mir schlimmer vorgestellt. Dann lernte ich Pater John, den Heimleiter, kennen ...«

»Hope?« Ich will sie berühren, aber sie dreht sich blitzschnell auf den Rücken, weicht mir aus.

»Ist schon gut«, flüstert sie belegt. »Ich möchte, dass du es hörst, ich kann dich nur nicht dabei ansehen.«

»Schon gut. Was immer dir hilft – es ist okay für mich.«

»Die Erzieherinnen wohnten mit uns auf dem Flur, aber Pater John bewohnte eine eigene Etage. Man musste die Treppen hinauflaufen bis in den dritten Stock. Wir waren ein reines Mädchenheim und jede von uns musste alle zwei Wochen zur Audienz in Pater Johns Büro vorsprechen. Bislang hatte ich noch keine Audienz miterlebt, aber als Madison eines Nachmittags davon zurückkam, sprach sie kein Wort. Für gewöhnlich redete sie wie ein Wasserfall, lauter dummes Zeug, was Zwölfjährige eben so von sich geben, aber an diesem Nachmittag blieb sie stumm. Sie sah mich nicht einmal an, als sie ihre Kopfhörer aufsetzte und in die alte Stereoanlage stöpselte, die zwischen unseren Betten auf dem Nachttisch stand. Dann stellte sie den Regler auf volle Lautstärke, drehte sich mit dem Gesicht zur Wand und zog die Decke bis ans Kinn hoch. Sie hatte sich nicht mal die Mühe gemacht, ihre Schuhe abzustreifen.« Hopes Stimme versagt, doch sie räuspert sich nur und fährt fort. »Ich dachte, sie hätte eine

Strafe bekommen, weil sie beim Essen so viel redet und ständig Widerworte gab. Aber ich lag falsch. So verdammt falsch.« Wieder schluckt sie. Ihre Stimme ist kaum mehr als ein Krächzen. »Und dann wurde ich zusammen mit Madison zu Pater John gerufen.«

Die Stille zwischen uns dehnt sich aus. Ich ahne, was kommt, aber ich muss es von Hope hören. Ich kann verstehen, dass es schwer ist, die Vergangenheit aufzuarbeiten, aber ich kann nicht zulassen, dass Hope sich mir wieder verschließt.

»Was ist während der Audienz passiert?«, frage ich sanft, aber ohne einen Zweifel daran zu lassen, dass ich sie so nicht vom Haken lasse.

»Er hat Madison angefasst. Überall. Sie hatte nur noch ihr Höschen an und er hat ... er hat seine widerlichen Finger über ihre Kinderhaut wandern lassen, als gehörte sie ihm. Als wäre Madison sein Eigentum.«

Ich muss den Kiefer fest zusammenpressen, um meine anschwellende Wut zu zügeln. Die Dunkelziffer bei Kindesmissbrauch ist erschreckend hoch, kaum ein Zehntel davon wird aktenkundig.

»Was war mit dir? Hat er dich auch angefasst?«

»Nein. Aber es machte ihn wohl an, dass ich dabei zusehen musste. Und er wusste, dass ich mich ekelte. Er wusste es genau. Ich hatte mich in einer Ecke verkrochen, mich auf dem abgetretenen Teppichboden so klein gemacht, wie es ging, und meine Arme um die angezogenen Knie gekrallt. Irgendwann habe ich die Augen geschlossen und angefangen zu beten. Er hat mich hochgerissen und angeschrien, ich solle gefälligst hinsehen, damit ich wisse, was er bald auch mit mir machen werde.« Eine einzelne Träne rollt ihr über die Wange. Sie wischt sie mit dem Handrücken weg. »Ich hatte solche Angst und ich wusste nicht, was ich tun sollte, also habe ich hingesehen.«

»Und du siehst es immer wieder in deinen Albträumen.«

Jetzt berühre ich sie doch und streife mit dem Daumen ihre Wange, die noch feucht ist. Hope wendet nur den Kopf und sieht mich an. »Das und den schwarzen Leichensack, in dem sie Madison abtransportiert haben.«

»Was?«, frage ich, starr vor Entsetzen.

»Madison konnte es nicht ertragen. Eines Nachts ist sie über die Feuerleiter aufs Dach geklettert und gesprungen. Die Einfahrt war asphaltiert, sie war sofort tot.«

Ich weiß nicht, was ich antworten soll, also sage ich das Erste, was mir einfällt. »Scheiße, Hope. Das tut mir so leid.«

»Mir nicht«, gesteht sie. »Madisons Tod war schrecklich, natürlich war er das. Aber dadurch kam alles raus und ich durfte zu den Daltons.«

Ich verstehe. Aber es wirft auch Fragen auf und ich runzle die Stirn. »In deiner Akte wird der Vorfall mit keinem Wort erwähnt.«

Selbst wenn die Zeit drängte und Gordon Scott im Nacken saß – er hätte so einen Vermerk nicht übersehen. Hopes Lippen kräuseln sich, als sie eine Braue hebt und bitter auflacht. »Glaubst du, die Kirche lässt sich ihre weiße Weste beschmutzen? Nicht doch! Schwarze Schafe werden totgeschwiegen. Sie werden nach Übersee versetzt und den anderen Beteiligten wird ein Maulkorb verpasst, um einen Skandal zu vermeiden.«

Verdammter Dreck. Sie haben diesen Mistkerl geschützt? Das ist ja noch skrupelloser, als ich dachte.

»Es wurde keine Polizei eingeschaltet?«

»Sie tauchte kurz auf. Ich weiß nicht, was sie ihnen erzählt haben, aber definitiv nicht die Wahrheit, denn es wurden keine Ermittlungen aufgenommen. Hinterher kamen nur die Nonnen und verhörten mich.«

»Sie verhörten dich?«, frage ich fassungslos. »Du warst schwer traumatisiert und sie *verhörten* dich?«

Hopes Hände klammern sich ins Laken, als sie kurz nickt. »Es war ein fensterloser, kahler Raum im Keller. Sie fragten, ich erzählte meine Geschichte, danach gingen sie einfach und ließen mich dort sitzen. Bestimmt eine Stunde, bis so ein Schlipsträger kam, den ich nicht kannte. Er stellte die gleichen Fragen und ich gab ihm die gleichen Antworten. Ich wurde in mein Zimmer gebracht und mir wurde verboten, über den Vorfall zu reden. Sie schlossen sogar die Tür ab und ließen mich nur raus, damit ich auf die Toilette gehen konnte. Unter Aufsicht versteht sich. Ich fühlte mich wie eine Schwerverbrecherin. Ein paar Tage ging das so. Es war schrecklich. Als wäre alles Leben in mir erloschen und als ob nur noch meine Hülle existierte. Ich hatte so viele Fragen, aber niemand sprach mit mir. Irgendwann akzeptierte ich es einfach und wartete. Dann kam dieser Anzugtyp zurück und er hatte eine Frau dabei, die ganz widerlich nach Maiglöckchen stank. Ich musste mich beherrschen, um ihr nicht aufs Kostüm zu spucken. Oder auf die schwarzen Lacklederpumps mit der Samtschleife obendrauf. Jedenfalls artete es dann in Erpressung aus.«

»Erpressung?«

»Ich sollte meine Anschuldigungen zurücknehmen. Ich hätte mir das alles ohnehin nur eingebildet. Der Missbrauch hätte nie stattgefunden und ich hätte das alles nur erzählt, um Aufmerksamkeit zu erregen. Sie sagten, wenn ich aufhören würde, Lügen zu verbreiten, käme ich zu einer Pflegefamilie, bei der ich bleiben darf.« Endlich sieht sie mich an. »Das bedeutete, ich würde nicht mehr rumgereicht werden wie eine Ware, die niemand will. Ich bekäme ein richtiges Zuhause.«

»Da hast du zugestimmt.«

»Ohne zu zögern.«

Ich dachte immer, ich hätte viel Scheiß erlebt, aber es ist einen Dreck gegen das, was Hope widerfahren ist.

»Du hast die Geschichte nicht mal den Daltons erzählt? Oder deinen Pflegeschwestern?«

»Sie wissen nur von Madisons Tod und wie es passiert ist. Mehr konnte ich nicht riskieren«, gesteht sie leise. »Nicht, solange ich nicht volljährig war und die Behörden ihre Hand noch über mich hielten. Später wollte ich den ganzen Scheiß nicht wieder aufrollen. Nicht mal meine Psychologin kennt die Wahrheit. Sie hätte möglicherweise die Schweigepflicht gebrochen, wäre zur Polizei gegangen und dann wäre der ganze Spießrutenlauf von vorne losgegangen. Das konnte ich nicht. Das hätte ich einfach nicht geschafft.«

Ich bin sprachlos. Komplett. Ich bin der Einzige, dem sie sich anvertraut hat? *Ich?* Wow!

Der Wunsch, Hope in den Arm zu nehmen, wird so übermächtig, also gebe ich ihm nach und strecke die Hand aus. Sie zögert kurz, dann rückt sie näher und legt ihre Wange auf meine Brust. »Du darfst das niemanden erzählen, Neil. Das musst du mir versprechen«, flüstert sie rau.

Ich küsse ihren Scheitel. »Dein Geheimnis ist bei mir sicher.«

Ihre Finger malen kleine Kreise um meine Brustwarze.

»Du hast Übung darin, Geheimnisse zu bewahren, nicht wahr?«

Ich will sie nicht belügen, deshalb sage ich die Wahrheit. »Ja.«

»Wirst du mir irgendwann davon erzählen?«

Irgendwann. Wir haben nur noch zwei Wochen. »Vielleicht.«

Hope schweigt – sie ist mit meiner Antwort nicht zufrieden. Wie auch? Sie schüttet mir ihr Herz aus und krempelt ihr Innerstes nach außen und ich bekomme den Stock einfach nicht aus meinem Arsch. Nicht mal einen Millimeter davon. Einem Impuls folgend, springe ich aus dem Bett. Hope quiekt erschrocken, als ihr Kopf zurück aufs Kissen fällt, weil ich mich so schnell bewegt habe.

»Wie es aussieht, können wir beide nicht schlafen. Wie wäre es, wenn ich dir etwas vorlese?«

Ich strebe bereits zum Tischchen neben dem Fenster, als ich Hope ungläubig fragen höre. »Echt jetzt?«

Während ich mich zu ihr umdrehe, laufe ich rückwärts weiter. »Du hast dein Lieblingsbuch dabei. Ich möchte wissen, was dich daran so fasziniert.«

Sie setzt sich auf. Bewusst oder unbewusst – ihr Blick wandert an meinem Körper abwärts, bis sie meine Pants erreichen. Als er wieder in meinem Gesicht ankommt, leckt sie sich über die Unterlippe. Nur ganz kurz. Aber es reicht, dass mein Schwanz zuckt. So gerne ich auch mit ihr schlafe, ich möchte jetzt mehr für sie tun. Ich will ihr zeigen, dass ich unser Zusammensein nicht auf Sex reduziere. Moment mal ... seit wann reduziere ich eine Frau nicht nur auf Sex? Ach ja. Seit ich Hope kenne.

»Bist du sicher, dass du mir vorlesen willst?« Sie schmunzelt, als hätte sie meine Gedanken erraten.

Ich räuspere mich. »Unbedingt.« Um Ablenkung bemüht, schnappe ich mir beide Bücher und halte sie hoch. »Womit fangen wir an?«

»*Stolz und Vorurteil?*«

»Ein Klassiker. Gute Wahl.«

»Du kennst *Stolz und Vorurteil?*«

Nicht wirklich.

»Ich stehe auf Thriller«, sage ich, als ich zurück zum Bett gehe. »Allerdings bin ich offen für Neues.«

Sie grinst verschmitzt, als ich zu ihr unter die Decke krieche. »Hätte nicht gedacht, dass du überhaupt liest.«

Ich hebe eine Braue. »Ich bin kein Neandertaler.«

»Sag bloß«, scherzt sie trocken. »Benommen hast du dich anfangs aber wie einer.«

»Entschuldige. Ich war ein Idiot.«

Sie grinst nur.

»Was, du widersprichst mir nicht? Dann muss ich dich leider foltern.«

»Foltern?«, wiederholt sie gespielt echauffiert.

»Und zwar mit der schlimmsten Folter überhaupt.«

»Welche?«

»Küssen!«

Widerstandslos lässt sie sich an mich ziehen. Mein Schaft zuckt, als unsere Lippen sich treffen, und das entgeht auch Hope nicht.

»Bist du sicher, dass wir das Vorlesen nicht verschieben wollen und stattdessen etwas tun, was hinterher eine herrliche Schwere erzeugt?« Sie lächelt lasziv. Ihre Hand gleitet meinen Oberschenkel hinauf. Ich halte sie fest. »Ich schlafe wahnsinnig gerne mit dir. Aber mir geht es nicht nur um Sex.«

Sie sieht mich an, die Augen geweitet. »Seit wann?«

Ich halte die Luft an, um nichts Falsches zu sagen. Um ein Haar hätte ich mich verraten. Auch wenn ich mir mittlerweile wünsche, es wäre anders, wird Hope nach dieser Show keine Rolle mehr in meinem Leben spielen. Während ihre Erinnerung an mich verblasst, werde ich jede verdammte Sekunde an sie denken. Ich werde mir willigen Ersatz suchen, um sie zu vergessen, aber ich weiß schon jetzt, dass diese Taktik nicht aufgehen wird. Aber ich habe keine Wahl. Ich bin ein verkorkstes Arschloch und wenn ich vorher schon ahnte, nicht gut für Hope zu sein, weiß ich es seit ihrer Beichte mit hundertprozentiger Sicherheit.

Ich zwinge mich zu einem Lächeln, das meine Sehnsucht nach ihr verbirgt. »Ich korrigiere mich: Im Moment geht es mir nicht um Sex. Du hattest einen schlimmen Albtraum. Du bist verletzlich und ich werde die Situation nicht ausnutzen.«

Sie sieht mich so lange an, dass ich mich frage, was in ihrem hübschen Kopf vorgeht. »Würde es dir etwas ausmachen, bei meiner Lieblingsstelle zu beginnen?«, fragt sie schließlich, als sie sich in meine Armbeuge kuschelt.

»Welche ist es?«

»Seite zweihundertneunzehn, es steckt ein Lesezeichen drin.«

Noch eine Sekunde betrachte ich ihre Augen, die sich schließen, und sehe weiter zu ihrer Hand, die sich wie selbstverständlich auf meinen Bauch legt und dort liegen bleibt, bevor ich das Buch aufschlage und beginne, den ersten Klassiker meines Lebens zu lesen.

24

HOPE

Schlaftrunken sehe ich auf mein Handy, stelle fest, dass es viel zu früh ist, und lege es danach zurück auf den Nachttisch. Erschöpft schließe ich die Lider und muss lächeln, als ich daran denke, wie Neil mir vorgelesen hat. Er hat eine wirklich schöne Stimme. So rau und sanft. Er kennt jetzt nicht nur meine heimliche Schwäche, sondern weiß auch, wie es dazu kam, und ich ertappe mich dabei, dass ich befürchte, einen Fehler gemacht zu haben, als ich ihm davon erzählte. Dann verwerfe ich den Gedanken wieder, denn er ist überflüssig. Neil weiß es. Punkt. Und das ist nicht rückgängig zu machen. Er ist kein Schwätzer, zumal er selbst ein Geheimnis hütet. Meins ist bei ihm ebenso sicher wie sein eigenes bei ihm. Seit letzter Nacht fühle ich mich erleichtert. Neil hat mich nicht verurteilt. Er hat einfach zugehört und genau das habe ich gebraucht. Einen Haken hat die Sache allerdings. Er liegt nicht neben mir ...

Um Ablenkung bemüht, öffne ich die Augen und greife erneut nach meinem Handy. Gerade scrolle ich durch

Twitter und betrachte eine Fotomontage von mir und Neil, auf der Neil eine Hand auf meinen gerundeten Bauch legt und mich auf die Wange küsst, während ich ergeben die Augen schließe, als Joy anruft.

»Auf Twitter behaupten sie allen Ernstes, ich wäre hochschwanger. Ist das zu glauben? Offiziell sind wir sechs Wochen zusammen. Selbst das größte Spatzenhirn weiß doch, dass eine Schwangerschaft neun Monate dauert«, brumme ich entrüstet ins Mikrofon. »Die haben doch nicht mehr alle Latten am Zaun!«

Joy kichert. »Dir auch einen guten Morgen, Schwesterherz. Und ja, ich hab's gelesen. Allerdings, wenn man die innigen Fotos von euch sieht und dann mit der Show vergleicht, liegt die Vermutung schon nahe, dass da länger etwas läuft. Ich meine, dieser Neil sieht dich praktisch die ganzen dreißig Minuten an, als wärst du nackt und als könnte er es nicht abwarten, über dich herzufallen. Und seine Küsse wirken auch ziemlich echt. Entweder er ist ein noch besserer Schauspieler, als ich annahm, oder der Kerl ist wirklich verrückt nach dir.«

Ich grinse dümmlich und sehe aus dem Fenster. Palmen wiegen sanft im Wind. »Ich sage mal so: Wir haben viel Spaß miteinander.«

Für mich ist es natürlich viel mehr, aber das werde ich Joy ganz bestimmt nicht am Telefon erzählen. Ohnehin bin ich mir nicht sicher, ob ich ihr überhaupt davon erzählen soll, denn Joy neigt zum Drama und das brauche ich ganz sicher nicht. Da ich den Stein aber nun mal ins Rollen gebracht habe, will sie natürlich Details hören, aber ich erzähle ihr nur die harmlosen. »Und nun zu dir: Bist du aus dem Bett gefallen oder rufst du so früh an, um mich zu ärgern?«

Als ich den wirklichen Grund erfahre, vergeht mir allerdings das Grinsen. Während meiner Abwesenheit checkt Joy meine E-Mails. Dieser schleimige Immobilienhai hat wieder geschrieben. Nicht nur mir, sondern auch den Besitzern der umliegenden Geschäfte und er hat sein Angebot erhöht – um das Doppelte. Ich stoße einen kleinen, beeindruckten und auch fassungslosen Pfiff aus, als Joy mir das erzählt. Es passt zu der Theorie eines geplanten Einkaufszentrums und dazu, dass der Bau mit allen Mitteln erwirkt werden soll. Nachdem Joy in meinem Namen bereits zwei höfliche Antworten formuliert hat, bitte ich sie jetzt, klare Worte zu finden, damit der Typ endgültig versteht. In weniger als zwei Wochen werde ich den Scheck von *SilverStar* erhalten, womit meine Schulden endgültig der Vergangenheit angehören. Dass meine direkten Nachbarn bei dem exorbitant hohen Angebot verkaufen könnten, ist allerdings ein Problem.

»Halb so wild«, beruhigt mich Joy. »Ich habe mich umgehört. Einige waren interessiert, aber ich hab das geregelt.«

»Wie das?«

»Gemeinschaftssinn! Viele führen den Laden schon in zweiter oder dritter Generation. Der Verkauf einzelner Geschäfte würde den Ruin für die anderen bedeuten. Das haben alle verstanden. Sie halten zusammen.«

»Gut gemacht!«, lobe ich sie. Zu behaupten, ich wäre beeindruckt von ihrem Verhandlungsgeschick, trifft es nicht mal annähernd.

»Guten Morgen.« Ich bin so in Gedanken versunken, dass ich nicht bemerkt habe, wie Neil ins Zimmer gekommen ist. Als ich das Telefon sinken lasse und zu ihm aufsehe, beugt er sich runter und küsst meine Schulter. Die Stelle prickelt sofort.

»Hi«, flüstere ich und lächle. Automatisch fällt mein Blick auf sein sportliches Outfit. Heute verdeckt allerdings ein hautenges Shirt der Rolling Stones seinen Waschbrettbauch. Schade eigentlich. Ich sehe wieder hoch. »Wie lange bist du schon hier im Zimmer?«

Er sieht mich merkwürdig an. »Gerade reingekommen. Ich wollte nur Guten Morgen sagen und nach dir schauen, bevor ich joggen gehe. Alles in Ordnung?«

Also hat er nicht gelauscht. Gut.

»Ich hab bis eben geschlafen. Dann rief meine Schwester an. Sie ist übrigens noch immer am Telefon.«

Er beugt sich zu meinem Ohr runter und flüstert anzüglich. »Vierzig Minuten, dann bin ich zurück.«

Ich starre ihn an. »Okay.«

»Und du darfst die Kinnlade jetzt wieder hochklappen.« Er zwinkert mir zu.

»Okay.« Ich grinse ebenfalls. Dann dreht er sich um und geht. Ich gestehe, ich habe mich ein wenig gefürchtet vor unserem ersten Zusammentreffen nach letzter Nacht. Er weiß jetzt Dinge von mir, die niemand sonst weiß. Schlimme Dinge, widerliche Dinge, für die mich mancher verachten würde. Oder bemitleiden. Aber Neil nicht. Er benimmt sich wie immer, als hätte meine Beichte gar nicht stattgefunden, und das rechne ich ihm hoch an. Würde er mich wie ein rohes Ei behandeln – auch nur ansatzweise –, ich weiß nicht, ob ich dann noch mit ihm schlafen könnte. Ich will keine Sonderbehandlung. Ich will akzeptiert werden, wie ich bin. Und es kommt noch besser, denn ich werde Morgensex haben, da bin ich mir sicher. In vierzig Minuten.

»Hope? Bist du noch dran?«

Ich hatte das Handy in den Schoß sinken lassen, jetzt halte ich es mir wieder ans Ohr. »Ich muss jetzt Schluss machen«, sage ich gepresst. Sich aus dem Laken freizustrampeln, ist schwieriger als gedacht.

»Deine Eile hat nicht zufällig damit etwas zu tun, weil ein gewisser Neil Wyler gerade bei dir war?«

»Hast du gelauscht, Joy?« Ich erhebe mich und gehe zur Kofferablage neben dem Schreibtisch, um in meiner Tasche nach hübscher Unterwäsche zu suchen.

»Ich habe nur eins und eins zusammengezählt. Und das Rascheln im Hintergrund bedeutet mit Sicherheit, dass du etwas Heißes zum Anziehen suchst. Nur ein Tipp: Lass es! Das zieht er dir ohnehin gleich wieder aus.« Sie kichert.

Hm ... stimmt. Ich rekle mich einfach nackt in verführerischer Pose auf dem Bett, wenn Neil zurückkommt, das hat doch auch was. Allerdings habe ich bis dahin noch einiges zu tun. Duschen, Zähne putzen und eine frische Intimrasur ist auch fällig. Ich drehe mich um und betrachte den Kunstdruck über dem Bett. »Joy, wenn ich wieder zu Hause bin, müssen wir mal ein ernstes Gespräch führen. Du hast dich verändert. Nicht, dass das schlecht wäre«, schiebe ich schnell hinterher, damit Joy keinen falschen Eindruck bekommt. »Nur muss es dafür einen Grund geben und den würde ich gerne erfahren.«

»Fragen kannst du ja ...«

Ich laufe wieder am Bett vorbei in die andere Richtung. »Wie dem auch sei. Mach keine Dummheiten während meiner Abwesenheit und so.«

»Mach du besser keine Dummheiten. Wobei ...«, sie zögert. »Doch, mach Dummheiten so viel du willst, aber nur die, die keinen dicken Bauch zur Folge haben.«

»Joy!«

Ich höre ihr Lachen und es wärmt mir das Herz. Ich erreiche das Bad. »Ich mache jetzt Schluss.«

Wir legen auf und ich werfe das Telefon aufs Bett, bevor ich die Badtür hinter mir schließe. Mit gemischten Gefühlen im Bauch drücke ich Zahnpasta auf die Bürste und beginne, meine Zähne zu schrubben, während ich mein Spiegelbild betrachte. Joys Veränderung ist eine Sache, aber es scheint ihr damit gut zu gehen, also lasse ich das vorerst auf sich beruhen. Mehr Sorgen macht mir dieser Immobilienmakler ...

»Vertrau deiner Schwester«, ermahne ich mich. Sie hat bereits Initiative gezeigt, indem sie die Nachbarn mobilisiert und überzeugt hat. Sie kann es auch mit dem Immobilientypen aufnehmen. Außerdem gehört der Laden mir und solange ich meine Unterschrift nicht unter irgendeinen Kaufvertrag setze, kann ohnehin nichts passieren.

25

HOPE

Wir reisen weiter nach Morro Bay, wo wir zwei Tage bleiben. Neben einem Besuch der Art Class Galerie drehen wir Szenen in einem richtigen Bike-Park. Ich hätte nicht gedacht, auf einem Crossrad so viel Spaß haben zu können, während ich hinter Neil über staubige Buckelpisten presche. Eine Weinprobe in Santa Barbara und einen Stopp am Surfer's Point in Ventura später, wo ich mich maßlos auf einem Surfbrett blamiere – zur Freude der übrigen Crew –, erreichen wir schließlich Long Beach. *SilverStar* hält unsere Reiseroute immer noch aus PR-Gründen geheim, aber egal, wo wir auftauchen, werden wir erkannt und eine Stunde später weiß praktisch jeder, der einen Internetzugang hat, wo wir uns aufhalten. Wetten werden abgeschlossen, wo wir als Nächstes auftauchen – ganz ehrlich, wäre es nicht so beängstigend, ich hätte darüber gelacht! Die Paparazzi hängen wie Kletten an uns und das nervt ganz schön. Sie gehen nicht mal subtil dabei vor. Ein abgebrochener Meter mit Schnurrbart und Igelfrisur stellte sich uns mit gezückter Kamera in den

Weg, als wir ein italienisches Restaurant verließen. Als Neil mich an der Hand nahm und an dem Typen vorbeiziehen wollte, packte mich dieser am Arm, damit ich stehen bleibe. Ich brauche nicht extra erwähnen, wie Neil reagiert hat, oder? Hätte ich nicht beruhigend auf ihn eingeredet, wäre er auf den Kerl losgegangen. So blieb es bei einer verbalen Abreibung, bevor ich Neil auf die Kawasaki verfrachten und mich hinter ihn klemmen konnte. Matteo schlug daraufhin vor, einen Bodyguard zu verpflichten, aber das wollte ich nicht. Meine Privatsphäre ist schon eingeschränkt genug, ich möchte nicht auch noch auf Schritt und Tritt von einem Stiernacken verfolgt werden. Selbst dann nicht, wenn die Maßnahme meinem Schutz dient.

Die Zeit rinnt wie Sand durch meine Finger. Ich habe nur noch wenige Tage mit Neil und ich möchte das Maximum rausholen. Es ist das Elixier, von dem ich später zehren werde, wenn Neil nicht mehr da ist. Ich mache mir da wirklich keine Illusion. Vielleicht wird Neil ab und an noch an mich denken, aber irgendwann ist auch das vorbei. Spätestens, wenn er dem Realitystar-Dasein entschlüpft und endgültig in den Schauspielolymp aufsteigt, bin ich nur noch eine Randnotiz in seiner steilen Karriere. Andere Frauen werden seinen Weg pflastern und mit gebrochenem Herzen zurückbleiben. Und so sehr ich den Gedanken auch verabscheue, weiß ich, ich werde eine von ihnen sein.

26

NEIL

»Vergiss es! Auf keinen Fall wird die Show so enden!«, brülle ich ins Handy und Scott ins Ohr. War ja klar, dass Gordon Scott vorschickt, um die Hiobsbotschaft zu verkünden. Wenn er glaubt, durch Scott einen Puffer zu haben, der mich umstimmt, hat er sich geschnitten.

Scott seufzt. »Du kannst ihn nicht vor den Kopf stoßen. Gordon ist ein Arsch, aber ein Arsch, der die Schecks ausstellt, und er ist das Zünglein an deiner Karrierewaage.«

Ich senke meine Stimme. Es ist nach Mitternacht. Hope liegt im Nebenraum und schläft, erschöpft von unserem Liebesspiel, aber wenn ich weiter so brülle, wird sie wach und was ich ganz sicher nicht will, ist, dass sie dieses Gespräch hört. »Meinetwegen kann er die Location wechseln. Nevada ist okay. Aber die letzte Szene bleibt wie geplant, und zwar, wie *ich* sie geplant habe!«

»Das wird Gordon nicht gefallen. Mach dich auf Ärger gefasst.«

Ärger? Ich lache bitter auf. Ärger ist mein zweiter Vorname. »Die Show sprengt alle Quoten und das wird sie auch weiterhin tun. Das Finale ist nicht vorhersehbar und wird für super Schlagzeilen sorgen. Was stört Gordon plötzlich daran?«

»Frag mich etwas Leichteres. Ich bin nur der Depp, der zwischen euch vermitteln muss.«

Ich atme tief durch. »Ich weiß, Kumpel, dich trifft keine Schuld.« Das Showbusiness ist hart und als Agent und Mittelsmann tut man gut daran, es sich mit seinen Klienten nicht zu verscherzen. »Trotzdem werde ich dem Szenenwechsel nicht zustimmen. Wenn Gordon das nicht passt – Pech!«

Scott stößt die Luft aus. »Angeblich haben Umfragen ergeben, dass die Show mit der Änderung noch beeindruckender würde.«

»Und dabei ist dem Dreckskerl egal, ob er vertragsbrüchig wird?« Wobei das nicht mal das Schlimmste ist. Das Schlimmste wäre, was Hope mit der neuen Szene angetan werden würde. Das kann ich nicht zulassen!

»Klausel neunzehn sieht vor, dass Änderungen seitens des Senders vorgenommen werden dürfen, wenn entscheidende Gründe vorliegen.«

»Eine beschissene Umfrage ist kein entscheidender Grund!«

»Anscheinend schon. Zumindest sagt das *SilverStars* Rechtsabteilung. Sorry Kumpel, aber Gordon sitzt am längeren Hebel.«

»Fuck!«, fluche ich und gehe zum Fenster. Ich balle die Faust und öffne sie wieder, während ich über den nächtlichen Pazifik blicke und grüble, was zur Hölle ich jetzt tun soll. Dann treffe ich eine Entscheidung.

»Scheiß drauf«, brumme ich.

»Was?«

»Scheiß drauf!«, wiederhole ich. »Wenn er Ärger machen will, soll er mir das persönlich sagen.«

»Soll ich das wortgetreu so weitergeben?«

»Das überlasse ich dir. Gordon wird mir schon nicht den Kopf abreißen.«

Der Mistkerl ist geldgeil und da ich *SilverStars* zukünftiges Zugpferd bin, wird er nicht so dämlich sein und es sich mit seinem Goldesel verscherzen.

»Das vielleicht nicht«, mutmaßt Scott. »Aber es gibt andere Mittel und Wege. Nur ein gut gemeinter Rat, Neil: Unterschätz Gordon nicht.«

Ich unterschätze Gordon nicht. Ich werde nur pokern.

Es gibt keine Alternative. Nicht, wenn ich Hope schützen will.

27

HOPE

Ich bin erst ein einziges Mal geflogen und das ist Jahre her. Damals haben mich die Daltons aus New Mexico geholt, um mich nach Hause zu bringen. Wir hätten auch mit dem Auto fahren können, und obwohl Marly es hasste, zwanzigtausend Fuß über festem Boden in einer engen Röhre zu sitzen, hat sie das Opfer gebracht. Für mich, denn sie wollte mir die Strapazen einer zweitägigen Autofahrt ersparen. Ich bezweifle, dass Gordon ähnlich selbstlose Gründe hat, als er beschloss, die Route kurzfristig zu ändern.

Die Show endet in drei Tagen, was bedeutet, dass heute und morgen die letzten Szenen gedreht werden. Eigentlich war eine Jacht vor der Küste von San Diego gebucht worden – das Finale. Während eines Candle-Light-Dinners auf Deck sollte es zum Streit kommen, bei dem die Fetzen fliegen, was schließlich zur Trennung führt. Ich will mich nicht mit Neil streiten. Und ich will mich nicht von ihm trennen. Weder hinter noch vor der Kamera. Was mir zusätzlich bitter aufstößt, ist der Punkt, dass ich die Böse mimen soll, die Neil schließlich abserviert, weil sie mit dem Leben im Schatten eines Filmstars nicht zurechtkommt. Drama, Kitsch und Größenwahn sind eben der Stoff, aus dem Zuschauerträume bestehen. Und schockverliebte weibliche Fans wollen ihren Helden nicht am Arm einer anderen sehen. Sie wollen träumen und sich einbilden, irgendwann das Herz des Helden erobern zu können.

Nur hat *SilverStar* diese Pläne in einer Nacht-und-Nebel-Aktion umgestellt. Einfach so. Neil informierte uns heute Morgen darüber, dass die Reise nach Las Vegas geht – in einem Privatjet!

»Cut!«, ruft Matteo und schaltet die Kamera aus. »Das war's für heute.«

Nach einem Tag mit unzähligen *Action- und Cut*-Rufen, haben wird das Ende der vorletzten Folge in dem achtsitzigen Learjet gedreht, solange wir auf die Startfreigabe warten, und ich bin in den Genuss eines umwerfenden, leidenschaftlichen Kusses gekommen. Um ehrlich zu sein, küsst Neil mich immer noch.

Matteo räuspert sich. »Du kannst jetzt aufhören, ihr die Zunge bis zu den Mandeln zu schieben, Neil. Die Kamera ist aus.«

»Lass ihn«, gluckst Vic, während sie ein Kabel aufrollt. »Siehst du nicht, dass er kaum die Finger von ihr lassen kann?«

»Das sieht selbst ein Blinder mit Krückstock«, brummt Evelyn verdrossen. Sie ist plötzlich am Flughafen aufgetaucht, mit einem neuen Kleidersack im Gepäck. Mein Vegas-Outfit, wie sie freudestrahlend verkündet hat. Meine Begeisterung hält sich in Grenzen.

Matteo klappt den Kamerakoffer zu und verriegelt die Verschlüsse. Dann fährt er sich mit der Hand übers

Gesicht und reibt seine rot unterlaufenen Augen. »Seid mir nicht böse, Kinder, aber ich hau mich ’ne Runde aufs Ohr. Im Nebenzimmer fand gestern ’ne Party statt. Ich hab kaum ein Auge zugemacht.«

Nachdem er im rückwärtigen Separee – ja, es gibt tatsächlich eins! – verschwunden ist, schlägt Evelyn eines ihrer langen Beine in dem cremeweißen Ledersessel über und hebt eine sauber gezupfte Braue. »Ich hätte die Security gerufen.«

Neil, der nicht mehr meinen Mund, sondern meinen Nacken küsst, lässt von mir ab und sieht sie an. »Er ist eben kein Spielverderber«, erklärt er und grinst dann spitzbübisch. Nebenbei legt er den Arm um mich und zieht mich an seine Seite, so gut es der Anschnallgurt zulässt. Evelyn verzieht den Mund. Sie schmollt. Wegen des lockeren Spruchs eben? Oder weil Neil ihren Begrüßungskuss nicht so erwiderte, wie sie es vielleicht erwartet hat? Sie hat keinen Hehl daraus gemacht, wie sehr sie sich freut, Neil zu sehen. Kaum angekommen, nahm sie ihn in Beschlag. Nur hat Neil jegliche Annäherungsversuche abgeblockt. Evelyn hat daraufhin ziemlich sparsam geguckt. Ich hingegen hätte am liebsten gegrinst wie ein Honigkuchenpferd, konnte es mir aber gerade noch verkneifen. Eigentlich ist Evelyn okay. Zumindest habe ich das angenommen, denn als wir uns kennenlernten, hat mich ihre lockere Art fasziniert. Ich hingegen war nur die Casting-Kandidatin, die Neil Wyler drei Wochen lang den Kopf verdrehen durfte. Ein Bluff, aus dem mehr geworden ist, und diese Entwicklung scheint Evelyn nicht zu gefallen. Um das zu merken, brauche ich keine hellsichtigen Fähigkeiten.

Ein Triebwerk wird gestartet, dann das zweite. Vic, die

mir gegenübersitzt, fummelt an ihrem Anschnallgurt, als sich die Cockpittür öffnet. Ein wirklich gut aussehender blonder Pilot in dunkler Uniform und Himmelblauen Augen steckt seinen Kopf durch den Spalt. »Wir sind dann so weit.«

»Moment!«, ruft Vic, die ihre Unterlippe einzieht und konzentriert die Stirn kräuselt. »An dem verflixten Ding breche ich mir noch die Fingernägel ab«, flucht sie, ohne aufzusehen. »Was passiert, wenn ich mich nicht anschnalle? Sterbe ich dann einen ...« Sie sieht auf in das schmunzelnde Gesicht des Schönlings und blinzelt. Dann blinzelt sie noch mal, bevor sie das Kinn senkt und zuckersüß fragt: »Würden Sie mir vielleicht behilflich sein, Mister ...?«

»Jason. Einfach nur Jason«, sagt er. »Tut mir leid, ich darf das Cockpit nicht verlassen.« Er macht ein bedauerndes Gesicht, was dennoch ziemlich sexy aussieht.

Vic glotzt – anders ist ihr Ausdruck nicht zu beschreiben –, sie glotzt, als wäre Jason die Piemontkirsche auf einer Sahnehaube. Fehlt nur noch, dass sie anfängt zu sabbern. Neil und ich grinsen, aber Evelyn verdreht genervt die Augen. So weit es ihr Anschnallgurt zulässt, beugt sie sich zu Vic über den schmalen Gang. »Schnalle in die Öse, du Dumpfbacke, und nicht umgekehrt!«

Vic, die aus ihrer Starre erwacht, wirft ihr einen giftigen Blick zu. Die Zeichen stehen auf Sturm. Das kann und will ich nicht zulassen. Also schnalle ich mich ab und beuge mich über den Tisch, der sich zwischen uns befindet.

»Das längliche Teil in den Schlitz stecken«, erkläre ich milde lächelnd. »Und achte darauf, dass der kleine Hebel senkrecht steht, sonst blockiert die Sicherung. Schau mal, dort.« Ich zeige auf den silbernen Verschluss und dann weiter zur Verankerung.

Vic nickt und folgt meinen Anweisungen. Das Schloss klickt, Vic lächelt dankbar. Sie schielt zum Schönling, der uns interessiert mustert, und grinst verschmitzt. »Kann losgehen.«

Evelyn, die sich wieder zurückgelehnt hat und mit Eisköniginnenmiene aus dem Fenster sieht, ignoriert sie. Halleluja – das kann ja spaßig werden! Ich lehne mich wieder zurück, aber bevor ich mich anschnallen kann, hat Neil schon über mich rüber gegriffen.

»Du lässt auch keine Gelegenheit aus, sie zu befummeln«, scherzt Vic. »Macht er das auch, wenn ihr alleine seid, oder nur, um mich eifersüchtig zu machen?«

Sie ist eifersüchtig? Seit wann das denn?

»Wenn ich meiner Fantasie nachgebe, würden in Vegas die Handschellen klicken, sobald ich aus dem Jet steige«, sagt Neil todernst und sieht mir dabei tief in die Augen. Meine Wangen brennen und mein Unterleib zieht sich lustvoll zusammen.

»So schlimm?« Ich lecke mir über die Lippe.

Neil verschränkt unsere Hände, ohne den Blick von mir zu lösen, und legt sie auf sein Knie. »Ich erzähle dir davon, sobald du auf einer Matratze unter mir liegst.«

Zwei Stunden später sind meine sündigen Gedanken vergessen. Las Vegas ist der Wahnsinn! Sündenpfuhl, Spielerparadies und Mekka für Vergnügungssüchtige. Es ist dunkel, als wir den Strip in der Stretchlimousine passieren, und ich staune wie ein Kind am Weihnachtsmorgen, als ich die blinkenden Leuchtreklamen sehe, die gigantischen Hotel- und Kasinokomplexe mit ihren wahnwitzigen Gebilden und Möglichkeiten. Hier bekommt *Nightlife* eine neue Bedeutung.

Das Bellagio schießt an Dekadenz allerdings den Vogel ab. Mit original italienischem Flair wurde die Umgebung des Comer Sees nachgestellt, inklusive eines Luxuskasinos, einer Kunstgalerie und drei Sternerestaurants. Ach ja – zwei Hochzeitskapellen gibt es natürlich auch. Die dürfen in Las Vegas nicht fehlen. Überall glitzert es. Wow! Ich bin umgeben von funkelnden Sternen und seichten Klavierklängen aus versteckten Lautsprechern. Hier hat ein Architektenteam ganze Arbeit geleistet. Ein Concierge nimmt uns das Gepäck ab. Staunend sehe ich mich um, während ich Neil folge, der einen Arm um meine Hüfte gelegt hat.

»Wo sind die Paparazzi?«, fragt Vic, die mit Evelyn und Matteo dicht hinter uns geht. »Bislang lauerten die uns doch hinter jeder Ecke auf.«

Neil biegt in einen Seitentrakt ab, der für VIP-Gäste gekennzeichnet ist. »Die Route wurde kurzfristig geändert. Die Presse hat davon noch keinen Wind bekommen.«

»Trotzdem blitzt doch sofort ein Handy, wenn wir erkannt werden, und zwei Sekunden später ist es im Netz!«

»Denk nach, Vic! Es beweist, dass wir noch inkognito sind«, bemerkt Evelyn genervt. Ihre Laune hat sich nicht wesentlich gebessert. »Wir sind erst vor zwei Minuten aus der Limo gestiegen. Außerdem tragen Neil und Hope Schirmmützen und Sonnenbrillen. Was ich als Verkleidung ziemlich übertrieben finde … Aber mich fragt ja keiner.«

Ihre schnippische Art ist ätzend. Ich hätte nie gedacht, dass sie so sein könnte.

Neils Arm um meine Hüfte versteift sich. Er bleibt stehen und wirbelt herum, sodass ich Mühe habe, zu folgen. »Schalt endlich mal einen Gang runter! Dieses Gezicke nervt«, fährt er sie an.

Nicht nur ich halte die Luft an. Dass er sie so offen angeht, hätte ich nicht gedacht. Evelyn offensichtlich auch nicht, denn ihr Gesicht wird kreidebleich. Neil dreht sich zurück und da er mich keine Sekunde losgelassen hat, ich mich mit ihm. Ich habe so eine Art Radar für ihn entwickelt, daher weiß ich, dass er stocksauer ist. Und zu Recht. Evelyn benimmt sich unmöglich. Es wurde wirklich Zeit, dass jemand sie in die Schranken weist. Dass allerdings Neil dieser jemand ist, überrascht nicht nur mich.

Wir folgen einem kurzen Gang, der in einer kleinen Lobby endet. An einem gläsernen Stehtisch arbeitet eine blonde Schönheit im Businesskostüm an ihrem Laptop. Als sie uns bemerkt, hören ihre Finger auf zu tippen. Ihre Begrüßung ist herzlich und wirkt durch und durch echt. Außerdem macht sie keine Anstalten, mit Neil zu flirten, was ich ihr hoch anrechne. Bislang haben die wenigsten Frauen auf seinen Beziehungsstatus Rücksicht genommen. Ich finde das ziemlich frech und skrupellos. Als wäre unsere Beziehung nichts wert und Neil jederzeit bereit, einen Seitensprung zu wagen. Okay, sein früheres Leben lässt diese Annahme zu. Aber trotzdem. Es vorauszusetzen, ist unverschämt. Neil lässt mich los und setzt die Sonnenbrille ab, um den Bügel in seinen Hemdkragen zu stecken. Danach legt er beide Ellenbogen locker auf den Tresen. Seine Anspannung ist wie weggeblasen, aber ich weiß, dass er sich immer noch über Evelyn ärgert. Er überspielt es einfach nur gut. Freundlich nennt er unsere Namen. Manikürte Finger fliegen über die Tasten. »Ich hätte dann hier eine Suite mit Kingsize-Bett und drei Businesszimmer.«

Ich setze ebenfalls die Sonnenbrille ab und reiche sie Vic nach hinten, ohne sie anzusehen. Sie verstaut sie kommentarlos in ihrer gigantischen Umhängetasche, während ich über den Tresen spähe. »Da liegt ein Irrtum vor«, sage ich. »Fünf Businesszimmer und zwei davon mit Verbindungstür ...«

»Das stimmt schon so«, fällt mir Neil ins Wort. »Würden Sie bitte dafür sorgen, dass Miss Kendalls und mein Gepäck in die Suite gebracht wird?«

Ein sarkastisches Schnauben von Evelyn und ein »Oh« von Matteo. Vic rammt mir ihren Ellenbogen in die Rippen. »Cool!«, gluckst sie leise. Als ich über die Schulter sehe, zwinkert sie mir zu. Ich zwinkere nicht. Ich drehe mich zurück und sehe Neil groß an. »Bist du sicher?«

Er nimmt die Schlüsselkarten entgegen. »Sicher bin ich sicher.«

»Aber ...«

»Nichts aber.« Er küsst mich auf den Mundwinkel. »Ich will dich in meinem Bett, und zwar die ganze Nacht.«

Ähm ...

Wer ist dieser Mann und wo hat er den *Ich-schlafe-nie-mit-einer-Frau-im-selben-Bett-Neil-Wyler* gelassen?

»Sind sie nicht süß?«, quiekt Vic.

»Ich glaub, mir wird schlecht«, brummt Evelyn. Das Letzte, was ich von ihr sehe, ist der giftige Ausdruck auf ihren sonst so schönen Zügen, mit dem sie Neil bedenkt, als er ihr die Schlüsselkarte reicht. Sie macht auf dem Absatz kehrt und marschiert mit hoch erhobenem Kinn und klappernden Absätzen ihrer Louboutins zum Lift. Erst als die Türen sich schließen, folgen wir im Team. Keiner spricht es laut aus, aber wir alle sind froh, sie loszusein.

Im Lift klopft Matteo Neil auf die Schulter. »Wurde auch Zeit, dass du alte Muster aufbrichst.«

Gebannt halte ich die Luft an. Neil, dessen Arm um meiner Schulter liegt, grinst schief. »Alte Muster aufzubrechen, ist kein Kindergeburtstag.«

Der Lift stoppt im vierzehnten Stock, Vic und Matteo steigen aus und die Türen schließen sich wieder. Mein Herzklopfen legt einen Zahn zu und das ändert sich auch nicht, als wir die oberste Etage, den *Executive Floor,* erreichen. Arm in Arm gehen wir zu unserer Suite. Obwohl ich tausend Fragen habe, stelle ich keine einzige davon.

28

NEIL

Hope fragt sich, was in mir vorgeht. Wie sollte sie auch nicht? Bislang bin ich meinem Credo, *nur Sex, keine Gefühle und nie, wirklich niemals neben einer Frau aufwachen, die ich flachgelegt habe,* immer treu geblieben. Sie verdient eine Erklärung.

Ich habe die Tür gerade hinter mir geschlossen, als mein Handy vibriert. Ich checke das Display, während Hope die zwei Stufen hinunter in den Wohnbereich geht und mitten im weitläufigen Raum stehen bleibt, um eine von drei Bleistiftzeichnung an der hellgrau gestrichenen Wand zu betrachten. Der Anrufer ist Mick. Er will bestimmt wissen, warum sein vierzehntägiger Scheck fehlt, aber ich habe jetzt keine Lust, mit ihm zu reden. Ja, ich habe vergessen, den Scheck abzuschicken. Für gewöhnlich bin ich nicht so nachlässig, aber es ist nun mal viel passiert. Er wird eben ein paar Tage warten müssen, um seinen Alkoholvorrat wieder aufzustocken, und ich habe jetzt echt keinen Nerv, mir seine Vorwürfe anzuhören. Er wird nicht verhungern, dafür sorgt der Sozialarbeiter, den ich zusätzlich bezahle, um regelmäßig nach ihm zu sehen. Ich drücke den Anruf weg und ignoriere das Ziehen in meiner Brust. Es ist wie verhext. Ich werde es einfach nicht los. So sehr ich es auch versuche, sobald Mick anruft, schweifen meine Gedanken zurück und mein schlechtes Gewissen schwebt erdrückend über mir.

»Warum bin ich hier?«, fragt Hope plötzlich in die Stille hinein. »Und nicht in meinem eigenen Zimmer?« Sie klingt verunsichert. Ich kann es ihr nicht verdenken. Nur die indirekt beleuchtete Fußleiste spendet schwaches Licht, ihre Augen wirken dadurch noch dunkler. Es ist nicht fair, sie im Unklaren zu lassen. Das Problem ist, ich weiß nicht, was ich will. Dafür spricht Hopes Ausdruck Bände. Sie wünscht sich, dass ich sie in die Arme ziehe und ihr sage, dass alles gut wird. Aber das kann ich nicht. Sicher, ich will sie in meinem Bett – jede verdammte Sekunde –, aber wenn sie erfährt, wer ich wirklich bin, laufe ich Gefahr, dass sie sofort geht.

Ich überspringe die Stufen mit nur einem Schritt und schließe den Abstand zwischen uns zielstrebig. Hopes Augen werden noch größer, aber sie weicht nicht zurück. Ich bin zu forsch, also schalte ich einen Gang runter. Sanft nehme ich sie an der Hand und führe sie zu einem Sessel. Als ich mich in die weichen Kissen fallen lasse, ziehe ich sie auf meinen Schoß und schließe die Arme um sie. »Wir verbringen ohnehin die halbe Nacht im selben Bett. Ich dachte, wir könnten diesen Umstand ausweiten.«

»Einfach so?«, fragt sie zweifelnd. »Nachdem du dich wochenlang gesträubt hast, kannst du diese Entscheidung nicht treffen, ohne mich vorzuwarnen.«

Nein, das hätte ich nicht tun sollen. Aber ich habe. Ich bin halt egoistisch. Insbesondere, wenn es um Hope geht.

»Findest du den Gedanken, neben mir aufzuwachen, denn so schrecklich?«

Sie reagiert wie erwartet. »Red nicht so einen Blödsinn! Natürlich will ich ein gemeinsames Bett! Aber dieser plötzliche Sinneswandel ... das ... das macht mich ganz kribbelig.«

Ich schmunzele. »Schön, dass ich diese Reaktion in dir auslöse.«

Sie gibt mir einen Klaps auf den Unterarm. »Das ist nicht lustig, sondern ein ernstes Thema! Du hattest deine Gründe, allein zu schlafen. Offenbar hat sich etwas maßgeblich verändert. *Du* hast dich verändert, Neil.«

Natürlich hat sie es gemerkt. Wie hätte sie es auch nicht merken sollen? Ich halte meine Gefühle vor ihr ja auch nicht mehr zurück. Ich zeige sie offen. Ohne Netz und doppelten Boden. Ich muss endlich Tacheles reden. »Ich mag dich, Hope.«

»Ich mag dich auch, Neil«, sagt sie. »Aber ich dachte, über den Punkt, uns das einzugestehen, wären wir schon hinaus.«

»Sind wir auch. Nur mag ich dich eben ein bisschen mehr und da dachte ich ...«

Hope hält die Luft an. Ihre Hände, die verschränkt in meinem Nacken liegen, krallen sich in meine Haut. »Was dachtest du?«

»Dass wir nach der Show weitermachen können. Kein Streit, keine Trennung. Die Show endet, wie sie begonnen hat. Mit uns als Paar. Und dann sehen wir, wohin es uns führt.«

Hope schließt die Augen. Ihr Brustkorb hebt und senkt sich mit jedem ihrer Atemzüge. Sie begreift und sie braucht Zeit, zu verarbeiten. Ihre Lider öffnen sich wieder.

Ihr Blick findet meinen und dann küsst sie mich. Sie küsst mich mit der gleichen Intensität, wie ich sie für Hope empfinde, und beendet diesen Kuss erst, als ich sie sanft, aber bestimmt wegdrücke. Atemlos lege ich meine Stirn an ihre.

»Das bedeutet dann wohl, du bist damit einverstanden?«

Sie beißt auf ihre Lippe und grinst glücklich. »Bin ich.« Einen Wimpernschlag später sacken ihre Mundwinkel nach unten. »Wir werden Ärger bekommen. Großen Ärger. Wir haben einen Vertrag unterschrieben, in dem klar geregelt steht, dass beide Parteien als Single aus der Show herausgehen müssen.«

Ach das. Ich küsse sie erneut, aber nur kurz. »Mit Ärger kann ich umgehen, aber *SilverStar* wird keinen machen. Die Fans fressen mir aus der Hand und das, *obwohl* wir beide zusammen sind. Gordon wird nicht begeistert sein, wenn er das mit uns erfährt, aber er wird mich nicht feuern. Dafür bin ich zu wertvoll für ihn geworden.«

»Was, wenn er es doch tut?«, fragt sie zweifelnd.

»Wird er nicht!«

»Und wenn doch? Der Typ ist knallhart, wenn es ums Geschäft geht.«

»Eben. Wenn er mich feuert, muss er einen neuen Hauptdarsteller für die Serie finden.«

»Da sind bestimmt hinreichend Kollegen, die deinen Platz einnehmen möchten.«

Ich zucke die Achseln, als hätte ich nicht den Hauch eines Zweifels. »Aber keiner ist so gefragt wie ich zurzeit.«

Hope schmunzelt. »Wie gut, dass du nicht überheblich bist. Solche Typen mag ich nämlich gar nicht.«

»Ja, da haben wir wirklich Glück.« Ich umfasse ihren Hintern mit den Händen. Dann spreize ich die Finger und drücke zu. Gleichzeitig schiebe ich sie vorwärts, bis wir zusammenstoßen und sie spüren kann, wie hart ich bin. Hope fixiert mich unter gesenkten Lidern.

»Ich weiß, was du brauchst, damit deine Zweifel verfliegen.«

»Meinst du vielleicht das hier?« Ihr Unterleib drückt sich an meinen. Meine Güte! Sie weiß wirklich, wie sie mich noch heißer machen kann. Doch ich muss ihr noch so viel sagen. Bevor sie sich endgültig auf mich einlässt, muss sie wissen, wer ich bin. Sie muss die ganze Wahrheit erfahren, das bin ihr schuldig.

29

HOPE

»Du musst etwas ...«, beginnt Neil, aber ich lege ihm den Finger auf die Lippen, damit er schweigt. »Nicht jetzt. Später.« Ich küsse ihn, lasse meine Zunge in seinen Mund wandern, bis er ergeben stöhnt. Dann vibriert sein Handy erneut. Neil brummt etwas Unverständliches, weil seine Lippen noch auf meinen liegen. Er unterbricht den Kuss, verlagert das Gewicht auf eine Seite und zieht sein Handy aus der Hosentasche. Ohne aufs Display zu sehen, schaltet er es aus und lässt es auf den Teppich fallen.

»Vielleicht war es wichtig.« Ich bin noch vollkommen auf seine geschickten Hände und das, was seine Zunge mit mir gemacht hat, ausgerichtet, deshalb klingt meine Stimme kratzig und leicht außer Atem.

»Nicht so wichtig wie das hier.«

Ich vergesse, was ich sagen will, als Neil seine Hand unter mein Shirt schiebt und geschickt den BH auf dem Rücken öffnet. Dabei gleiten seine Lippen über meinen Wangenknochen und hinterlassen federleichte Küsse auf der empfindlichen Haut. Entzückt sackt mein Kopf in den Nacken. Multitaskingfähig ist er, das muss ich ihm lassen. Kurz darauf ist mein Top verschwunden, der BH folgt. Neils Oberkörper ist ebenfalls nackt. Ich bekomme eine Gänsehaut, als Neil meine Brustwarze mit den Lippen umschließt und daran saugt. Gott! Habe ich schon erwähnt, dass er unglaublich geschickt mit der Zunge ist? Und mit den Händen? Auf jede erdenkliche Art ... Mein Stöhnen geht in abgehackte Laute über, als Neil meinen Hintern packt und meinen Unterleib gegen seine Erektion drückt. Er ist so was von hart! Dass er in der engen Jeans überhaupt noch sitzen kann ... Im nächsten Moment hebt er mich hoch und trägt mich zum Schreibtisch, packt meine Kniekehlen und zieht mich so weit nach vorne, bis mein Hintern fast über die Kante rutscht. Dann schiebt er mir Hose und Slip über die Hüften. Ich helfe ihm, indem ich das Becken kurz hebe. Keine Sekunde später ist er ebenfalls vollkommen nackt. Ich kann nicht anders, ich starre zwischen seine Beine und lecke mir in freudiger Erwartung über die Lippen. Neil stöhnt auf, knurrt etwas Unverständliches, dann ist er in mir. Ohne Vorwarnung. Einfach so, aber es ist vollkommen okay für mich, denn ich bin bereit für ihn. Sehr sogar. Unsere Münder finden sich. Wir halten uns eng umschlungen, während Neil tief und langsam in mich stößt. Der Sex war noch nie so intensiv. Es ist, als würden wir miteinander verschmelzen, eine Einheit bilden und das fühlt sich so verdammt gut an, dass mir eine Träne über die Wange rollt. Als Neil sie bemerkt, küsst er sie weg. Nachdem wir gemeinsam gekommen sind, vergrabe ich meine Nase in seiner Halsbeuge. Er atmet ebenso schwer wie ich und so bleiben wir stehen, eine gefühlte Ewigkeit, bis Neil mich ins Bett trägt. Er liest mir nicht vor wie die letzten Abende. Nichts an diesem Abend ist gewöhnlich. Ich habe die Beine angezogen und mich unter der Decke zusammengerollt, als Neil sich hinter mich legt, seinen Arm um meine Hüfte schlingt und mich ganz fest hält. Niemand spricht, aber das brauchen wir auch nicht. Der Moment ist perfekt. Einfach perfekt.

Mitten in der Nacht wache auf und spüre sofort, dass etwas nicht stimmt. Ich taste neben mir über die Matratze, doch meine Hand geht ins Leere. Neil ist nicht da! Ich öffne die Augen, bemerke den Lichtschein und drücke mich auf den Ellenbogen hoch. Mit klopfendem Herzen blicke ich mich um und entdecke Neil am Schreibtisch. Gott sei Dank. Er ist nicht gegangen. Er ist noch hier, bei mir, wie er versprochen hat.

Ich habe kein Problem mit meinem Körper, also verzichte ich auf Kleidung, als ich aufstehe und zu ihm gehe. Außerdem ist Neil ebenfalls nackt. Er dreht mir den Rücken zu und hält einen Stift in der Hand. Er schreibt? Mitten in der Nacht? Er muss mich bemerkt haben, aber er dreht erst das Schriftstück um, bevor er mich anblickt.

»Hey.«

»Hey.« Ich schenke ihm ein Lächeln, von dem ich hoffe, es verbirgt mein klopfendes Herz. Ich habe ihn bei etwas erwischt, das eigentlich nicht für meine Augen bestimmt ist, dennoch frage ich: »Was machst du da?«

»Ich muss etwas erledigen.«

Ich beiße mir auf die Unterlippe. »Mitten in der Nacht?«

Er antwortet nicht und plötzlich fühle ich mich nicht

mehr ganz so wohl mit meiner Nacktheit wie zuvor. Es gibt so viele Geheimnisse, die Neil umgeben. Ich habe sie kurzzeitig verdrängt, weil ich so glücklich bin, aber die Erkenntnis kommt jetzt wie ein Tornado zurück und flutet mein Hirn. Ich mache einen Schritt rückwärts, bereit, wieder ins Bett zu kriechen, aber Neil überrascht mich, als er mich festhält.

»Bleib. Du musst etwas erfahren.« Er zieht mich auf seinen Schoß, sodass meine Beine auf der Seite baumeln. Die Geste hat nichts Sexuelles an sich. Auch dann nicht, als er die Arme um meine Taille schließt. Ich lege einen Arm um seinen Hals und lehne mich an ihn.

»Ich möchte dir etwas zurückgeben.«

»Was könntest du mir ...?«

»Vertrauen«, unterbricht er mich rau. »Du hast mir deine Geschichte erzählt. Das Mindeste, was ich tun kann, ist, dieses Vertrauen erwidern.«

Ich bin überwältigt. Überwältigt und fassungslos.

»Das ... das musst du nicht. Du bist mir nichts schuldig.«

»Ich weiß, aber ich will. Ich sagte, ich will sehen, wohin es mit uns führt, und du sollst wissen, wer ich bin, denn wenn wir eine ...«, er leckt sich über die Lippen, »Beziehung führen, will ich die nicht auf Halbwahrheiten aufbauen.«

Sanft lege ich meine Hand an seine Wange. »Erzähl es mir.« Egal, was jetzt kommt. Mein Herz gehört ihm. Unwiderruflich.

»Ich habe zwei Menschen getötet.«

Ich lasse meine Hand sinken.

»Ich bin ein Mörder, Hope.«

»Das glaube ich nicht!« Das kann nicht sein. »Warum

sagst du das?«

»Weil es wahr ist«, sagt er matt. »Als Jugendlicher habe ich rebelliert, bin bewusst Risiken eingegangen, um Grenzen zu testen.«

»Grenzen?«

»Ich war auf der Suche«, sagt er. »Ich hatte eine Familie, die mich umsorgte, aber der Platz bei ihnen fühlte sich nicht richtig an. Ich weiß, wie undankbar das klingt. Besonders für dich. Aber so war es leider.«

Ich denke daran, was er mir erzählt hat. Über seine Eltern und dass sie mit seinen Träumen nicht einverstanden waren. »Wie alt warst du, als du von zu Hause ausgerissen bist?«

»Gerade sechzehn. Ich war voll mit Hormonen und wusste nicht, wohin damit.«

»Du hast dich einer Gang angeschlossen«, spreche ich meine Gedanken laut aus.

»Nicht ganz. Es war eher eine Art Kommune. Jimmy und Taylor habe ich beim Trampen getroffen. Sie waren zwei Jahre älter und weil ich nicht wusste, wohin ich sollte, und kaum Geld hatte, durfte ich eine Zeit lang bei ihnen wohnen. Sie lebten bei ihrem Vater in einem heruntergekommenen Farmhaus. Ihre Mutter hatte das Weite gesucht, als sie noch Babys waren. Damals hatte ich dafür kein Verständnis, aber da habe ich die Welt auch noch mit anderen Augen gesehen. Ich sah die beiden, ich sah ihren Dad und das Drecksloch von Haus und da lag es für mich nahe, die Schuld bei der Mutter zu suchen. Schließlich war sie abgehauen und hat die drei im Stich gelassen.«

»Nachvollziehbar.« Nur Schwarz oder Weiß zu sehen, ist oft einfacher als die Grauschattierungen dazwischen.

»Mick war kein Mustervater, aber er war okay. Er

vernachlässigte zwar die Erziehung seiner Söhne, aber er ging arbeiten, zumindest sporadisch. Er konnte so ziemlich alles reparieren. Die Leute in der Umgebung wussten das und weil man in der Gemeinde zusammenhielt, bekam er kleinere Aufträge und konnte so für sich und seine Söhne sorgen – und für mich. Jimmy und Taylor verschwanden manchmal für Stunden. Ich wusste dann nie, wo sie waren. Einmal fragte ich nach und kassierte einen ziemlichen Anschiss. Danach habe ich meine Klappe gehalten. Ich wollte nicht rausgeschmissen werden, weil ich meine Nase in Dinge steckte, die mich nichts angingen. Drei Monate nachdem ich bei ihnen eingezogen war, baten mich die Jungs um einen Gefallen. Ich sollte sie zu einer Party fahren und im Wagen warten, um sie dann wieder nach Hause zu bringen. Ich wohnte bei ihnen und außer ein paar wenigen Dollar, die ich fürs Zeitungaustragen bekam, steuerte ich nichts zum Haushalt bei. Ich hatte keinen Führerschein, aber ich wollte nicht ablehnen. Ich dachte, die kleine Gefälligkeit wäre ich ihnen schuldig«, gesteht er. »Ich wartete bereits eine Stunde, im Radio lief nur Mist und irgendwann wurde es mir zu langweilig. Also hielt ich so einen Typen auf der Straße an, der gerade zu der Party wollte, und bat ihn, Jimmy und Taylor auszurichten, ich würde um Mitternacht zurück sein. Dann bin ich einfach etwas rumgefahren. Das war besser, als dämlich zu warten.«

Neil fährt sich mit der Hand übers Gesicht und atmet lang aus. Ich spüre es sofort. In ihm tobt ein Sturm, den er unterdrückt. Ich möchte ihm so gerne helfen, aber ich weiß nicht wie, also frage ich nur leise: »Was ist dann passiert?«

Neil zögert. »Kurz vor Mitternacht war ich noch ein paar Straßen entfernt, aber ich habe den Rauch schon von

Weitem gerochen und mein Puls raste. Ich weiß, es ist lächerlich, dass ich bereits von Weitem annahm, dass etwas passiert sein könnte, dennoch drückte ich aufs Gas. Wie ein Irrer jagte ich durchs Viertel und brach jede erdenkliche Verkehrsregel. Als ich in die Straße einbog, bestätigten sich meine schlimmsten Befürchtungen.« Wieder fährt er sich übers Gesicht. »So viele Sirenen und Blaulichter hatte ich nicht mal in schlechten Actionstreifen gesehen. Die Einsatzfahrzeuge standen überall. Die Straße war weiträumig abgesperrt, während die Feuerwehr versuchte, den Brand zu löschen.« Neil schweigt, aber ich will auch den Rest erfahren. »Taylor und Jimmy?«

Er schließt die Augen. »Sie haben es nicht herausgeschafft.«

Er klingt wirklich gebrochen. Oh Mann!

Ich löse meine Wange von seiner Schulter. Behutsam umschließe ich sein Gesicht mit den Händen, damit er mich ansieht. Als er die Augen öffnet, schrecke ich zusammen. Die Schuldgefühle darin sind unglaublich.

»Das war nicht dein Fehler«, flüstere ich eindringlich. Ich will, dass er mir glaubt. »Du konntest nichts dafür.«

Er löst meine Finger von seinem Gesicht. »Sie waren mit Freunden dort, die sich retten konnten. Der Brand ist im Obergeschoss ausgebrochen, weil irgendein Idiot eine glühende Crackpfeife auf einem Stapel Zeitungen abgelegt hat. Das Feuer breitete sich rasend schnell aus, aber Jimmy und Taylor waren zu high – sie haben die Gefahr nicht erkannt. Dann ging alles in die Luft. Die Explosion machte das Gebäude dem Erdboden gleich. Man fand die Leichen unter den Trümmern. Jimmy hatte sein Handy in der Hand. Meine Nummer stand auf dem gesplitterten Display. Er hatte schon vorher angerufen – sie wollten früher abgeholt werden –, aber nur meine Mailbox erreicht, weil ich mit der Bedienung des Diners, in dem ich einen Stopp eingelegt hatte, geflirtet habe und abgelenkt war. Jimmy und Taylor wurden erschlagen, weil ich meine Pflicht nicht erfüllt habe.«

Das ist übel. Echt übel. Natürlich macht Neil sich Vorwürfe. Er wäre ein Eisklotz, wenn nicht. »Das lässt dich nicht los.«

Neil nickt, den Blick starr über meine Schulter gerichtet. »Und ich zahle den Preis dafür.«

Ich sehe zum Schreibtisch. Sehe noch einmal genauer hin und kombiniere blitzschnell, als ich erkenne, um welche Art Schriftstück es sich handelt. »Wem stellst du den Scheck aus?«

»Mick. Jimmys und Taylors Vater.«

Ich keuche auf. »Die Explosion ist jetzt wie lange her?«

»Zwölf Jahre.«

»Scheiße«, flüstere ich fassungslos. »Und seitdem zahlst du?«

Neil kneift die Lippen zusammen, als er wegsieht. »Erst seit ich Geld verdiene. Wenn man nichts hat, kann man nichts zahlen.«

Jesus! Ich versuche, das Gehörte zu verarbeiten, ende aber immer wieder an dem Punkt, dass es nicht Neils Schuld war. Allerdings komme ich mit dem Argument nicht weiter, das ist mir klar, deshalb versuche ich es erst gar nicht. Ich konzentriere mich auf die Fakten. »Mit achtzehn wurdest du an der Schauspielschule angenommen«, erinnere ich mich. Joy hat das bei ihrer Recherche herausgefunden. Neil bestach durch herausragende Leistungen und erhielt als einziger Bewerber ein Vollstipendium. »Wie hast du dich bis dahin über Wasser gehalten?«

»Mit Gelegenheitsjobs. Nach dem Brand wurde ich von der Polizei verhört und dann zurück zu meinen Eltern geschickt. Ich lebte dort nicht. Ich vegetierte vor mich hin. Was mich schließlich rettete, war mein Vater.«

Hatte er nicht gesagt, das Verhältnis sei schlecht gewesen?

»Wir stritten eigentlich täglich«, fährt Neil monoton fort. »Irgendwann wurde es so schlimm, dass er mich als untalentierten Schmarotzer beschimpfte. Das hatte er vorher noch nie getan. Ausreißer, Querschläger – prallte an mir ab, aber untalentierter Schmarotzer ... das wollte ich nicht auf mir sitzen lassen.«

»Also hast du dich auf das Stipendium beworben.«

»Genau.«

»Warum zahlst du noch immer dafür?« Es ist menschlich, die Schuld bei sich selbst zu suchen – ich kann ein Lied davon singen –, was nicht bedeutet, dass es richtig ist. Ich hebe die Hand, bevor Neil etwas erwidern kann. »Sag jetzt nicht, es ist wie bei mir, denn das ist es nicht. Meine Blockade basiert auf einem traumatischen Ereignis, das schon, aber du zahlst aus Schuldgefühlen. Du bist an dem Feuer ebenso wenig beteiligt gewesen wie ich an Madisons Selbstmord.«

Neil schmunzelt. »Versuchen Sie etwa, mich zu therapieren, Miss Kendall?«

Ich antworte nicht, sehe ihn nur an. Er wird wieder ernst. »Weil ich es ihm schuldig bin. Mick hat meinetwegen seine Söhne verloren.«

»Sie sind freiwillig zu dieser Party gegangen«, erinnere ich ihn an die Tatsachen.

Neil nimmt meine geballte Faust, dreht sie und öffnet

die verkrampften Finger. Dann küsst er meine Handfläche. »Das ist genug für heute.«

»Genug was?«

»Genug geredet.« Er lächelt, wenn auch nur kurz, aber es ist schön, dass er es überhaupt tut. Ich beschließe, es gut sein zu lassen. Ich habe mehr erfahren, als ich erwartet habe, und es wird eine Weile dauern, bis ich alles verarbeiten kann.

»Gehen wir zurück ins Bett«, beschließt Neil und hebt mich hoch. Ich halte mich in seinem Nacken fest und lege meinen Kopf an seine Brust. Sein Herz schlägt kräftig und gleichmäßig. Das ist gut. Würde es rasen, hätte ich mir Sorgen gemacht.

»Danke«, flüstert er, als er hinter mir liegt und einen Arm um meine Taille schlingt, wie er es immer macht.

»Wofür?«

Ich erwarte etwas wie »*Weil du mir zugehört hast.*« Doch er sagt: »Weil du mich nicht verurteilst. Das ... das war meine größte Angst.«

Ich kann nur nicken, weil meine Stimme versagt. Mein Herz zieht sich schmerzhaft zusammen. Ich drücke mein Kopf fester ins Kissen und schließe die Augen. Hinter meinen Lidern sammeln sich Tränen, als ich meine Hand mit Neils verschränke und sie auf meinen Bauch ziehe. Verurteilt zu werden, ist schlimm, insbesondere, wenn man ein Kind ist und sich nicht wehren kann. Zu wissen, dass Neil es ähnlich erging – wenn auch als Jugendlicher –, macht mich unendlich traurig. Wir sind uns so ähnlich. Wer hätte das noch vor einigen Wochen gedacht? Damals habe ich ihm die Pest an den Hals gewünscht, weil er sich unmöglich benahm. Seitdem hat sich viel verändert. Heute wünsche ich mir, dass Neil mich nie wieder loslässt.

30

HOPE

Nach einer Nacht, in der ich wie ein Baby in seinen Armen schlief, hat Neil Frühstück aufs Zimmer bestellt. Vorher hatte er mir die Speisekarte vorgelesen, damit ich meine Wahl treffen kann.

Ich erwische mich immer häufiger bei dem Wunsch, Buchstaben zu Worten und Worte zu Sätzen formen zu können. Ich habe zwei Therapien begonnen, beide jedoch abgebrochen. Die letzte ist fünfzehn Jahre her, danach habe ich es nie wieder versucht. Es tut einfach zu weh, wieder und wieder zu verlieren. Aber die Methoden entwickeln sich weiter, *ich* habe mich weiterentwickelt. Was, wenn es mittlerweile Praktiken gibt, die meine Blockade lösen können?

Neil zieht mich an seine Brust, die von einem gebügelten Hemd bedeckt wird. Wir haben uns in Schale geworfen – im Bellagio gehört sich das so –, aber zur Abwechslung fühle ich mich dennoch recht wohl. Das von Joy geliehene Wickelkleid aus hellblauer Seide ist nämlich ausgesprochen bequem.

»Bis später«, raunt Neil dunkel. Dann küsst er mich, als wären nicht zwei Augenpaare auf uns gerichtet. Vic bleibt während des gleich stattfindenden Fittings bei mir, was Matteo vorhat, weiß ich nicht. Vielleicht wird er Neil begleiten, der die Umgebung erkunden will.

Neils Lippen liegen noch immer auf meinen. Nicht, dass ich nicht gerne von ihm geküsst werde. Seine Küsse sind der Wahnsinn und nicht nur die ... Aber dieser Kuss ist mehr als nur ein Kuss. Anscheinend ist Neil fest entschlossen, mich vor Vic und Matteo zu blamieren, denn wenn das so weitergeht, kann ich den kehligen Laut, der tief in meiner Kehle vibriert, nicht mehr zurückhalten.

Plötzlich klopft es laut. Ich zucke zusammen, aber Neil küsst mich unbeirrt weiter. Erst als Vic zur Tür sprintet, sie aufreißt und ein entrüstetes Schnauben durch den Raum hallt, lässt Neil von mir ab. Er dreht sich um, ohne mich loszulassen, also folge ich seiner Bewegung, indem ich den Kopf drehe. Oha! Evelyn steht im Türrahmen und funkelt uns böse an. Ihre schmalen, stark geschminkten Augen bleiben schließlich an Neil hängen, als sie ins Zimmer stolziert wie die Königin von Saba persönlich. Erst jetzt bemerke ich den Kleidersack in ihrer Hand. Den hat wohl eben ihr Rücken verdeckt. Bemerkt habe ich davon nämlich nichts.

Augenverdrehend schließt Vic die Tür und murmelt etwas von »Chronisch unterfickt«, bevor sie sich mit verschränkten Armen gegen die Wand lehnt.

Stirnrunzelnd sieht Matteo auf seine Armbanduhr. »Du bist zwanzig Minuten zu früh.«

Wieder schnaubt Evelyn und pfeffert den Kleidersack auf die Chaiselongue, als wäre er Müll. Schönen Dank auch. Darin befindet sich mein Abendkleid und Knitterfalten sehen bestimmt ganz großartig aus, wenn man am Arm seines Traummanns auf einer Bühne vor viertausend Zuschauern steht.

»Zufällig bin ich viel beschäftigt«, schnappt sie. »Und Statisten haben ganz sicher kein Exklusivrecht auf mich.«

Nett.

Neil lässt mich los, bleibt aber dicht neben mir stehen, sodass seine Körperwärme mich einhüllt wie ein schützender Kokon. »Hope ist keine Statistin.«

Evelyn zupft am Kragen ihres Bolerojäckchens herum, das sie zu einem Leinenmini kombiniert hat, der knapp unter ihrem Hintern endet. »Sie ist aber auch keine Schauspielerin.« Sie lässt den Kragen los und klimpert mit den schwarz getuschten Wimpern. »Der Einzige, der hier wirklich etwas auf dem Kasten hat, bist du, Neil.«

Vic stößt sich von der Wand ab und strebt durch den Raum. »Warum machst du nicht einfach deine Arbeit, verschwindest und versprühst dann woanders dein Gift?«

»Seit wann erteilst du hier Befehle?«

»Seit wann bist du so ein Miststück?«

Evelyn macht einen Schritt auf Vic zu, aber Matteo stellt sich den beiden in den Weg. Beschwichtigend hebt er die Arme. »Kinder, Kinder, warum beruhigen wir uns nicht wieder?«

»Unser Ziel ist es, die Show am Laufen zu halten, und das klappt nun mal am besten, wenn wir zusammenarbeiten.« Neil ist erstaunlich diplomatisch. Aus einem unerklärlichen Grund bekomme ich ein komisches Gefühl. Das Gefühl verstärkt sich, als er sich bei Evelyn einhakt. »Kann ich kurz mit dir sprechen?«

Die beiden verschwinden im Schlafzimmer. Sprachlos starre ich zur geschlossenen Tür. Vic sieht erst mich, dann

Matteo mit großen Augen an. »Da brat mir doch einer 'nen Storch. Träum ich oder ist Neil gerade mit der Zimtzicke im Nebenraum verschwunden?«

Matteo steckt die Daumen in die Gürtelschlaufen seiner Anzughose. »Er macht nur gut Wetter. Nicht mehr und nicht weniger.«

Vic lässt sich aufs Sofa fallen und streckt die langen Beine vor sich aus, bevor sie die Knöchel kreuzt. »Hätte nie gedacht, dass ich das mal sage, aber ich erkenne Evelyn nicht wieder. Sie ist so ... so ...«

»Eifersüchtig?« Ich bin aus meiner Schockstarre erwacht, setze mich in Bewegung und lasse mich neben sie fallen.

Vics Hand streift meine Schulter, als sie beide Arme über die Rückenlehne legt. »Sie benimmt sich total kindisch.«

»Liebe geht verschlungene Wege«, sagt Matteo.

»Evelyns Wege sind nicht verschlungen«, entgegnet Vic. »Die sind total offensichtlich und obendrein noch bescheuert! Ich meine, selbst wenn Neil sie vorher nicht nur wie seine kleine Schwester behandelt hätte, jetzt hat sie erst recht keine Chance mehr bei ihm. Sieht doch jeder Blinde, dass er Hope hoffnungslos verfallen ist.«

Ich ziehe die Brauen hoch. »Er hat sie vorher wie seine Schwester behandelt?«

Vic nickt. »War schon immer so und wird auch immer so sein. Sie hatte schon lange ein Auge auf Neil geworfen, aber bislang hat sie sich noch nie *so* aufgeführt.«

Matteo zupft an seinem Ohrläppchen. »Bislang war es Neil auch noch nicht so ernst.«

Die Schlafzimmertür geht auf. Vic, die etwas sagen wollte, klappt geräuschvoll den Mund zu. Matteo stutzt vernehmlich und mir gefriert das Blut in den Adern. Evelyn hat sich bei Neil eingehakt, ihren Kopf an seine Schulter gelehnt und kichert ziemlich dämlich. Unsere Blicke treffen sich. Ein triumphierender Ausdruck tritt in ihre Augen, aber er ist so schnell wieder vorbei, dass ich mich frage, ob ich ihn mir nur eingebildet habe.

»Alle Missverständnisse beseitigt«, verkündet Neil freudestrahlend.

Tatsächlich? Ich kann mich gerade noch bremsen, eine Braue zu heben. Bislang neigte ich nie zur Eifersucht. Allerdings gab es bislang auch keinen Mann in meinem Leben, der meine Gefühle derart in Aufruhr versetzte wie Neil. Aber nein! Ich werde mich ganz sicher nicht auf Evelyns Niveau begeben und die Zicke rauskehren.

Also schlage ich ein Bein über, beginne damit zu wippen und mime die Gelassene, obwohl ich mich kein bisschen so fühle. »Freut mich. Dann können wir ja mit dem Fitting beginnen.«

»Zumal Evelyn es so eilig hat, ihren Flieger zu bekommen«, ergänzt Vic zuckersüß. Evelyns Nasenlöcher blähen sich, als sie Vic giftig fixiert.

»Leute, so gerne ich dieser illustren Gruppe noch beiwohnen würde, aber ich muss los«, sagt Matteo in die Stille hinein. »Eine Kamera wartet auf mich und jede Menge Filmmaterial, das gesichtet und geschnitten werden will.«

»Ich bin auch weg.« Neil macht sich von Evelyn los, kommt zu mir und küsst mich. »Mach keine Dummheiten, während ich weg bin, die mache ich nämlich später mit dir ... wenn wir allein sind.«

In meiner Magengrube erheben sich sofort sämtliche Schmetterlinge. Ich schiele zu Evelyn hinüber, die an der

Kleiderhülle fummelt. Ihr Gesicht ist abgewandt, aber ihre Schultern versteifen sich. Neil entfernt sich von mir und Vic stößt mir ihren Ellenbogen in die Rippen. Dann nickt sie zu Evelyn und grinst schadenfroh. Ich kann nicht anders und grinse mit.

31

HOPE

Dreißig Minuten später habe ich das schweigsamste Fitting meines Lebens hinter mir. Dass Evelyn sich zusammenreißt, ist mit Sicherheit Vic geschuldet, die mit Argusaugen und Killerblick über mich wacht. Okay, ich würde mit Evelyn auch allein fertigwerden, aber so finde ich es deutlich angenehmer. Ich kann mich anderen Dingen widmen, als ständig befürchten zu müssen, von hinten erdolcht zu werden. Dingen, wie meinem knielangen, mit Pailletten besetzten schwarzen Abendkleid zum Beispiel, das mich umhüllt wie eine zweite Haut. Es ist schlicht und ergreifend sensationell! Ich bin auf Anhieb schockverliebt und das will schon etwas heißen. Schließlich bin ich der Kleidermuffel hoch zehn.

Weitere dreißig Minuten später ist Evelyn verschwunden. Ich habe mich umgezogen und flitze mit Vic in die Lobby, um Neil und Matteo zu treffen. Ein hochgewachsener, dunkelhaariger Mann in einem akkurat sitzenden grauen Anzug begrüßt uns kurz darauf mit freundlichem Lächeln. Er stellt sich als Stewart McDermat, der Hotelmanager, vor. Während eines Rundgangs folgen wir ihm durch ein Kasino, das an einen prunkvollen italienischen Palast erinnert, mit einem Kronleuchter aus Strasssteinen und venezianischen Masken als Lampen an den deckenhohen Wänden. Die Spieltische sind um die frühe Uhrzeit nur spärlich besetzt, dafür klingeln mir schon bald die Ohren, als wir den Bereich passieren, in dem die einarmigen Banditen stehen. Warum Leute für so etwas Geld ausgeben, ist mir ein Rätsel. Es ist wahrscheinlicher, vom Blitz getroffen zu werden, als den Jackpot zu knacken.

Wir erreichen den Konzertsaal. Er ist moderner als der Rest des Gebäudes und ähnelt dem Stadion der New York Giants, welches ich mit Joy und Faith mal während eines Spiels besucht habe. Wir stehen auf der gigantischen Bühne, besser gesagt auf dem unteren Teil davon, denn sie besteht aus drei Ebenen, die wie Treppen in verschiedene Höhen gefahren oder als eine Fläche genutzt werden können.

Beeindruckt sehe ich zu den Tribünen hoch, die bis zur Decke reichen. »Ich mach mir schon jetzt in die Hose, wenn ich nur daran denke, dass mich später fast viertausend Menschen beobachten.«

Neils Drehplanänderung sieht vor, mir vor laufender Kamera eine Liebeserklärung zu machen, bevor der eigentlich Showact beginnt. Ziemlich kitschig eigentlich, aber die Zuschauer stehen darauf. Mittlerweile sind auch Vic und Matteo eingeweiht. Ich habe ein Donnerwetter erwartet oder zumindest eine strittige Diskussion, doch die blieb aus. Wir sind eben durch und durch ein Team. Das zeigt sich in solchen Momenten besonders. Einer für alle und alle für einen.

Vic kichert. »Das wäre mal 'ne Schlagzeile. *Liebeserklärung von Newcomer fällt sprichwörtlich ins Wasser.*«

Ich sehe sie fragend an.

Vic macht eine gestikulierende Handbewegung vor der Brust. »Na, weil du dir vor Aufregung fast ins Höschen machst.«

»Beachten Sie die beiden gar nicht«, meint Matteo schmunzelnd, als uns der Manager entgeistert anstarrt. »Das sind nur der Stress und die Aufregung.«

»Ähm ... okay.« Er blinzelt. »Wir sind heute Abend ausverkauft und Miss Dion mag keine Überraschungen vor ihrer Show.«

»Céline Dion?«, kreischt Vic aufgeregt und greift sich theatralisch an die Brust. »Echt jetzt?«

Aus den Augenwinkeln sehe ich Matteo die Augen verdrehen. »Wenn du deine abendlichen Memos nicht liest, könntest du zumindest bei der Frühbesprechung zuhören.«

»Tschuldigung.« Betreten zieht Vic den Kopf zwischen die Schulter, doch als niemand hinsieht, zwinkert sie mir zu. Ich lache leise.

Der Manager macht eine umfassende Handbewegung. »Wir haben überall Kameras platziert, aber da oben«, er zeigt auf einen schwarzen Kasten, der sich neben einem Lautsprecher in der Dachmitte befindet, »filmen wir den größten Teil. Die Kamera hat eine Panoramafunktion.«

»Was bedeutet das?«, frage ich.

»Sie ist nicht auf einen Punkt fixiert, sondern fängt den ganzen Bereich ein«, erklärt Matteo fachmännisch. »Stell dir ein Prisma vor, bei dem jede einzelne Farbe gefiltert und separiert werden kann.«

Neil legt seinen Arm um mich. »Aber wir werden nur

Matteos Aufnahmen verwenden und sie vor Ausstrahlung der Finalshow cutten. Es läuft zwar etwas anders als sonst, weil wir am Stück drehen und nicht in mehreren Sequenzen, aber nichts davon wird live ausgestrahlt.«

Das beruhigt mich. Ein wenig zumindest. Sollte ich mich blamieren, bekommen es nur die anwesenden Gäste mit – was schlimm genug wäre –, aber nicht eine ganze Nation vor dem Bildschirm.

McDermat deutet auf eine große Glasscheibe, die zu einem länglichen Gebäude zwischen den Sitzen gehört. »Das ist die VIP-Lounge. Sie erhalten von meiner Assistentin eine Zugangsberechtigung in Form eines Schwarzlichtstempels auf Ihrem Handrücken. In der Lounge sind Sie ungestört, wir gestatten nur ausgewählten Gästen den Zutritt.« Er blickt auf seine Uhr. »Bitte entschuldigen Sie, aber ich muss los. Wenn Sie noch Fragen haben, wenden Sie sich an mein Büro.«

»Vielen Dank.« Der Manager schüttelt Neil die Hand, dann verschwindet er durch den großen Torbogen, durch den wir gekommen sind.

»Puh, das wird ja spannend heute Abend.« Vic kratzt sich am Kopf und sieht dann zu Neil. »Vor allem für dich. Vor viertausend Leuten auf den Knien zu rutschen ... das bringt nicht jeder.«

»Hätte nicht gedacht, dass sich Gordon auf die Änderung einlässt«, kommt es beeindruckt von Matteo.

Neils Hand auf meiner Schulter wird steif. »Ich kann eben überzeugend sein«, sagt er leichthin, aber er ist nicht mehr annähernd so locker wie vorher. Merkwürdig und untypisch für Neil. Vermutlich ist er nur aufgeregt. Eine Liebeserklärung vor Publikum ist selbst für einen Profi keine Routine.

»*Umwerfend sexy*«, möchte ich Neil am liebsten ins Ohr flüstern, als ich ihn im Smoking sehe. Mit einem verruchten Unterton, der untermauert, wie heiß ich ihn finde. Aber ich lasse es bleiben, denn er wirkt noch immer angespannt. Wie damals, als wir uns kennenlernten. Und dieser Umstand spitzt sich zu, als sein Handy klingelt. Wir haben den VIP-Bereich gerade betreten. Vic, Matteo und ich bleiben stehen, als Neil es tut und das Handy ans Ohr drückt. Sein Ausdruck verfinstert sich.

»Scott, ich habe jetzt keinen Nerv für Diskussionen, okay?«

Die Antwort missfällt Neil gewaltig, denn er zieht scharf die Luft ein. »Wann?«, knurrt er.

Plötzlich wirbelt er zum Fenster herum und geht los, nur um dicht davor wieder stehen zu bleiben. Das Handy am Ohr, wandert sein Blick langsam über die Menge von rechts nach links, dann schießt er zurück und bleibt an einem Punkt hängen. Ich verrenke mir den Hals, um erkennen zu können, wer oder was Neil so fesselt, sehe aber nur umherlaufende Menschen auf der Suche nach ihren Plätzen.

»Fuck!«, flucht Neil ins Handy. Alarmiert klammere ich mich an Vics Arm, um Neil nicht zu schütteln, bis er mir sagt, was los ist. Aber wir werden ohnehin schon von den Anwesenden angestarrt – noch mehr Aufmerksamkeit ist wirklich zu viel des Guten.

Neil ballt die Faust und drückt sie an den Mund. Er schließt die Augen, öffnet sie wieder und ich erkenne Entschlossenheit darin. »Gib mir zwei Minuten. Ich bin sofort da«, sagt er. Dann legt er auf.

Zwei Minuten? Scott ist hier?

Neil steckt das Handy weg. »Matteo, Vic? Mitkommen! Hope? Du bewegst dich nicht von der Stelle, bis ich zurück bin.«

Was. Geht. Denn. Hier. Ab?, frage ich mich verwirrt, nicke aber mechanisch. »Kann ich zumindest den Hauch einer Erklärung bekommen?« Ich deute mit Daumen und Zeigefinger einen Spalt, zwischen den kaum ein Blatt passt.

Neils Ausdruck wird weich. »Vertrau mir einfach«, sagt er. Seine Lippen streifen meinen Mund. Der Kuss ist viel zu schnell wieder vorbei. Ich lasse mich auf einen Stuhl plumpsen, als Neil den Raum mit großen Schritten verlässt. Kurz bevor Vic ihm und Matteo folgt, dreht sie sich noch kurz zu mir um und zuckt die Schultern. Toll! Sie weiß also auch nicht, was los ist. Der Abend fängt ja grandios an! Anspannung baut sich immer mehr in mir auf und jetzt ist nicht mal jemand hier, der mich ablenken kann. Ich brauche einen Drink, und zwar sofort. Ich bestelle einen Gin Tonic.

»Ist der Stuhl neben Ihnen noch frei?«

Mein Glas, das ich gerade an die Lippen setzen will, schwebt in der Luft, als ich hochsehe. Ein Mann blickt lächelnd auf mich herunter, ohne mich abzuchecken. Seine kurz geschnittenen grauen Haare bieten einen deutlichen Kontrast zu seiner stark gebräunten Haut und dem dunklen Nadelstreifenanzug, den er mit weißem Hemd, aber ohne Krawatte trägt. Er kommt mir irgendwie bekannt vor, aber ein Reporter ist er nicht, die haben nur Zugang zum Pressebereich, und die Security ist im Bellagio sehr streng. Niemand, der keine Berechtigung zum VIP-Bereich hat, kommt an den beiden *Arnis*, wie ich die Bodyguards am Eingang heimlich wegen der Muskelberge unter dem Anzug getauft habe, vorbei.

»Suchen Sie sich einen aus«, antworte ich und trinke einen Schluck. Mein Adrenalinpegel steigt mit jeder Sekunde, die ich der Show näher komme. Gesellschaft zur Ablenkung kann nicht schaden. Außerdem hat Neil nur gesagt, ich solle mich nicht von der Stelle bewegen. Der Mann setzt sich rechts neben mich und zeigt auf mein Glas. »Was trinken Sie?«

»Gin Tonic.«

»Betäuben Sie damit Ihre Aufregung?«

Weiß er, was mir bevorsteht?

»Gehören Sie zum Veranstalter?«

»Nein.«

»Aber Sie kennen mich?«

»Flüchtig.«

Ich stelle das Glas ab. »Sind wir uns schon mal begegnet? Sie kommen mir bekannt vor.«

Bevor er antworten kann, kommt die Bedienung. Er bestellt einen trockenen Martini mit Olive. Geschüttelt, nicht gerührt. Die Verbindung zum Lieblingsdrink eines gewissen und sehr bekannten Agenten seiner Majestät lässt mich kurz schmunzeln.

»Ich habe schreckliche Manieren«, lächelt er schief, nachdem die Bedienung verschwunden ist. »Sitze neben einer schönen jungen Frau und stelle mich nicht vor. Ich bin Edward.« Womit er meine vorherige Frage geschickt umgangen hat.

Ich schüttle seine Hand. »Hope, aber das wissen Sie ja schon, nicht wahr, Edward?« Ich lasse seine Hand los.

»Wir kennen uns nicht persönlich.«

»Sie sehen die Show?«

»Ich verpasse keine Folge.«

Oooookay.

»Nichts für ungut, aber dass Sie zur Zielgruppe gehören, hätte ich nicht gedacht.«

Er hüstelt mit vorgehaltener Hand, was eher wie ein verstecktes Lachen klingt. »Sie meinen, weil ich alt bin?«

Toll, Hope. Ein einziges Fettnäpfchen und du trittst hinein.

»Nein, nein, Sie haben das missverstanden. Sie ... Sie sind schließlich im besten Alter«, versuche ich, mich zu retten, und wechsle dann das Thema, indem ich frage: »Was machen Sie beruflich, Edward?«

Er lehnt sich in seinem Stuhl zurück und schlägt ein Bein über. »Interessant, dass Sie das fragen.«

»Warum?«

Er schmunzelt, aber es wirkt gestellt. Die Härchen in meinem Nacken stellen sich auf und meine Alarmglocken schrillen. Die ganze Begegnung ist ziemlich schräg.

»Ich bin im Im- und Exportgewerbe tätig«, erklärt er, verstummt aber, als die Bedienung seinen Drink bringt, und wartet, bis sie geht, bevor er hinzufügt: »Quasi.«

»Quasi.« Ich trinke einen Schluck und sehe ihn über den Rand meines Glases abwartend an. Meine Alarmglocken haben mittlerweile auf Dauerton gestellt.

»Genau.« Er greift nach dem Rührstab und zieht die grüne Olive mit den auffallend weißen Zähnen ab, als die Durchsage kommt: »Ladys and Gentlemen, verehrtes Publikum! Bitte nehmen Sie Ihre Plätze ein. Die Show beginnt in Kürze.«

Ich sehe mich hektisch nach Neil um. Wo verdammt steckt der Kerl?

Der VIP-Bereich leert sich zusehends. Ich reiße den

Kopf herum und mein Puls legt einen weiteren Zahn zu, als ich durch die Panoramascheibe in die Konzerthalle blicke. Die Zuschauerreihen sind bis auf wenige Plätze gefüllt, die Scheinwerfer auf die Bühne gerichtet, wo der Moderator bereits seinen Platz eingenommen hat. Ein Techniker fummelt am Revers seines Smokings und eine Visagistin wedelt mit einem Pinsel in seinem Gesicht herum, bis er sie mit einer deutlichen Handbewegung verscheucht. Und ich bin hier oben. Ohne Neil. Verfluchter Mist!

»Er wird nicht kommen. Zumindest nicht rechtzeitig.«

Langsam drehe ich den Oberkörper zu meinem Tischnachbar um. »Wovon sprechen Sie?«

»Von Ihrem Freund. Neil Wyler. Er wird nicht kommen«, wiederholt er.

Mein Herz stolpert kurz, bis ich es beschwöre, ruhig weiterzuschlagen. »Und warum sollte er das nicht tun?«

»Weil die Gespräche mit Gordon für gewöhnlich länger als fünf Minuten dauern. Es sei denn, er will jemanden feuern, dann geht es recht schnell.«

Ich erstarre. »Sie kennen Gordon Silver? Er ist hier? Der Boss von *SilverStar Entertainment*?«

»Selbiger.«

»Woher wissen Sie das alles?«, krächze ich fassungslos.

Er nippt an seinem Getränk. Mit einer Gelassenheit, die ich kein bisschen teile. »Weil ich mit Gordon befreundet bin und weiß, dass Ihr Freund gerade in Schwierigkeiten steckt.«

Ich umklammere mein Glas mit beiden Händen, dann sage ich gefasst. »Reden Sie!«

»Und mir den ganzen Spaß verderben?« Er rührt in seinem Martini und schüttelt den Kopf. »Nein. Ich warte hier lieber, bis die Truppe aufmarschiert. Ich will Ihr Gesicht sehen, wenn Sie es erfahren.«

Eine böse Vorahnung kriecht mir den Nacken hoch. »Gordon ist mit der Drehbuchänderung nicht einverstanden, stimmt's? Deswegen ist er hier.«

Edward antwortet nicht. Dafür grinst er hämisch.

»Habe ich recht?« Ich werde lauter.

Doch er schweigt und ich schlage mit der Faust auf den Tisch. »Machen Sie verdammt noch mal endlich den Mund auf!«, zische ich.

Die Kellner hören auf, Gläser zu polieren, und ein paar Nachzügler sehen uns mit großen Augen an.

»Sie erregen Aufmerksamkeit, Hope. Das sollten Sie nicht tun.«

»Ist mir schnuppe!« Ich beuge mich so weit vor, dass ich die Poren zwischen den kurzen Bartstoppeln an seinem Kinn erkennen kann, und flüstere gefährlich leise: »Und wenn ein Trupp Paparazzi den Laden hier stürmt – ich will jetzt sofort wissen, was hier los ist!«

Plötzlich sind da Stimmen. Ein Tumult vor den Aufzügen setzt ein, dann stürmt Neil in den Raum. Er bleibt stehen und sieht sich um. Seine Smokingjacke ist verschwunden. Der Brustkorb unter dem weißen Hemd hebt und senkt sich mit jedem seiner Atemzüge, die schnell und abgehackt kommen. Unsere Blicke treffen sich. Seine Augen werden erst groß, dann schmal. Ich registriere kaum, wie Matteo, Vic und Scott den Raum betreten, weil ich mich vollkommen auf Neil konzentriere, der jetzt wie ein Soldat im Einsatz auf meinen Tisch zumarschiert.

32

NEIL

»Aufstehen!« Ich bin so geladen, dass meine Faust am liebsten irgendwo reinkrachen will. Bevorzugt in das überheblich grinsende Gesicht das Älteren, welches ich grimmig fixiere. Aber ich halte mich zurück, denn die Security würde mich sofort vor die Tür setzen. Oder zum Manager schleppen und beides ist undenkbar.

Matteo, Vic und Scott sind hinter mir stehen geblieben, um mir den Rücken zu decken. Hopes Tischnachbar erhebt sich und streicht imaginäre Falten auf seiner Hose glatt. »Wie war Ihr Gespräch, Neil? Gordon kann ja sehr überzeugend sein, wenn er will.«

Als ich erfuhr, wer der Kerl ist, wäre mir beinahe der Kragen geplatzt. Was hat er Hope erzählt? Weiß sie, was für eine hinterhältige Drecksau er ist und welches perfide Spiel er spielt? Wohl kaum. Wüsste sie es, würde sie nicht mehr sitzen. Sie würde sich nicht mal mehr in seiner Nähe befinden. Oder sie hätte sich auf ihn gestürzt, um ihm die Augen auszukratzen.

»Hope? Steh auf!«, presse ich mit mahlendem Kiefer hervor.

»Neil?« Sie blinzelt mehrmals, sichtlich irritiert. »Was ist hier los?«

»Ich erkläre es später.«

Wortlos folgt sie meiner Anweisung. Als sie steht, schiebe ich sie hinter mich.

»Und jetzt?« Der Typ grinst provokant. Kurz späht er über meine Schulter zu Hope. »Erzählen Sie, was ihr blüht, oder soll ich das übernehmen?«

Hope klammert sich an meinem Arm fest. »Neil?«

»Schon gut«, flüstere ich. Ich drücke ihre Hand, die wie eine Schraubzwinge meinen Unterarm quetscht. »Alles wird gut.«

Das ist eine Lüge, aber die Wahrheit kann ich nicht sagen. Nicht jetzt. Nicht hier.

»Wir gehen jetzt gemeinsam zu meiner Suite«, erkläre ich ihm leise, aber ohne einen Zweifel daran zu lassen, wie ernst es mir ist. »Sie lassen die Hände da, wo ich sie sehen kann, und machen keine schnellen Bewegungen, verstanden? Kein Wort zur Security, nicht mal ein Wink. Ich bin hartnäckig und wenn Sie sich diesem Gespräch entziehen, finde ich Sie. Egal wo.« Ich lächle schmal. »Haben wir uns verstanden?«

Ich kann nicht nur überzeugend, sondern auch mächtig einschüchternd sein. Mein Gegenüber schluckt und nickt. »Wo ist Gordon?« Sichtlich nervös nestelt er an seinem Revers.

»Nicht hier.«

»Ist er verletzt?«

Ich lache, aber es klingt nicht belustigt. »Machen Sie sich nicht lächerlich. Ich bin kein Idiot!«

Während des Gesprächs hätte ich *Silver* am liebsten geschlagen, aber Scott, Matteo und sogar Vic haben mir immer wieder warnende Blicke zugeworfen und mich daran erinnert, was ich mit einem Ausraster riskieren würde. Ich bin wütend, aber ich weiß, dass im Showbiz viele Ärsche geküsst werden, bis man dahin kommt, wo man hinwill. Und selbst eine Hauptrolle in einer Erfolgsserie ist kein Garant für eine Karriere vor der Kamera. Eigentlich hört das Ärscheküssen und Speichellecken nie auf. Und die Bosse, die liebend gern ihre Ärsche zur Verfügung stellen, halten die Zügel in der Hand. Hätte ich meinem Impuls nachgegeben und Gordon vermöbelt, wie er es zweifelsohne verdient hat, würde ich keinen Fuß mehr auf den Boden bekommen. Das kann und das will ich nicht riskieren. Nicht, nachdem ich so kurz vorm Ziel stehe. Aber hier geht es gerade nicht um mich. In erster Linie geht es um Hope und das, was der Mistkerl vor mir im Schilde führt.

Ein Vibrieren setzt ein, das zu einem Handy gehört. »Gehen Sie ran! Das ist Gordon«, befehle ich.

Er greift unter sein Jackett, aber ich halte ihn auf, indem ich die Hand hebe. »Stopp!«

Er hält inne, das Handy auf Brusthöhe und sieht mich abwartend an.

»Kein Wort von dem hier.« Mein Finger pendelt zwischen uns hin und her. Wieder schluckt der Ältere, nickt und nimmt das Gespräch an. Während er meiner Anweisung folgt und Gordon glaubhaft versichert, alles im Griff zu haben, zupft Hope an meinem Ärmel. Sie kommt um mich herum, kräuselt die Stirn und fragt leise: »Ich werde dich nicht um Erklärungen bitten, aber die Show beginnt jede Minute und wir sollten da unten sein.«

Bedauernd schüttle ich den Kopf, als ich ihre Wange mit der Hand umschließe. »Es tut mir so leid.« Ich versuche, so viel Sanftmut wie möglich in meine Stimme zu legen, aber sie reißt trotzdem die Augen auf.

»Das Finale findet nicht hier im Bellagio statt?«

»Ich erkläre es, sobald wir allein sind. Du musst mir vertrauen. Kannst du das für mich tun?«

Sie beißt sich auf die Lippe und nickt.

»Danke.« Meine Hand rutscht von ihrer Wange an ihrem Arm hinunter, bevor ich unsere Finger miteinander verschränke. Ich wende mich wieder dem Älteren zu, der das Gespräch beendet hat. »Probleme?«

»Keine.«

»Dann los!«

Bevor wir gehen, bitte ich Scott zu bleiben. Jemand muss Gordon abfangen, falls er auftauchen sollte.

»Und wir?«, fragt Matteo und meint damit Vic und sich.

»Packt die Ausrüstung zusammen. Wir sind hier fertig.«

Ich will so schnell wie möglich aus Vegas verschwinden.

Hopes Finger krampfen sich um meine, als wir dem Anzugtyp zu unserer Suite folgen. Die Tür fällt ins Schloss. Der Raum ist dunkel, aber Lichter des Strips tauchen das Zimmer in bunte Farben der grell blinkenden Leuchtreklame. Hope lässt mich los, geht zur Couch vor dem großen Fenster und setzt sich, die Arme vor der Brust verschränkt, den Blick unverwandt auf mich gerichtet. Sie hat so viele Fragen. Sie wird Antworten bekommen – natürlich wird sie das –, aber ich habe eine Scheißangst davor.

Ich lehne mich neben der Tür gegen die Wand und verschränke die Arme vor der Brust. »Fangen Sie an!«

Der Ältere steht mitten im Raum zwischen Hope und mir und hebt eine Braue. »Womit?«

»Wie wäre es mit Ihrem Namen? Ihrem *richtigen* Namen?«

Hope drückt das Kreuz durch und richtet sich kerzengerade auf. »Sie heißen nicht Edward?«

»Eduardo Rodriguez«, erklärt er emotionslos, als hätten wir ihn nicht gerade einer Lüge überführt.

»Eduardo Rodriguez«, wiederholt sie stumpf, dann reißt sie die Augen auf. »Eduardo Louis Rodriguez? Der Immobilienhai?« Ihre Stirn kräuselt sich nachdenklich, wobei sie den Kerl keine Sekunde aus den Augen lässt. »Das Foto!«, sagt sie schließlich. »Sie waren das im Laden! Sie sind der Sammler, der die Öllampe gekauft hat.«

»Die Kleine hat mich fotografiert?« Sein Mundwinkel zuckt. »Kluges Mädchen.«

»Erzählen Sie den Rest«, brumme ich ungeduldig.

Rodriguez verzieht den Mund. »Ich habe Gordon Ihre Akte zugespielt.«

»Was?« Blankes Entsetzen zeigt sich auf Hopes bleichen Zügen. »Sie waren das? Warum?«

»Weil Sie mich verärgert haben, als Sie nicht verkaufen wollten, und ich hasse es, wenn man mich verärgert.«

Hope schnappt nach Luft, als sie begreift. »Sie haben mit mir gespielt!«

»Nennen Sie es, wie Sie wollen. Allerdings habe ich erwartet, dass Sie viel früher scheitern.«

Ihre Empörung weicht Verwirrung. »Wieso sollte ich scheitern?«

Bevor er antworten kann, komme ich ihm zuvor. »Er

macht mit Gordon Geschäfte!«, presse ich mit mühsam unterdrückter Wut heraus. »Was sind Sie ihm schuldig?«

»Nichts.«

»Was dann?«

Er öffnet den zweiten Hemdknopf, nachdem der obere bereits offen steht. Er hat sich gefangen, seine Angst ist verraucht, was sich in einem arroganten Augenaufschlag äußert. »Ich hab ihm ein Strandhaus auf Bali verkauft, seitdem sind wir befreundet. Beim Golf erzählte er von dieser fixen Idee, von dieser Realityshow, und dass er eine geeignete Kandidatin sucht.« Er zuckt die Schulter, als er die Hände in den Hosentaschen vergräbt. »Ich hatte mich bereits umgehört und wusste Bescheid. Diesen ganzen Scheiß mit dem Baby in der Mülltonne und so ...«

»Diese Akten sind unter Verschluss!«, unterbricht Hope ihn laut und fassungslos.

Ein hämisches Grinsen. »Jeder beim Amt ist zu schmieren.« Er zieht eine Grimasse. »Nur beim Waisenhaus kam ich nicht weiter. Aber das, was ich hatte, reichte Gordon an Mitleidsfaktor vollkommen.«

Hope zuckt zusammen, als hätte er sie geschlagen. Sie tut mir so leid. Am liebsten würde ich sie in die Arme ziehen und so lange küssen, bis der Schmerz aus ihren schönen Augen verschwindet, aber dann würde sie vermutlich in Tränen ausbrechen, und ich will nicht, dass Rodriguez das sieht.

»Warum tun Sie das?«, flüstert Hope aufgelöst.

»Weil es mir Spaß macht. Deshalb. Ich hätte auch warten können, bis die Bank den Geldhahn zudreht, aber das wäre langweilig gewesen. Ich fand es viel spannender zu sehen, wie Sie sich abmühen und kurz vorm Ziel doch scheitern. Ich muss sagen, als mein Privatschnüffler herausfand, dass Sie nicht lesen und schreiben können, hat mich das schon überrascht. Sie sollten froh sein, dass ich Ihnen die Last des Ladens abnehme. Das konnte doch nicht ewig gut gehen. Früher oder später wären Sie damit sowieso auf die Schnauze geflogen. Eine Analphabetin, die erfolgreich ein Geschäft führt? Ich bitte Sie!«

Hope steht völlig starr neben mir, zeigt keinerlei Regung. Sie starrt Rodriguez nur an, als wäre sie unschlüssig, ob sie sich wehren oder flüchten soll.

»Hope ist nicht gescheitert!«, knurre ich.

Eduardo bleckt die Zähne. »*Noch* nicht.« Seine Augen werden schmal, als er Hope fixiert, die sichtlich mit den Tränen kämpft. »Ich will diesen Laden und ich werde ihn bekommen, Miss Kendall. So wahr ich hier stehe.«

33

HOPE

Würstchenduft mischt sich mit dem nach sauren Gurken, Röstzwiebeln und Senf und erfüllt die Suite. Vic hat es sich mit einem Hotdog auf dem Sofa gemütlich gemacht. Scott sitzt neben ihr, rutscht aber weg, als sie beginnt, es in sich hineinzustopfen, was ich verstehen kann, denn sie geht dabei nicht gerade sorgsam vor. Schon jetzt verteilen sich Röstzwiebeln auf ihrem Hosenanzug und dem hellbraunen Leder des Sofas. Matteo steht am Fenster, die Hände in den Taschen seiner Anzughose vergraben und beobachtet sie mit gerunzelter Stirn.

Neil hat Rodriguez rausgeworfen. Er hat ihn tatsächlich am Kragen gepackt, zur Tür geschleift und auf den Flur geschubst, wo er fluchend auf den Knien landete. Seine wilden Verwünschungen konnte ich noch durch die Tür hören, nachdem Neil sie so fest zuknallte, dass der Rahmen wackelte.

Ich stehe unter Schock. Total. Neil hat zwar beruhigend auf mich eingeredet, aber ich habe keinen blassen Schimmer, was er gesagt hat. Ich fühlte mich, als wäre ich in einer Blase gefangen, die nur das hineinlässt, was mein Gehirn bereit ist, aufzunehmen. Und das ist nicht viel, denn es hat einiges zu verarbeiten. Es ist schon wieder passiert. Jemand hat ein hinterhältiges Spiel gespielt und mich auserkoren, seine Marionette zu sein. Erst Pater John und jetzt Eduardo Louis Rodriguez. Nur bin ich dieses Mal älter. Ich bin stärker und ich habe Neil an meiner Seite. Ich weiß, er wird für mich und mit mir kämpfen. Nur ist es ein Kampf gegen Windmühlen, denn wir wissen nicht, mit wem wir es wirklich zu tun haben.

Nur langsam erwache ich aus meiner Trance und beginne, am Geschehen teilzunehmen. Neil hat alle angerufen. Scott traf kurz darauf bei uns ein, denn Gordon hat sich nicht blicken lassen und so hat er seinen Beobachtungsposten verlassen. Matteo und Vic folgten. Außer mir tragen alle Abendgarderobe. Nur ich habe mich umgezogen, weil ich das Gefühl hatte, in dem schlauchähnlichen Kleid keine Luft mehr zu bekommen. Ich brauchte ein Stück Vertrautheit und das fand ich in einer flauschigen Leggins und einem Sweater, der schon bessere Tage gesehen hat. Ich sitze in einem Sessel, die Knie bis ans Kinn hochgezogen. Neil steht hinter mir. Seine Hände liegen beschützend auf meinen Schultern, während er die Gruppe einweiht.

»Jesus! Das ist wie in einem schlechten Film.« Matteos Fassungslosigkeit ist nicht gespielt.

»Und der Typ war die ganze Zeit hinter dir her, hat jeden deiner Schritte verfolgt? Echt gruselig«, schmatzt Vic.

»Leider sind Stalker keine Seltenheit im Showbiz«, gibt Scott zu Bedenken.

»Stimmt.« Vic leckt Senf vom Finger. »Und nicht nur da …«

»Dieser Eduardo ist kein gewöhnlicher Stalker«, erklärt Neil. »Er hat es auf Hopes Laden abgesehen und ist deshalb mit besonderer Vorsicht zu genießen. Außerdem ist er mit Gordon befreundet, was ihn doppelt gefährlich macht.«

Ich lege mein Kinn auf den Knien ab und seufze – lang und tief. »Was für eine verquirlte Scheiße.«

Scotts Mundwinkel zuckt und auch Vic kann sich ein Grinsen nicht verkneifen, bevor sie sich mit dem Handrücken Ketchup vom Kinn wischt. »Und jetzt? Wie geht's weiter?«, fragt sie in die Runde. »Den Immobilienfuzzi habt ihr in die Wüste geschickt. Aber da ist immer noch die Show. Ich finde es einfach ungeheuerlich, was Gordon verlangt! Das geht wirklich zu weit!«

Neils Hände auf meinen Schultern spannen. »Nicht jetzt, Vic!«, weist er sie harsch zurecht.

Ich werde hellhörig. Vic will gerade in ihren Hotdog beißen, hält jetzt aber in der Bewegung inne. Neil muss ihr ein Zeichen gegeben haben, denn sie schluckt schwer und schiebt sich dann schnell den Hotdog in den Mund, ohne mich anzusehen, und beißt ab. Mein Magen zieht sich zusammen. »Okay, ihr könnt jetzt mit der Scharade aufhören. Was verschweigt ihr mir, Leute?«

Stille. Matteo, Neil und Scott tauschen Blicke, während Vic ihren angebissenen Hotdog fixiert, den sie jetzt auf die Serviette in ihrem Schoß sinken lässt.

Oh nein! Ich werde nicht wieder das arme Opfer sein, das erst zum Schluss erfährt, in was für einem Schlamassel es steckt. Entschlossen ramme ich meine Füße auf den Teppich und wirble zu Neil rum, der die Lippen fest zusammengepresst hat. Seine Hände, die vorher noch locker auf meinen Schultern lagen, umklammern jetzt die Rückenlehne. Er meidet meinen Blick bewusst. Die vier verheimlichen etwas vor mir. Etwas, das Gordon gesagt oder getan hat. Aber ich gehöre ebenfalls zum Team und ich habe ein Recht darauf, es zu erfahren! Der mysteriöse Anruf, Neils plötzliches Verschwinden, ein stalkender Immobilienhai – es ist so viel passiert, dass ich vergessen habe, Neil nach dem Gespräch zu fragen. Er hätte es von sich aus ansprechen können. Hat er aber nicht.

»Das ist wirklich nicht fair«, sage ich leise und öffne die Fäuste wieder. Ich will wütend sein, aber ich bin einfach nur enttäuscht. »Wir sind ein Team und in einem Team verbündet sich nicht ein Teil gegen den anderen.«

Neil kommt um den Sessel herum. Er geht vor mir in die Hocke, wobei er nur ein Knie beugt, als wollte er mir einen Antrag machen. »Hope, Süße.« Er nimmt meine Hände in seine und ich lasse es zu. Es ist so viel Liebe in seinem Blick, aber auch so viel Verzweiflung, dass ich nicht weiß, was ich davon halten soll. »Niemand schließt dich aus. Das schwöre ich bei meinem Leben!«

Ich atme tief ein. »Aber irgendetwas verheimlicht ihr mir.«

Neil sieht mich mit schmerzvollem Blick an.

»Bitte, Neil«, flehe ich leise. »Was immer es ist, ich komme damit zurecht.«

Neil hebt meine Hände an seine Lippen. »Ich schwöre ...«, beginnt er, als ein Handy klingelt. Scott zerrt das Gerät aus der Hosentasche und checkt das Dispaly.

»Oh oh.«

Neil lässt meine Hände los und springt auf, um herumzuwirbeln. »Was?«

»Gordon.«

»Geh ran«, sagt Neil angespannt.

Das Gespräch ist kurz und Scotts Miene verfinstert sich zusehens. Schließlich knirscht er ein gepresste *»ja, Sir«* und legt auf. Er öffnet den Mund, um etwas zu sagen, da klopft es laut. Sehr laut. Alle Augen schießen zur Tür, die jemand bearbeitet, als wollte er ein Loch hineinschlagen.

»Das ist Gordon«, brummt Scott, während er das Handy wegsteckt.

»Fuck!« Neil fährt sich durchs Haar.

Wieder saust eine Faust auf Holz, lauter als zuvor.

Ich erhebe mich. »Lass ihn rein.« Wenn ich vom Rest keine Antworten bekomme, dann vielleicht von ihm.

Scott sieht zu Neil, auf Erlaubnis wartend. Langsam reicht es mir!

»Ich habe gesagt, lass ihn rein!« Scott gehorcht, wenn auch nicht gerne, das ist unübersehbar. Gordon rauscht im Smoking in den Raum. Sein Gesicht ist knallrot und das liegt sicher nicht daran, weil ihm die schwarze Fliege um seinen Hals die Luft abdrückt. Seine sonst akkurat frisierten Haare sind zerzaust, seine Augen blitzen vor Wut. Er bleibt vor Neil stehen und stößt geräuschvoll die Luft aus. »Du bist zu weit gegangen!« Niemandem außer Neil schenkt er Beachtung. Er streckt den Arm aus und zielt mit dem Zeigefinger, ist aber schlau genug, die Hand sinken zu lassen, bevor er Neil in die Brust stechen kann. Dann wäre Neil explodiert.

»Dass du für *sie*«, er nickt zu mir, »Partei ergreifen würdest, kam überraschend. Wir hätten darüber reden können, wärst du nicht aus dem Zimmer gestürmt wie ein Irrer. Aber was du da mit Eduardo abgezogen hast ... damit hast du eindeutig einen Punkt überschritten!«

Geschockt blinzle ich zu Neils versteinertem Profil hoch. »Du hast für mich Partei ergriffen?«

Gordon schnaubt. »Sie weiß von nichts?«

Neils Augenlid zuckt. »Vic, Scott, Matteo?« Die drei sehen ihn an und er nickt zur Tür.

»Menno«, mault Vic. »Immer, wenn es spannend wird.« Sie klatscht ihre Serviette mit dem Hotdog auf den Tisch und steht auf. Röstzwiebeln kullern aus dem Brötchen und bleiben auf dem Glas liegen. Schmollend folgt sie den beiden Männern, dann wirbelt sie zu mir herum und drückt mich fest.

»Fahr die Krallen aus«, flüstert sie mir ins Ohr. »Lass dir nichts gefallen, hörst du?« Sie küsst mich auf die Wange. Dann macht sie eine Kehrtwendung und flitzt zum Ausgang, wo Scott mit hochgezogenen Brauen auf sie wartet. »Was war das denn?«, höre ich ihn noch fragen, bevor das Schloss zuschnappt.

Bevor ich mich versehe, liegen Neils Hände auf meinen Hüftknochen. Verlangen flackert in seinen Augen, als wären wir allein und er im Begriff, über mich herzufallen. Um all die wundervollen Dinge mit mir anzustellen, die mich atemlos zurücklassen.

»Ich empfinde viel für dich«, flüstert er rau und sieht mir tief in die Augen. »Vergiss das nie. Egal, was passiert.« Dann streifen seine Lippen meine.

»Bravo!« Gordon klatscht in die Hände. »Wirklich oscarreif!«

Neils Hände lassen mich los und ballen sich zu Fäusten, als er sich in Zeitlupe umdreht. »Wie bitte?«

Gordons gestelztes Grinsen erlischt. »Mir musst du nichts vorspielen, Neil. Hier läuft keine Kamera.«

Oh oh.

Ich spähe zu Neil, bereit, mich an ihn zu klammern, falls er auf Gordon losgehen sollte. Aber das geschieht nicht. Nur ein Muskel in seinem sonst starren Gesicht zuckt.

»Wir klären das hier und jetzt und dann hörst du auf, dich in Dinge einzumischen, die dich einen Dreck angehen.«

»Vorsichtig, Neil«, warnt Gordon.

»Das bin ich, sonst würdest du nicht mehr aufrecht stehen.«

»Ähm«, melde ich mich zu Wort. Ich habe das Gefühl, etwas sagen zu müssen. Ich weiß nicht genau, was, aber deeskalierend sollte es sein. Ich will endlich Antworten und ein Gespräch wird schwierig, wenn die beiden sich an die Gurgel gehen. Allerdings reißt Gordon die Hand hoch.

»Stopp, Schätzchen! Du hast jetzt Sendepause.«

Mir klappt die Kinnlade runter. Neil macht einen Schritt auf Gordon zu. »Noch eine Beleidigung und ich vergesse mich!«, feuert er.

So viel zu deeskalierenden Maßnahmen.

»Du machst einen Fehler, Neil. Einen großen Fehler.«

»Ach, wirklich?«

»Glaubst du, du kannst dir alles erlauben, weil du *wertvoll* für mich bist?«

»Wir würden dieses Gespräch nicht führen, wenn es nicht so wäre.«

Gordons vermeintliche Gelassenheit fällt von ihm ab. Seine Halssehne spannt, als er auf mich zeigt. »Ist sie das wirklich wert?«

Neil antwortet nicht. Gordon lacht bitter auf. »Ich fasse es nicht! Wegen einer dämlichen Trödelhändlerin setzt du deine Karriere aufs Spiel? Ist dir nicht klar, dass es attraktive Schauspieler wie Sand am Meer gibt und ich mir jederzeit einen zweiten Neil Wyler zulegen kann?«

Oh nein! Genau das habe ich befürchtet. Er setzt Neil die Pistole auf die Brust und er ist noch nicht fertig.

»Als Scott mich gestern anrief und sagte, du würdest den Drehplan ändern, dachte ich, er macht einen Scherz.« Gordon rammt die Hände in die Taschen seiner Smokinghose und beginnt, im Raum auf und ab zu laufen. »Ich dachte mir, so dreist kann Neil nicht sein, mich vor vollendete Tatsachen zu stellen. *Gordon*, sagte ich mir, *Neil hat einen Vertrag unterschrieben und weiß, dass er am Arsch ist, wenn er auch nur einen beschissenen Millimeter davon abweicht*. Aber dann ...« Er bleibt stehen und legt den Kopf schräg, als er Neil mit irrem Ausdruck fixiert. »Dann fragte ich mich plötzlich, ob du glaubst, dass ich dämlich bin, weil ich dir diese Allüren durchgehen lasse.« Seine Stimme wird so dunkel wie seine Iriden, als er das Kinn senkt. »Hältst du mich für dämlich, Neil?«

»Nein«, knirscht Neil mit mahlendem Kiefer.

»Gut! Das dachte ich mir. Deshalb habe ich deinen Alleingang auch auf einen kurzzeitigen Anflug geistiger Umnachtung geschoben und dir das Angebot gemacht.«

Ein Angebot? Plötzlich rauscht das Blut viel zu laut in meinen Ohren.

»Die Szene ist inakzeptabel«, blafft Neil. »Außerdem ist es Vertragsbruch.«

»Du erzählst mir etwas von Vertragsbruch?« Gordon lacht ungläubig. »Mach dich nicht lächerlich!«

»Hier geht es nicht um mich.«

Das Rauschen nimmt zu, schwillt an, bis es zu einem reißenden Fluss wird, der durch meine Venen peitscht. »Um wen geht es denn dann?«, frage ich. Mein Herz rast, als mein Blick mit steigender Panik zwischen den Männern pendelt.

Ich bekomme keine Antwort, also werde ich lauter. »Um wen geht es, verdammt?!«

»Um dich, Hope«, antwortet Gordon schließlich. »Irgendwie geht es ständig um dich. Erst Eduardo und jetzt Neil.« Ungehalten schnalzt er mit der Zunge und schüttelt fassungslos den Kopf. Kupferrote Strähnen fallen ihm in die Stirn. Mit einer genervten Geste wischt er sie weg. »Was hast du nur an dir, dass die Männer dich wie Bienen umschwärmen?«

Wie Bienen umschwärmen? Lachhaft! Eduardo ist nicht an mir, sondern an meinem Laden interessiert, und Neil? Bis heute ist mir schleierhaft, was ein Frauenmagnet wie er an mir findet. Was ich aber weiß, ist, dass ich dankbar und glücklich für jede Sekunde der letzten Wochen bin wie nie zuvor in meinem Leben. Okay, vielleicht nicht für jede Sekunde, aber für fast jede.

»Ich will jetzt endlich wissen, worum es hier geht!« Ich bin dieses Um-den-heißen-Brei-Herumreden so leid.

»Worum es hier geht? Dann will ich dir sagen, worum es hier geht: Ihr könnt nicht einfach den Vertrag nach eurem Gutdünken ändern. Ich bin euer Chef, *ich* habe das letzte Wort. Allein das, dass ihr es ohne mein Wissen durchziehen wolltet, ist Grund genug, euch zu feuern und ohne einen scheiß Cent auf die Straße zu setzen!« Er hat sich so in Rage geredet, dass sich seine Gesichtsfarbe der seiner Haare immer mehr annähert. »Es sei denn ...«

»Es sei denn was?«, gebe ich giftig zurück.

»Es sei denn, ihr lasst euch auf meinen Vorschlag ein.«

»Der da wie lautet?« Neil hat die Arme vor der Brust

verschränkt, die Augen zu Schlitzen verengt. Er traut Gordon kein Stück, das ist offensichtlich.

»Großzügig wie ich bin, biete ich euch sogar drei Möglichkeiten, zwischen denen ihr auswählen dürft.« Er lächelt uns künstlich an, doch weder Neil noch ich zeigen eine Regung. »Möglichkeit Nummer eins: Ihr trennt euch offiziell in der Serie und wir schließen in ein paar Wochen mit einem neuen Format mit dir, Neil, als Junggeselle auf der Suche nach seiner *wahren* Traumfrau an. Die Quoten würden durch die Decke gehen.«

Neil schnaubt, schweigt jedoch. Entweder er denkt tatsächlich über dieses Angebot nach oder er würdigt diesen Vorschlag nicht mal mit einer Antwort. So oder so, der Stein in meinem Magen nimmt an Größe und Gewicht zu.

»Keine Begeisterung? Schade. Möglichkeit zwei«, Gordon reckt Zeige- und Mittelfinger in die Höhe. »Ihr bleibt zusammen, wenn ihr das wollt. Allerdings ... Allerdings brauchen wir schon ein bisschen mehr Drama, wenn das Finale was werden soll. So eine 08/15-Liebeserklärung, wie ihr das vorhattet, lockt heute niemanden mehr hinterm Sofa hervor. Wenn ihr offiziell zusammenbleiben wollt, wirst du, Hope, Neil in einer rührseligen Szene deinen Analphabetismus beichten.«

»Was?«, platzt es aus mir heraus und ich ringe nach Luft. Ich kann kaum atmen, geschweige denn einen klaren Gedanken fassen. Der Raum um mich herum scheint sich plötzlich zu drehen.

»Das ist grausam!«, knurrt Neil. »Keine Chance.«

»Das ist nicht grausam«, gibt er zurück. »Das ist Showbiz. So läuft das nun mal: Wir haben eine Protagonistin mit einer ... Behinderung und du kannst großzügig darüber hinwegsehen und dich als Held fühlen. Gute Quoten, begeisterte Fans, die dir zu Füßen liegen werden. Eine Win-win-Situation.«

»Ich lasse nicht zu, dass du Hope bloßstellst. Sie will nicht, dass jemand davon erfährt. Und das ist ihr gutes Recht, verdammt!«

Ich klappe den Mund auf, um etwas zu sagen, doch kein Ton kommt über meine Lippen. Meine Kehle ist wie zugeschnürt. »Und Möglichkeit Nummer drei?«, krächze ich schließlich.

»Ich will eine Sexszene zum Abschluss!«, lässt Gordon die Bombe platzen. »Und zwar eine, in der es richtig zur Sache geht. Wir schneiden so, dass in der Abendfolge nichts Anstößiges zu sehen ist, die ungeschnittene Version für Erwachsene«, er wackelt mit den Augenbrauen, »senden wir dann nach Mitternacht und im Internet. Das gibt doppelte Quoten und Millionen Klicks. Diese Änderung wollte ich ohnehin, aber Neil musste ja den Halbstarken mimen.«

»Wie bitte?« Fassungslos stolpere ich rückwärts, bis meine Kniekehlen gegen die Sesselkante stoßen, aber ich falle nicht. Ich stehe einfach nur da und starre Gordon an. Dann explodiert etwas in mir. Gleißend und hell. Ich reiße den Kopf zu Neil herum, dessen Kiefer mahlt. »Du wusstest davon?«, zische ich.

Neil sieht mich an, senkt jedoch den Blick, als er langsam nickt.

»Und wann hattest du vor, mir davon zu erzählen?«

Wie Regentropfen, die langsam auf Asphalt tropfen, sickert die Erkenntnis zu mir durch. Selbst wenn ich wollte, ich kann keine dieser Szenen drehen, das lassen meine Dämonen nicht zu. Pater John hat noch immer

Macht über mich, das wird mir jetzt deutlich bewusst. Ich sehe seinen gierigen Blick, höre seinen schweren Atem, wenn seine widerlichen Hände über Madisons nackte Haut wanderten. Ich unterdrücke den Ekel, der in mir keimt, ebenso, wie ich das Bild aus meinen Gedanken dränge. Das alles ist Jahre her und doch so präsent, als wäre es gestern gewesen.

»Diese Szene wird nicht gedreht! Keine davon«, bestimmt Neil. Sein Tonfall ist schneidend. »Ich habe es dir vorhin schon gesagt und daran hat sich nichts geändert.«

»Tja, dann wirst du die Konsequenzen tragen müssen. Ihr beide!«, sagt Gordon schlicht, aber entschieden. »Kein Scheck für Hope und deine Karriere kannst du vergessen, Neil.«

Nein! Bitte nicht. Resigniert sinke ich in den Sessel. Neil ist sofort bei mir. »Alles okay mit dir?« Voller Sorge gleiten seine Augen über mein Gesicht. »Du bist kalkweiß.«

»Geht schon.« Ich lächle tapfer.

Sein Daumen streift meine Wange. Er dreht sich zu Gordon um. »Warum tust du das? Hope hat keine Erfahrung. Sich vor der Kamera auszuziehen und eine Sexszene zu drehen, die auch noch authentisch wirkt ...« Er schüttelt den Kopf. »Das ist was für Profis.«

Neil kennt meinen Schwachpunkt, er kennt meine Dämonen. Es steht so viel für ihn auf dem Spiel und doch hält er zu mir. Ich habe nicht gedacht, dass das möglich ist, aber in diesem Moment verliebe ich mich noch etwas mehr in ihn.

»Aber sie hat doch Übung darin.« Gordons ätzender Blick pendelt zwischen uns, bevor er wieder an Neil hängen bleibt. »Du fickst sie doch auch hinter der Kamera.

Einmal Flittchen, immer Flittchen. Sie wird gar nicht merken, dass die Aufnahme läuft.«

»Was?«, frage ich leise. Ich kann nicht glauben, dass er das wirklich gesagt hat. »Ich bin kein ...«

Doch Neil lässt mich den Satz nicht beenden. »Nicht.« Er drückt meine Schulter. »Reg dich nicht auf. Das ist es, was er will. Da ähneln Eduardo und er sich doch. Wenn sie ihren Willen nicht bekommen, fangen sie an, mit ihren Gegnern zu spielen. Ist doch so, oder, Gordon?«

Gordon grinst nur fies.

»Warum? Was haben Sie davon, wenn die Show floppt?« Ich verstehe es nicht.

»Wer sagt denn, dass sie floppt?« Neil sieht von Gordon zu mir. »Ein Skandal bringt ebenso viel Publicity wie ein Happy End oder nackte Haut.«

»Mehr noch«, kommentiert Gordon wieder mit diesem fiesen Grinsen. »Außerdem führen viele Wege nach Rom.«

Bedeutet das ...

»Sie haben das geplant?« Gemeinsam mit Eduardo? Gordon wusste, dass ich keine Sexszene drehen will, und Eduardo hat ihm Details über meine Schwäche verraten. Hat er gute Miene zum bösen Spiel gemacht und mich dann in die Falle tappen lassen? »Nein!« Entschlossen schüttelt Neil den Kopf und macht einen drohenden Schritt auf Gordon zu. »Nein!«, wiederholt er laut. »Ich biete eine Szene mit Hope ohne Trennung, ohne sie bloßzustellen und ohne Sex. Nicht mehr und nicht weniger.«

»Du bist so ein Waschlappen, Neil.« Gordon schüttelt gespielt enttäuscht den Kopf. »Fahr zur Hölle. Und nimm deine Trödelhändlerin gleich mit!«

Er marschiert zur Tür, aber Neil stellt sich ihm in den Weg. »Warum, Gordon?«

»Weil ich es kann!«

»Feuer uns nicht.« Es ist weder eine Bitte von Neil noch ein Befehl, sondern irgendetwas dazwischen. Ich halte die Luft an. Meine Nerven sind gespannt wie ein Flitzebogen.

Gordon sieht erst mich an, dann wieder Neil. »Du hast Nerven, das von mir zu verlangen. Ihr habt mich hintergangen und seid nicht gewillt, mir ein Stück entgegenzukommen, um euer Fehlverhalten wiedergutzumachen. Ihr seid gefeuert!«

34

HOPE

Der Schmerz in meiner Brust ist nicht von dieser Welt. Ich habe schon viel erlebt, viel erlitten und weiß, wie sich seelische Qualen anfühlen, aber dieser Schmerz erreicht ein Level, das mir die Luft zum Atmen nimmt. Er ist einmalig. Einmalig grausam und so furchtbar real.

Neil ist weg, einfach gegangen.

»Wir können ihn nirgendwo finden, Hope«, informiert Vic mich mitfühlend.

Benommen sehe zu ihr auf, während ich auf Neils Bettseite sitze und sein Kissen fest vor den Bauch drücke. Es riecht noch nach ihm. Schwach nur, aber ich bilde mir ein, es würde mich trösten.

Keine Minute, nachdem Gordon gegangen war, hat Neil auf dem Absatz kehrtgemacht und ist im Schlafzimmer verschwunden. Kurz darauf war er zurück, seine Reisetasche geschultert. Ich saß wie festgefroren in meinem Sessel, als ich begriff, was das bedeutet. Stumm formten meine Lippen seinen Namen, während sich Tränen in meinen Augen sammelten, aber Neil stapfte mit versteinerter Miene an mir vorbei.

»Und er ist einfach rausgestürmt, ohne Erklärung?«, fragt Vic ungläubig.

»Er sagte nur, er brauche Zeit für sich, müsse nachdenken. Dann war er weg.«

Vic setzt sich neben mich und legt mir mitfühlend den Arm um die Schulter. »Er meldet sich bald. Bestimmt. Er ist nur ziemlich verwirrt. Schließlich hat er gerade seine Karriere für dich an den Nagel gehängt.«

Und genau das ist das Problem. Das hätte ich nie von ihm verlangt. Niemals.

»Nein«, flüstere ich kratzig. Ich lege meinen Kopf auf ihre Schulter. Eine dicke Haarsträhne, die darüber hängt, kitzelt meine Wange. »Nein. Er wird sich nicht melden.«

»Sicher wird er!«

»Ich habe ihn angerufen, aber es springt nur die Mailbox an.«

»Weil er sich vermutlich an einem armen Sandsack abreagiert. Zumindest hoffe ich, es ist nur ein Sandsack ...« Sie lässt den Satz unvollendet und ich verbiete mir, den Gedanken weiterzuspinnen. »Er ist sauer, Hope, aber nicht auf dich! Rede dir das bloß nicht ein.« Sie schüttelt mich leicht und sieht auf mich runter. »Versprich es mir. Gib dir nicht die Schuld an dem Bockmist, verstanden?«

Ich schließe die Augen. Meine Wangen sind feucht von den Tränen, die mir jetzt aus den Augenwinkeln fließen. Ich wische sie mit dem Handrücken weg. »Ich habe ihn in etwas reingezogen, das ihm letztendlich das Genick gebrochen hat. Ohne mich wäre er jetzt nicht arbeitslos. Rodriguez hat das Rad ins Rollen gebracht, als er Gordon meine Akte zuspielte. Ohne ihn hätte eine andere die Rolle in der Show bekommen, Neil hätte mich nie kennengelernt und meinetwegen nicht alles verloren.«

Das macht mich total fertig und deshalb verstehe ich auch Neils Wut, weil ich nach Madisons Tod ähnlich empfand. Okay, der Vergleich hinkt etwas, aber der Effekt ist ähnlich. Man ist so verdammt hilflos und Zorn ist ein mächtiges Gefühl, das die Schmerzen betäubt. Er überlagert Neils Gefühle für mich, frisst sich in seine Eingeweide und letztendlich wird er alles abtöten, was Neil für mich empfindet.

»Red nicht so einen Blödsinn«, schimpft Vic liebevoll. Wieder schüttelt sie mich, damit ich aufhöre, die weiße Bettdecke anzustarren, und ihr ins Gesicht sehe, in dem ich Entschlossenheit entdecke. »Neil ist impulsiv und hat einen Dickschädel, aber das liegt an den männlichen Genen.« Ihr Mundwinkel zuckt, aber nur kurz. »Denk doch mal an eure Anfänge zurück. Also ein guter Start sieht für mich anders aus.« Die Untertreibung des Jahres. »Irgendwann hat Neil die Kurve bekommen und verstanden, dass du das Beste bist, was ihm jemals passieren kann. Und genauso wird es auch jetzt sein. Er meldet sich bei dir. Vertrau mir.«

Neil meldet sich weder am Montag noch am Dienstag und auch nicht am Mittwoch. Mittlerweile bin ich wieder zu Hause. Ich arbeite, aber eigentlich vegetiere ich eher vor mich hin, als dass ich am wirklichen Leben teilnehme.

Ständig kreist Neil in meinen Gedanken und das, was Vic angedeutet hat – er könnte seine Wut auf eine Weise entladen, die ihm noch mehr Ärger und womöglich Negativschlagzeilen einbringt –, trägt nicht gerade zu meiner Entspannung bei. Ich will nicht ständig an ihn denken, aber ich kann es auch nicht abstellen. Er ist in so kurzer Zeit ein so großer Teil von mir geworden ... Es wäre einfacher, mir einen Arm oder ein Bein abzutrennen, als Neil aus meinem Herzen zu streichen.

Es ist vorbei. Bislang habe ich die Erkenntnis von mir geschoben, weil ich den Gedanken kaum ertragen konnte, aber das kann nicht ewig so weitergehen, also stelle ich mich jeden Tag ein Stück mehr der bitteren Realität. Dementsprechend kostete es mich Überwindung, erneut bei ihm anzurufen, aber letztendlich tat ich es, nachdem Donnerstag noch immer kein Lebenszeichen von ihm gekommen war. Ich erreiche nur seine Mailbox. Oh Wunder! Mit Aufbringung all meiner Willenskraft schaffe ich es, meine Stimme neutral, ja sogar emotionslos klingen zu lassen. Mitleid ist das Letzte, was ich jetzt von ihm will. Ich bat ihn, mir zumindest eine Textnachricht zu schreiben, die Joy mir dann vorlesen kann. Nur ein paar Worte, damit ich weiß, dass er okay ist. Ich bekomme keine Antwort.

Obwohl Joy (und auch Faith während wir skypen) ihr Bestes geben, um mich abzulenken, und ich weiß Gott andere Sorgen habe, die in Kürze ihren Höhepunkt erreichen, indem ich meinen Laden verliere, bin ich Freitag fast verrückt vor Sorge. Ich rufe Vic an. Doch sie weiß auch nichts, also wähle ich Scotts Nummer. Er ist höflich, aber verhalten. Ich habe nichts anderes erwartet. Vermutlich hat Neil ihm einen Maulkorb verpasst. Irgendwann habe ich ihn so weichgekocht, dass er nachgibt. Neil ist zu Hause und es geht ihm den Umständen entsprechend gut. Ich bin so erleichtert, ich wäre Scott am liebsten um den Hals gefallen. Ich bitte ihn nicht, mich auf dem Laufenden zu halten. Er mag mich, das habe ich deutlich gespürt, aber seine Loyalität gehört Neil.

35

HOPE

Joy knallt meine Wohnungstür zu. Ein Schwall schwüler Abendluft folgt ihr, bevor sie sich dann schwer atmend dagegenlehnt. »Wer ist gestorben?«

Ich betrachte den Papierstapel in ihrer Hand, registriere kurz ihr figurbetontes Jerseykleid, die farblich passenden, königsblauen Stilettos, bevor meine Augen wieder in ihrem geröteten Gesicht ankommen, das von honigblonden Strähnen umrahmt wird. »Niemand.«

Sie kickt die Schuhe von den Füßen und strebt barfuß durch den kleinen Vorraum, der direkt in meinem Wohnzimmer mit der offenen Küche endet. Vor mir bleibt sie stehen und hebt eine fachmännisch gezupfte Braue unter der gerahmten Brille.

»Du hast geklungen, als wäre ein Axtmörder unterwegs, der sein Unwesen treibt, und zwar direkt in deinem Garten, wo seine toten Opfer über deiner Veranda hängen und ausbluten.«

Als leidenschaftlicher Thrillerfan hat Joy eine blühende

Fantasie. Mein Mundwinkel zuckt. »Ich habe keine Veranda.«

Sie knallt den Papierstapel auf den Esstisch, an dem ich sitze. »Du weißt, was ich meine!«

Na ja, ihre Schilderung ist bildlich genug. Ich streiche eine Strähne weg, die mir lästig vor den Augen hängt. Ich war seit Wochen nicht mehr beim Friseur und meine Haare ähneln Spaghetti, die über al dente weit hinaus sind.

»Tut mir leid, aber ich wollte, dass du schnell kommst. Ich brauche deine Hilfe. Und zwar hiermit.« Ich tippe auf meinen geschlossenen Laptop, der vor mir liegt. »Du musst mir beim Suchen helfen.«

Zögernd kommt sie um den Tisch herum. »Wenn du mir versprichst, deinen Briefkasten öfter zu leeren. Die Post verteilte sich auf dem Asphalt, als wäre dein Briefkasten explodiert.«

Ich betrachte den Stapel in verschiedenen Grau-, Weiß- und Grünschattierungen und verziehe den Mund. »Sind eh nur Rechnungen.«

Joy setzt sich neben mich. »Aber bezahlen musst du sie trotzdem.«

Ich werfe ihr einen Blick aus den Augenwinkeln zu, während ich den Laptop aufklappe. »Ich weiß.«

Ich bin jetzt seit zwei Wochen aus Vegas zurück. Der Abbruch der Show hat für hinreichend Schlagzeilen und Spekulationen gesorgt. *SilverStar Entertainment* hat sich in Schweigen gehüllt, wonach das Festnetz bei mir heiß lief. Irgendwann habe ich es abgestellt. Ich will keine Interviews geben. Ich wüsste ohnehin nicht, was ich der Presse erzählen sollte. Auf dem Weg zur Arbeit verfolgten mich die Paparazzi bis zum Laden. Ich musste Polizeischutz anfordern, damit sie Abstand halten und nicht über mich herfallen wie tollwütige Hunde. Irgendjemand muss *SilverStar* Feuer unter dem Hintern gemacht haben, und zwar heftig, denn vorgestern meldete sich Gordon persönlich zu Wort. Das Interview wurde landesweit ausgestrahlt. Gordon log das Blaue vom Himmel hinunter und tischte der Presse eine herzzerreißende Trennungsgeschichte auf. Und die Presse möge die Entscheidung respektieren und Neil und mich in Ruhe lassen. Bla, bla, bla ... Mir war noch Stunden danach schlecht. Mein Magen zieht sich jetzt noch zusammen, wenn ich an das Gesülze denke. Lügen! Lügen! Lügen! Gut verpackt und jedermann glaubt sie.

Bei dem ganzen Hickhack und Chaos ist Joy mein Fels in der Brandung. Sie kommt sofort nach Feierabend und weicht mir dann bis zum Morgen nicht von der Seite. Wenn wir nicht über Neil sprechen, reden wir über die Versteigerung des Trödelladens und wie es danach weitergeht. Joy hat während meiner Abwesenheit gute Umsätze erzielt und ich verkaufe immer noch gut, was wohl meiner plötzlichen Popularität geschuldet ist. *Zeit* ist das Schlüsselwort. Hätte ich mehr Zeit, zwei oder drei Jahre, könnte ich meine Schulden monatlich abstottern. Leider stellt sich die Bank quer. Ich habe mit Engelszungen geredet – ohne Erfolg. Ich bin so müde. Müde vom Kämpfen. Aber es hilft nichts. Ich muss nach vorne sehen, das ist mir die letzten Tage klar geworden.

Joy zieht den Laptop auf ihre Seite. »Schieß los. Was suchen wir?« Ihre Finger schweben über der Tastatur.

»Gib mal *Neue Heilmethoden bei Analphabetismus* und *psychische Blockaden* ein.«

Joy bewegt sich keinen Millimeter. »Bedeutet das, was ich annehme, dass es bedeutet?«

Zögernd lecke ich mir über die Lippe. »Ich liebe Geschichten«, sage ich schließlich. »Ich möchte die Bücher endlich selber lesen können. Ich möchte meine E-Mails beantworten und was ganz wichtig für mich ist: Ich will mich nicht mehr verstecken. Vielleicht löst sich die Blockade. Oder ich verschwende mit der Therapie meine Zeit. Wie auch immer. Ich möchte es zumindest versuchen.«

In Joys Augen sammeln sich Tränen des Glücks. Sie schluckt und legt ihre Hand über meine. »Das freut mich so. Ich habe nicht mehr geglaubt, dass du den Schritt wagst.«

»Ich war noch nicht so weit.«

»Und jetzt schon?«, fragt sie hoffnungsvoll.

Ich nicke entschlossen. »Neil hat etwas in mir wachgerüttelt. Ich muss mich nicht schämen. Ich muss nur den ersten Schritt aus meinem Mauseloch wagen, über meinen Schatten springen. Oder meinen inneren Schweinehund überwinden«, scherze ich, aber mein ernster Blick geht zu der Wand, an der meine Couch und der Benjamini stehen, ohne die gerahmten Bilder dahinter wahrzunehmen. Für manche Leute sind Buchstaben einfach nur Buchstaben, die Wörter ergeben. Für andere sind sie der Schlüssel zur Fantasie. Wenn ich Buchstaben sehe, ist da nichts. Bis auf wenige Wörter sind Buchstaben unlesbare Hieroglyphen für mich. Ich bin in den letzten Wochen über mich hinausgewachsen, habe Seiten an mir entdeckt, die ich glaubte, nie entdecken zu können.

»Ich bin bereit, meine Dämonen freizulassen, um sie endlich zu bekämpfen«, sage ich aufrichtig.

»Und ich unterstütze dich dabei«, schwört Joy. »Sollen die widerlichen kleinen Biester nur kommen – wir bekämpfen sie zusammen.«

Sie macht eine überschwängliche Armbewegung, trifft den Laptop und er rutscht über den Tisch. Joy quiekt entsetzt, hechtet vor, verfehlt ihn aber. Er rutscht bis zur Tischmitte und trifft den Papierstapel, der zu Boden fällt. Joy stöhnt und ich kichere, als sich eine Briefflut auf meinen Teppich ergießt.

»Ausgerechnet jetzt«, flucht Joy. Sie huscht um den Tisch herum und geht in die Hocke, um alles einzusammeln.

»Lass liegen.« Ich verkneife mir ein weites Grinsen. Sie sieht wirklich putzig aus mit der leidgeplagten Miene. »Oder schmeiß das Zeug gleich in den Müll«, schlage ich vor.

»Nix da!«, bestimmt sie streng. »Du wirst jede dieser Rechnungen öffnen und wenn ich dabei mit der Peitsche hinter dir stehe.«

Ich gebe auf. »Dann kannst du sie auch gleich öffnen und lesen. Ich verstehe ja ohnehin nichts davon.«

Joy hört auf, die Briefe zu stapeln, und sieht hoch. »Aber nicht mehr lange.«

Ich erwidere ihr Lächeln. »Wir werden sehen.«

Sie ist voller Hoffnung und das bin ich auch. Nur weiß ich, dass Hoffnungen schnell zerstört werden können. Ich fange lieber klein an und freue mich, wenn mehr dabei rumkommt.

Während Joy die Briefe ordnet, ziehe ich den Laptop zu mir. Plötzlich hält sie inne. »Hope?« Ihre Stimme klingt viel zu schrill. Sie lässt den Stapel liegen, wo er ist, drückt sich aus der Hocke hoch und legt einen einzelnen Brief auf den Tisch. Ohne mich aus den Augen zu lassen, schiebt sie ihn rüber. Er ist lang, weiß und unscheinbar. Ich sehe auf den Absender und schnappe nach Luft. Mein Herz setzt für einen Schlag aus.

»Du erkennst den Namen, nicht wahr?«, fragt Joy mit zittriger Stimme. Oh ja! Und wie ich den Namen kenne. Ich habe ihn geflüstert, geknirscht, geschrien und ich habe ihn lustvoll gestöhnt, nachdem mich ein Höhepunkt überrollt hatte. Ich sehe in Joys aufgerissene blaue Augen und nicke. »Neil.«

Ich blicke zu Neils Schlafzimmerfenstern hoch, ohne zu wissen, was ich ihm sagen soll. Gesetzt den Fall, er lässt mich überhaupt rein.

Eine gefühlte Ewigkeit bin ich im Wagen geblieben und habe in die Dämmerung gestarrt, bis ich mich traute, auszusteigen. Joy wollte warten, aber ich bitte sie zu fahren. Ich muss hier allein durch, da führt kein Weg dran vorbei. Tatsächlich schaffe ich es bis zum Eingang, ohne mich vor Aufregung übergeben zu müssen. Dann tritt Scott aus der Tür. Die Lampe am Eingang beleuchtet sein zerstrubbeltes Haar, das aussieht, als wäre er mit den gespreizten Fingern hindurchgefahren. Sein roter Sweater hat einen Kaffeefleck auf der Brust und die abgewetzte Jeans sieht ebenfalls aus, als könnte sie eine Reinigung vertragen. Von seinem jugendlichen Charme, den er von der ersten Sekunde an versprühte, ist keine Spur mehr. Er wirkt ebenso baff von meinem Auftauchen wie ich von seinem. Dann schüttelt er den Kopf. »Du solltest da nicht hochgehen.«

»Ich muss.«

»Es wird dir wehtun.«

Es? Er meint wohl *Er*.

»Das Risiko gehe ich ein.«

Scott betrachtet mich mit verkniffener Miene.

»Bitte.«

Er zögert noch immer, dann seufzt er, dreht sich um und tippt den Code ins Keypad. Er stößt die Tür auf und tritt zur Seite. »Im Schlafzimmer. Aber behaupte später nicht, ich hätte dich nicht gewarnt.«

»Okay.« Mit gemischten Gefühlen im Bauch werfe ich einen Blick in den hell erleuchteten Wohnbereich und blicke dann zur Treppe hoch in den ersten Stock. Was wird mich da oben erwarten? Ich atme tief durch und gehe an Scott vorbei. Als die Tür hinter mir ins Schloss fällt, zucke ich zusammen. Das Geräusch klingt viel zu laut in meinen Ohren. Während ich die Halle durchquere und die Treppe hochsteige, überlege ich mindestens einhundert Mal, wieder umzukehren. Fünf Mal bleibe ich stehen, wische mir die schweißfeuchten Hände an der Röhrenjeans ab oder drehe mich um. Dann schimpfe ich mich einen Feigling und laufe weiter. Hier ist es. Ich hebe den Arm, um zu klopfen, lasse die Hand aber wieder sinken. Es ist spät. Was, wenn ich Neil nackt erwische? Das Bild von gestählten Brustmuskeln, die über mir aufragen, während sich Neils kräftige Arme neben meinem Kopf befinden, schleicht sich in meine Gedanken. Nein! Das ist Vergangenheit. Je eher ich mich an den Gedanken gewöhne, desto besser und umso schneller komme ich über Neil hinweg.

Also dann!

Arschbacken zusammenkneifen.

Tief durchatmen.

Und los.

Ich klopfe. Schritte sind zu hören, dann wird die Tür aufgerissen.

36

HOPE

Neil wirkt müde. Müde und abgespannt. An dem Eindruck können auch die gut sitzende dunkle Anzughose und das gebügelte weiße Hemd nichts ändern. Die tiefen Furchen um seinen sinnlichen Mund herum und die roten Ränder unter den moosgrünen Augen sprechen Bände. Er erholt sich von seinem Schock, indem er blinzelt, und reibt sich seufzend über den Fünftagebart. »Geh bitte! Jetzt ist nicht der passende Zeitpunkt zum Reden.«

»Und wenn ich nicht will?«, gebe ich mich kämpferisch. Entschlossen recke ich das Kinn. »Was, wenn ich hier vor der Tür warte, bis du bereit dazu bist?« Ich reiße den Umschlag aus meiner Umhängetasche und halte ihn hoch. »Du hast mir einen Scheck über fünfundzwanzigtausend Dollar geschickt! Du glaubst, es besteht kein Redebedarf? Irrtum, Neil! Groooooßer Irrtum.«

Es raschelt, als sich jemand über den Teppich im Schlafzimmer bewegt. Angestrengt versuche ich, über Neils Schulter zu spähen, aber er ist zu groß oder die Person zu klein, um etwas sehen zu können. Plötzlich ist meine Übelkeit zurück. Sie kriecht mir die Magenwände hoch und verätzt sie wie Säure. Die Person kommt näher, dann legt sich eine Frauenhand auf Neils Schulter. »Lass sie rein.«

Neil schließt die Augen. Sein Kopf sackt zur Brust.

»Bitte.«

Neil tritt zur Seite und ich stehe Evelyn gegenüber. Das hat Scott also gemeint, als er von *es* sprach. Wenigstens ist sie angezogen. Wenn auch nur spärlich. Die weiße Bluse ist so durchsichtig, dass ihr Spitzen-BH durchschimmert. Sie hat fantastische Beine, aber müssen die Shorts deshalb so eng sitzen, dass kein Zweifel daran besteht, dass sie kein Höschen trägt? Ihre blonden Locken sind offen und deutlich zerzaust. Als wären sie nicht gekämmt worden oder als hätte jemand leidenschaftlich darin herumgewühlt. Täusche ich mich oder sind ihre Lippen geschwollen? Ich schließe die Augen. Wie kann Neil mir das antun? Ein Schlag in die Magengrube würde nicht mehr schmerzen. Tapfer schlucke ich meine Tränen hinunter.

»Nicht nötig«, sage ich kratzig. »Es ist alles gesagt.«

Neil lehnt sich gegen die Tür und fährt sich durchs Haar. »Es ist nicht so, wie du denkst.«

Der Schmerz breitet sich weiter in mir aus. Ich schüttle den Kopf. »Lüg mich nicht an, Neil. Verdammt! Das hab ich nicht auch noch verdient!«

Ich will mich umdrehen, aber er hält mich am Arm fest. »Warte, Hope.«

»Wozu?« Ich schüttle seinen Arm ab. »Damit du mich weiter demütigen kannst? Nein danke!«

Mehr habe ich nicht zu sagen. Ich muss hier raus!

Ich unterdrücke ein Schluchzen, das tief in meiner Kehle sitzt, wirble herum und stürme die Treppe hinunter. Ich renne nicht, ich fliege förmlich, und zwar beinahe auf die Nase, hätte ich mich nicht im letzten Moment am Geländer festgehalten. Blind vor Tränen stürme ich durch die Halle und reiße die Tür auf. Erst draußen bleibe ich stehen. Nicht nur meine Augen brennen, auch meine Wangen fühlen sich heiß an und ich habe das Gefühl, jeden Moment zu kollabieren. Alles dreht sich wie in einem Kettenkarussell. In meinen Fingern, meinen Beinen und Armen kribbelt es, als würde eine ganze Ameisenkolonie darin wohnen und dieses Gefühl wird auch nicht weniger, als ich mich gegen die Hauswand lehne. *Atme, Hope. Atme.*

Eine Tür wird aufgerissen. Eine Tür fällt ins Schloss. »Hope? Hope!«

Ich reiße die Augen auf und sehe Neil nach, der auf den Vorplatz stürmt. Er dreht sich um die eigene Achse und entdeckt mich. Unsere Blicke treffen sich. *»Gott sei Dank«,* formen seine Lippen, ohne einen Laut zu verursachen.

37

NEIL

»Nein! Bleib weg von mir. Ich ... ich kann das nicht noch einmal durchmachen.« Ihre Stimme klingt flehend und viel zu leise für den Sturm, der in ihren Augen tobt, als sie die Hand abwehrend hochreißt. Ich bewege mich langsam, wie man sich einem verletzten, scheuen Tier nähern würde, das man nicht erschrecken will.

Dann tritt Evelyn aus der Tür und rennt an uns vorbei. Hope blickt starr geradeaus, aber ihre Schultern werden etwas gerader. Evelyn bleibt stehen, sieht sich um und entdeckt uns. Sie stockt, aber nur kurz, dann setzt sie sich in Bewegung. Ich will sie nicht hier haben. Hope fühlt sich unwohl und ich weiß, was sie denkt, ihre Reaktion war offensichtlich. Aber Evelyn? Das ist völlig absurd! Hope sollte das eigentlich wissen. Außerdem gibt es für Hope und das, was ich für sie empfinde, keinen Ersatz. Nicht mal annähernd, dafür sind meine Gefühle einfach zu stark. Und genau das macht Angst. Eine Scheißangst, sodass ich den Schwanz eingezogen habe und geflüchtet bin.

»Hör dir an, was er zu sagen hat. Gib ihm diese Chance, Hope. Das hat er verdient«, bittet Evelyn, als sie vor uns stoppt.

Hope wendet kurz den Kopf und unsere Blicke treffen sich. Dann starrt sie wieder über meine Schulter in den nächtlichen Himmel zu den abertausend Sternen hoch. Evelyn redet weiter: »Was immer du glaubst, gesehen zu haben: Du irrst dich.«

Hope sieht sie an und das, *was* sie dann sagt, ist so unglaublich, dass ich einen Augenblick brauche, um zu verstehen. »Du liebst ihn schon lange, nicht wahr? Aber er hat deine Liebe nie erwidert. Also hast du genommen, was er bereit war zu geben«, sagt sie leise, fast emotionslos. »Diese ganzen Affären, die er hatte, sie bedeuteten ihm nichts, also hast du sie hingenommen und gehofft, seine Freundschaft würde irgendwann in Liebe umschlagen. Doch dann kam ich und das änderte alles.«

Evelyn presst die Lippen zusammen. »Hat dir schon mal jemand gesagt, dass du schonungslos ehrlich bist?«

»Du bist jedenfalls nicht die Erste.«

Nervös sieht Evelyn zu mir. Dann befeuchtet sie ihre Lippen und blickt betreten zu Boden. »Ich stand schon immer in zweiter Reihe bei ihm. Ich hatte seine Freundschaft, das schon, aber ich wollte viel mehr. Ich hätte alles für ihn getan. Wirklich alles. Er hätte nur mit dem Finger schnipsen müssen und ich wäre gesprungen.«

Ich starre sie an, fassungslos wie schockiert, aber sie blickt weiterhin stoisch zu Boden.

»Nur einmal hätte er mich so ansehen sollen, wie er dich ansieht. So küssen sollen, wie er dich küsst ... Ich hätte mich damit zufriedengegeben, aber selbst dafür reichte es nicht«, sagt sie bitter und verpasst mir damit einen weiteren Magenschwinger. »Ich wurde so schrecklich eifersüchtig. Das Gefühl zerfraß mich förmlich von innen.«

Ich Idiot!

Plötzlich ergibt alles einen Sinn.

Meine Affären ... Evelyn und ich haben darüber gesprochen. Keine Details, aber Evelyn wollte immer wissen, wie ernst es mir ist. Es war nie mehr als ein One-Night-Stand und das sagte ich ihr auch.

Verflucht.

Ich nahm an, wir sind nur best buddys – beste Freunde. Wir kennen uns seit Jahren und sie hat nie versucht, mich anzumachen. Oder hatte sie doch? Wollte ich die Zeichen nicht sehen, weil ich sie als Freundin nicht verlieren wollte?

Oh Mann. Ich bin so ein Idiot!

Evelyn hört auf, ihre Füße anzustarren. Als sie aufsieht, presst sie kurz die Lippen zusammen. »Ich bin zu weit gegangen, Hope. Das hätte ich nicht tun sollen, es tut mir leid.« Sie sieht zu mir. »Sag ihr die Wahrheit. Das bist du ihr schuldig.«

Sie will gehen, aber ich halte sie am Arm fest. Ihr Blick wandert von meiner Hand zu meinem Gesicht. Ich lasse sie los und sie lächelt schmal. »Wir reden später. Bring das hier erst mal in Ordnung.« Damit verschwindet sie in der Dunkelheit. Ich sehe ihr nach, bis die Lichter an ihrem Wagen aufleuchten. Erst als der Lexus langsam aus der Einfahrt rollt, drehe ich mich zu Hope zurück. Ihre Haare sind während der Dreharbeiten gewachsen, jetzt klemmen rotbraune Strähnen hinter ihrem Ohr. Sie trägt kein Make-up. Geschminkt ist sie wunderschön, aber ungeschminkt ist sie atemberaubend.

»Ich wusste es nicht. Das mit Evelyn«, gestehe ich heiser.

Hope steht bereits mit dem Rücken zur Wand. Nun lehnt sie auch den Kopf gegen den Backstein und stopft ihre Hände in die Taschen des Trenchcoats. »Was hat Evelyn gemeint? Was verschweigst du mir nun schon wieder?«

War ja klar, dass sie gleich zum Punkt kommt.

Ich zögere.

»Bitte, Neil. Es ist wichtig für mich. Ich möchte verstehen. Wenn du mich danach wegschickst, tu es, aber lass mich nicht im Ungewissen.«

Es ist an der Zeit. Ich weiß es und Hope weiß es auch, also gebe ich mir einen Ruck. »Meine Gefühle zu dir haben mir Angst gemacht«, beginne ich zögerlich. »Ich habe mich noch nie für einen Menschen geopfert, wirklich aufgeopfert, so wie ich es für dich getan habe, und als mir das bewusst wurde, habe ich einfach Panik bekommen. Und ich wurde wütend. So verdammt wütend.«

»Wütend auf mich?«, fragt sie leise.

Ich sehe sie an. Ihre Augen schimmern feucht. Ich könnte sie trösten, ihr die Zweifel nehmen. Stattdessen rede ich weiter. »Auch auf dich, ja. Weil du das alles in mir auslöst. Diese starken Gefühle, die ich nicht kenne. Ich wollte das nicht, aber ich konnte mich auch nicht dagegen wehren. Ich habe immer mein Ding durchgezogen und plötzlich kommst du und stellst meine ganze Welt auf den Kopf. Einfach so. Ich bin plötzlich bereit, alles aufzugeben, für einen einzelnen Menschen, den ich mehr liebe als mein Leben, als meine Karriere. Das ist mir bislang noch nie passiert. Du hast Macht über mich. Große Macht.«

»Sag das noch mal«, bittet sie heiser. Ihre Augen sind weit aufgerissen.

»Was? Dass ich plötzlich bereit bin, alles für dich aufzugeben? Oder dass ich eine Scheißangst davor habe, mich an jemanden zu binden, der Macht über mich hat?«

»Nein. Das L-Wort.« Ihre Stimme zittert.

Ich lecke mir über die Lippen, die sich trocken anfühlen. »Ich liebe dich, Hope. Mehr als mein Leben.«

»Sch...«, sie legt mir den Finger auf den Mund, als ich etwas hinzufügen will. »Ich liebe dich auch«, flüstert sie, bevor sie sich auf die Zehenspitzen stellt und die Arme um mich schließt. »Mehr als mein Leben.«

»Was ... was hast du vor?« Mein Herz rast, meine Arme hängen an den Seiten, ich traue mich nicht, sie zu heben, um Hope zu berühren.

Sie lächelt. »Ich küsse deine Selbstzweifel weg. Ich werde nämlich nicht zulassen, dass du dich von mir zurückziehst.«

»Warte«, will ich sie aufhalten, aber ihre Lippen verschließen schon meinen Mund. Ich stöhne auf, als ihre Zunge zwischen meine Lippen stößt, und ich vergesse, was ich sagen will. Meine Hände gleiten wie von selbst auf ihre Hüfte und ihre Finger spreizen sich in meinem Haar. Erregt übe ich Druck aus, wirble sie aber mit mir herum, bevor sie gegen die Wand prallen kann. Dann vertiefte ich den Kuss. Ich lege all die Leidenschaft hinein, die ich für Hope empfinde, aber auch meine Ängste und Sorgen, denn auch sie gehören zu mir. Nur Hope hat diese Macht über mich. Diese Macht, mich süchtig zu machen. Doch statt mich davor zu fürchten und sie abzulehnen, nehme ich sie an. Sie durchdringt meine Poren, sickert in mich und füllt mein Herz mit unbändiger Liebe. Liebe für die

Frau, die ebenso viel durchgemacht hat wie ich und immer noch bereit ist, zu kämpfen. Hope ist unglaublich. Unglaublich stark. Unglaublich tapfer. Ein besonderer Mensch und sie gehört zu mir, das wird mir jetzt endgültig klar.

EPILOG

HOPE

Leise schließe ich die Haustür hinter mir und schleiche zur Küche, um Neil nicht zu stören, der Papierkram am Schreibtisch erledigt. Seit er den *Logan Night*, einen cleveren Detektiv, in der neuen *HBO*-Krimiserie *Undercover* spielt, sehen wir uns deutlich weniger. Die Produktion wird in Boston gedreht, aber wann immer Neil frei hat, pendelt er, um bei mir zu sein. *SilverStar Entertainment* ist Vergangenheit, worüber ich nicht glücklicher sein könnte. Natürlich hat Gordon versucht, Neil zu schaden, indem er Lügenmärchen über seine mangelnde Disziplin und Unberechenbarkeit verbreitete. Lügen, die ihm zum Glück niemand glaubte. Dafür hat Neil durch die Realityshow einfach zu viele Sympathien auf seiner Seite. Im Grunde genommen hat Gordon Neil sogar einen Gefallen getan, denn als er über ihn herzog, wurde *HBO* hellhörig und zum Glück bildeten sich die Produzenten von *Undercover* ihre eigene Meinung, als sie ihn zum Vorsprechen einluden. Der Rest ist Geschichte.

»Wie war dein Tag?«, fragt er. Er sieht über die Schulter

und lächelt mich an. Ich lächle zurück und gehe zu ihm. Außer einer leichten Sporthose trägt er nichts. Ich lasse meinen Blick bewusst auf seinem Gesicht ruhen, um nicht direkt über ihn herzufallen. Ich werde mich nie an seinen Muskeln sattsehen und ich werde nie aufhören, so stark für ihn zu empfinden, wie ich es tue. Nicht in hundert Jahren.

»Erfolgreich«, sage ich und lächle meine sündigen Gedanken weg. »Dr. McGuilles sagt, ich mache gute Fortschritte.«

Er schiebt seinen Stuhl zurück und zieht mich auf seinen Schoß. »Wann beginnt der Unterricht?«

»Kommende Woche. Ich bin schon ganz hibbelig.« Ich verschränke meine Hände in Neils Nacken. »Komisch, nach so vielen Jahren wieder die Schulbank zu drücken.«

»So wird es nicht sein.«

»Aber so ähnlich.«

»Es ist ein Abenteuer und wird bestimmt aufregend.«

Seine Nähe und seine Zuversicht beruhigen mich ein wenig. »Ich bin froh, dass Dr. McGuilles am ersten Termin dabei ist, dann ist alles nicht so fremd. Sie hat mir die Dozentin zwar empfohlen und schwört auf ihre sanften Methoden, aber trotzdem, es ist ein großer Schritt für mich.«

»Tut mir leid, dass ich dich nicht begleiten kann.« Er presst die Lippen zusammen, weil er es wirklich bedauert.

»Ist doch okay, Schatz«, sage ich und schenke ihm ein ehrliches Lächeln. »Du hast deine Aufgaben und ich habe meine. Außerdem bist du kommende Woche wieder zurück«, erinnere ich ihn. »Und dann stoßen wir auf meine Unterrichtsstunde an.«

Er umfasst mein Gesicht und runzelt die Stirn. »Ich hasse es, ohne dich zu sein.«

»Ich hasse es auch, ohne dich zu sein.«

Er küsst mich, danach rutschen seine Hände auf meine Hüften. Während sie sanften Druck ausüben, sieht er mich an. »Sobald die Staffel abgedreht ist, machen wir Urlaub. Wie wäre Hawaii?«

Ich mache große Augen. »Super! Ich war noch nie auf Hawaii.« Bis auf den Trip nach Vegas bin ich wenig gereist und erst recht nicht so weit, aber Hawaii klingt großartig in meinen Ohren.

Er stockt, als wäre ihm erst jetzt etwas eingefallen. »Kannst du den Laden mehrere Wochen schließen?« Dass ich mir darüber überhaupt Gedanken machen muss, habe ich Neil zu verdanken, der darauf bestand, seinen Scheck anzunehmen. Allerdings zahle ich ihm jeden Dollar – zinsfrei – zurück, das war meine Bedingung.

»Falls Joy nicht einspringen kann, würde das schon mal gehen ... Aber gleich mehrere Wochen?«

Neil schmunzelt über mein perplexes Gesicht. Dann nickt er. »Ein richtiger Liebesurlaub – ohne Kamera. Mit Honeymoon-Suite, Cocktails zum Sonnenuntergang und Sex im Meer.«

»Sex unter freiem Himmel? So richtig?«, gluckse ich erstaunt. »Nackt?«

Neil grinst. »Wir mieten einen Privatstrand.«

Mein Unterleib regt sich. »Klingt verlockend«, schnurre ich. Meine verschränkten Hände verstärken den Druck auf seinen Nacken, als ich mich vorbeuge und meine Lippen auf seine drücke. Neil stöhnt und ich intensiviere den Kuss, bis wir uns schwer atmend voneinander lösen. Meine Wangen glühen und Neils Augen sind lustvoll verhangen. »Verlockend finde ich auch die Idee, dich jetzt in mein Bett zu tragen.«

»Dein Bett?«, scherze ich. Vor drei Wochen bin ich bei ihm eingezogen.

»Unser Bett.«

Er steht auf, ohne mich loszulassen. Ich halte mich an ihm fest und kreuze meine Knöchel hinter seinem Rücken, während Neils Hände meinen Hintern umspannen und er die Treppe zum Schlafzimmer hochjoggt, als wöge ich nichts.

Zwei gewaltige Orgasmen später bette ich atemlos und verschwitzt meine Wange auf Neils Brust. »So paradox es jetzt klingt, aber ich bin dankbar, Gordon getroffen zu haben – und auch Eduardo«, flüstere ich. Ohne sie hätte ich Neil nie kennengelernt, wir hätten uns nicht verliebt und ich würde jetzt nicht befriedigt neben ihm liegen. Ich hätte vermutlich nie den Schritt gewagt, über meinen Schatten zu springen und meine Dämonen zu bekämpfen.

»Das bin ich auch«, flüstert er, bevor er seine Arme um mich schließt und mich festhält, als wollte er mich nie wieder loslassen.

ÜBER DIE AUTORIN

Lucia Vaughan wurde in den 70er Jahren in einer norddeutschen Kleinstadt geboren. Nach ihrer Ausbildung zog es sie nach Hamburg, wo sie heute noch lebt, liebt und arbeitet. Mit ihren Close Up Bänden gab sie 2014 ihr Debüt als Selbstverlegerin. Die Romane sind Auftakt zu weiteren spannenden Liebesgeschichten. Gerade arbeitet sie an einer Trilogie um drei Schwestern – Hope, Joy und Faith, die Höhen und Tiefen durchleben müssen, bis sie ihre wahre Liebe finden. Band eins, Full of Hope' erscheint am 18.07.2017 und wird (vorerst nur) auf Amazon erhältlich sein.

LUCIA & FRIENDS

BÜCHER DER AUTORIN UND ANDERE

Alle Bände sind in sich abgeschlossen und können einzeln gelesen werden.

BEAUTIFUL LIES

Trügerische Wahrheit

Paige Cunningham hat ihren eigenen Kopf. Die begabte Pianistin trotzt den Plänen ihrer einflussreichen Familie und wählt einen Weg fernab von Ruhm und Reichtum. Ihre Vergangenheit hinter sich zu lassen, ist ihr sehnlichster Wunsch. Doch ein körperlicher Zusammenbruch ruft ihren ehemaligen Verlobten Cade Bennett –

breitschultrig und von zweifelhaftem Ruf – auf den Plan. Allerdings ist er der Letzte, den Paige sehen will. Am liebsten würde sie ihn zum Teufel schicken. Nur denkt der erfolgreiche Broker nicht im Traum daran, sich ihrem Dickkopf zu beugen. Je hartnäckiger Cade wird, desto mehr schmilzt Paiges Widerstand. Erste Risse entstehen in ihrer Fassade und das ist fatal, denn die Sünden ihrer Vergangenheit wären deutlich einfacher zu verheimlichen, wenn da nicht diese verflixte Anziehungskraft wäre. Cade lässt Paige nämlich nicht annähernd so kalt, wie er es sollte.

Mein Buch

PURPLE SKY

Bittersüßes Spiel

Zane McNamara hat das, wovon viele nur träumen: Eine glänzende Karriere, Geld im Überfluss und ein blendendes Aussehen. Doch hinter der schillernden Fassade lauern Dämonen, die ihn seit einem schweren Unfall verfolgen.

Nie hätte er geglaubt, sich wieder einer Frau öffnen zu können, bis er der reizvollen Trish begegnet. Die charismatische Krankenschwester mit den türkisblauen Augen geht ihm sofort unter die Haut.

Gleichzeitig ist sie ihm ein einziges Rätsel. Was steckt hinter ihrer Panikattacke, über die sie partout nicht sprechen will, und warum ist sie mit einem Mann liiert, den sie offenkundig nicht liebt?

Als Trish nur knapp einer Entführung entgeht und um ihr Leben fürchten muss, legt Zane sich mit einem der mächtigsten Männer von Baltimore an – wohlwissend, auf welch gefährliches Terrain er sich begibt.

Mein Buch

SEXY UNPLUGGED

Schicksalspfad

Das Leben ist kein Ponyhof. Das muss die 29-jährige Henna erfahren, als sie während eines Traineeprogramms der berühmten McNamara Riding Ranch auf Owen, ihren Trainer und Sohn der Familie stößt. Owen ist nicht nur verdammt sexy, sondern auch verdammt arrogant und treibt sie damit schier in den Wahnsinn.

Doch starrköpfig wie Henna ist, bietet sie dem unnahbaren Cowboy Paroli und erfährt von einer bitteren Episode aus seiner Vergangenheit, die ihren Blick auf ihn verändert. Als die beiden wegen eines ausgerissenen Pferdes eine Nacht zu zweit verbringen müssen, lässt sie sich entgegen aller Vernunft auf eine Affäre ein, wohlwissend, dass Owen kein Interesse an einer romantischen Beziehung hat.

Immer tiefer verstrickt Henna sich in ihre Gefühle für ihn und gerät seinetwegen in tödliche Gefahr, denn die Schatten aus Owens Vergangenheit ruhen nicht.

Schauplatz ist eine berühmte Ridingranch. Man muss aber kein Pferdenarr sein, um das Buch zu mögen. Im Vordergrund steht die spannende Liebesgeschichte um Henna & Owen.

Mein Buch

VICKY WHO?

Glücksmomente

Vicky hat die Nase voll! Die Zeiten, in denen sie sich von ihrem Vater wie ein willenloser Roboter hat herumschubsen lassen, sind endgültig vorbei. Als sie heiraten soll, um seiner Maklerfirma eine äußert lukrative Fusion einzubringen, ergreift sie die Flucht – Hals über Kopf und ohne einen Cent in der Tasche – und läuft prompt dem attraktiven Künstler Luces vors Auto, der ihre Beine schlagartig in Pudding verwandelt und ihre Gefühle Achterbahn fahren lässt. Auf seiner Ranch erfährt sie zum ersten Mal ein Gefühl von Zusammenhalt und Geborgenheit und findet in seiner Schwester Henna eine aufrichtige Freundin. Doch statt des ersehnten Liebestaumels wird der smarte Bildhauer plötzlich kalt und abweisend. Das Fortbestehen der Ranch ist in Gefahr. Und auch Vickys Vergangenheit droht, sie einzuholen …

Mein Buch

LOSE CONTROL

Verzweifelte Entscheidung

by Mia B. Meyers

»Für viele Frauen ist er sicher der Inbegriff eines perfekten Mannes, und da schließe ich meine Wenigkeit nicht aus, er ist nur nichts für mich.«

Das redet sich die erfolgreiche Personalchefin Heather Moore immer wieder ein. Der charismatische Cole McAllister passt mit seinem ungezwungenen Lebensstil nicht in ihre geordnete Welt, in der alles seinen festen Platz hat und einem strikten Ablauf folgt. Dennoch knistert es seit ihrem Kennenlernen gewaltig, sodass es beiden immer schwerer fällt, sich dem zu entziehen. Trotz ihrer Zweifel lässt Heather sich auf ein erotisches Abenteuer mit dem attraktiven Cop ein und ahnt nicht, dass viel mehr auf dem Spiel steht als nur ihre Gefühle.

Mias Buch

18991837R00201

Printed in Poland
by Amazon Fulfillment
Poland Sp. z o.o., Wrocław